常陸俳諧散歩

活躍する遊俳たち

中根 誠 著

Hitachi-Haikai Sampo

Makoto Nakane

暁印書館

常陸 俳諧散歩 活躍する遊俳たち 目次

三　資料編　303

一　常陸俳諧史の概略

(一) 元禄～寛延期（一六八八～一七五〇）

元禄以前の常陸の俳人たちの名は、寛文六年（一六六七）刊の一言編『俳諧洗濯物』に見える笠間の志幸《しこう》、同七年の湖春編『続山井』の下妻の塙兼高《けんこう》、延宝二（一六七四）年の風虎《ふうこ》編『桜川』の下妻の倉持治吉、結城の関根井柳子（元長）、天和二（一六八二）年の三千風編『松島眺望集』の真壁の正安、守谷の独笑、結城の柳睡、同三年の調和編『誹諧題林一首』の下妻の調中・和明・和竹・和兮《わけい》、真壁の正安らである。

これから見れば、常陸においては下妻・結城・笠間・真壁など県西地方の俳諧がそのさきがけをなしているように思われる。

常陸の俳諧史にとって、貞享四（一六八七）年八月の芭蕉の鹿島来遊は画期的なことであった。芭蕉が門下の曽良《そら》と宗波を伴って鹿島に向かったのは、鹿島山の月を見ようという風流であった。一行は十五日に船で鹿島に着いたのだが、あいにくの雨であった。それでも鹿島神宮に参拝して句もできた。根本寺の元住職の仏頂にも会うことができたのである。帰途には下総行徳の小西自準（似春）宅にも寄っている。短い鹿島滞在であったが、この来遊は『鹿島詣』（『鹿島紀行』）にまとめられた。芭蕉の鹿島来遊は、二年前の『野ざらし紀行』の旅に続くもので、この年の『笈の小文』、翌年の『更級紀行』の旅へつながる芭蕉の充実期に当たっていた。

芭蕉の利用した利根川水運は、幕末に至るまで発達を続けて、成田山新勝寺・香取神宮・鹿島神宮・息栖神社参詣ブームをもたらした。

また、この地域の河岸業、醤油醸造業の発達による豪商たちの台頭があった。彼らは遊俳として活動し、江戸の業俳との交流によって俳諧熱を高めていったのである。

江戸の業俳の常陸来遊については、亜靖《あせい》（千梅）が芭蕉に次ぐ。亜靖は、享保元（一七一六）年に、まず鹿島に船を上がり、さらに銚子を目指し、戻って水戸・湊方面に足を向けている。

元禄期になると、水海道の挙叟《きょそう》・寒夕《かんせき》・梅松・嵐夕《らんせき》ら、下舘の松青・柳水・東松ら、古河の皆可《かいか》・丈水・可堂ら、下妻の子陽《しょう》、布川の調覚らの名が各俳書に見えてくるが、其角門で、のち嵐雪《らんせつ》・介我《かいが》門の結城の早見晋我《しんが》（一六七一〜一七四五）の名が、元禄十六（一七〇三）年の渭北《いほく》編『安達太郎根なしかづら』に見える。さらに正徳三（一七一三）年の周竹編『きくいただき』は、晋我や砂岡我尚《いさおかがしょう》ら結城の俳人たちの台頭を印象づける。

晋我は蕪村の後援者であった。隠居名は北寿《ほくじゅ》。晋我の死に際して蕪村が「北寿老人を悼む」という詩を書き、それは息の桃彦《ももひこ》（二世晋我）の晋我五十回忌追善集『いそのはな』に収録され、日本近代詩のさきがけとして評価されている。我尚は、晋我と同じ介我門の俳人で、雁宕《がんとう》の父である。

享保年間には、露沾《ろせん》門の沾涼の編書『百福寿』後集・『百華実』・『綾錦』にも結城の俳人たち、晋我・手吹・一雅・周午・智十らの句が目立つ。沾涼編の『三十六番歌合』や『綾錦』には沾橋・沾瑶・沾鱗ら水戸の露沾門の俳人たちの句が認められる。

前句付興行で勢力を広げた不角の『正風集』には、その門下の水戸下町の種角・野角・享角・呉角らが名を揃えている。

下舘の中村風篁《ふうこう》（九代目平左衛門・一七〇九〜七九）も蕪村の後援者であった。中村家には蕪村が宇都宮で編んだ『宇都宮歳旦帖』（延享元年）が伝わるが、そこには宰町《さいちょう》（宰鳥）から蕪村に改号した証が認められる。中村大済《たいさい》は風篁の分家筋の俳人である。

寛保二（一七四二）年から宝暦元（一七五一）年まで、蕪村が結城に滞在したことは特筆される。蕪村を受け入れた結城の早見晋我、砂岡我尚・雁宕《がんとう》父子、下館の中村風篁・大済、境の箱島阿誰《あすい》ら後援者の存在が大きかった。

白兎園一世中川宗瑞（?～一七四四）は日光参詣の帰途に笠間や水戸の俳人と交流した様子を、寛保元（一七四一）年刊の旅日記『旅の日数《ひかず》』に記して、その地元俳人の歓迎ぶりを伝えている。

笠間出身の加藤原松《げんしょう》の江戸での活躍も注目される。元文四（一七三九）年には、宝井其角の三十五回忌追善句集である『俳諧星月夜集』を編み、翌年には『正風論』を表している。『正風論』は、芭蕉が古風に対して新式を出して一家を草創したこと、『俳諧星月夜集』への非難の弁論などがまとめられている。原松は、『近世畸人伝』『俳諧奇人伝』などにも取り上げられている俳人である。江戸に住んだ後に伊勢に移り、京都で亡くなっている。

延享・寛延年間には一世宗瑞や晋我が亡くなっているが、水戸出身で佐久間柳居《りゅうきょ》門の松籟庵秋瓜《しゅうか》（太無）の編書である『俳諧帰る日』（延享四年）・『鳥の都』（同年）・『星なゝくさ』（寛延元年）などに常陸の俳人たちの句が目立つようになる。

龍ヶ崎の若柴の野口松吟《しょうぎん》（弥五右衛門）は、延享四（一七四七）年に塵人追善集『摘菜《つみな》集』を編んだ。松吟は鳥酔の松露庵系の若柴遅日庵連の一人である。

（二）宝暦〜安永期（一七五一〜一七八〇）

宝暦元（一七五一）年に、蕪村は常陸を去り江戸に住むことになった。常陸では結城の雁宕（？〜一七七三）や境の阿誰《あすい》（一七一一〜七二）の活動が盛んになる。二人は『反古ぶすま』（宝暦二年）と、巴人十三回忌追善集『夜半亭発句帖』（同五年）を編んでいるが、雁宕は宝暦末に『雫の森』を著して常陸各地の俳人たちとの交遊を記している。明和になってから、雁宕は大島蓼太《りょうた》の雪門派との俳諧論争に進むことになる。『蓼すり古義』（明和八年）、『一字般若』（同九年）を著して果敢に論争を挑んでいる。

阿誰は、下総境河岸（茨城県境町）の箱島家二代目（善兵衛）で、関宿藩の御用商人であった。江戸の宋阿（巴人）、のちに存義《ぞんぎ》に師事した。その編書『なるべし』（宝暦四年）は存義門の図大《ずだい》を迎えての句会帖である。阿誰没後に息の淅江《せっこう》が阿誰追善集を編んだが、その序文は存義が記している。また、『果報冠者』（安永四年）は淅江の閑鵞《かんが》改号記念の俳書である。

この期の旅行記としては、宝暦五（一七五五）年の武蔵鴻巣の柳几《りゅうき》の『つくば紀行』がある。また、同八（一八五八）年の古河の徳雨《とくう》の出羽三山と松島を巡る旅は『松島遊記』（宝暦十三年）にまとめられた。これには地元古河の俳人たちの句も収められているが、古河藩士も俳諧に親しんでいたこともわかる。

関宿久能の医師である造化庵梅田徳雨（一七〇二〜八一）は、『千鳥墳《ちどりばか》』（宝暦十年）を編んだが、これは地元の野木神社に芭蕉句碑を建てた際の記念句集で、古河連・境連・五ヶ村連・塚崎桂塚等の存在を知ることができる。また、徳雨は『古学要談』（安政四年）を刊行している。これは一世祇徳門連中の歌仙・発句を収める。古河の古学庵一門の再興を期したものである。

土浦では暮砧庵《ぼちんあん》連の活動があり、その中心は医師の沼尻石牛《せきぎゅう》であった。土浦には多少庵系と松籟庵系が進出し勢力を伸ばしていた。出島では明和のころ安食《あんじき》天鏡庵連の活躍が『不言集』に認められる。小川（小美玉市）の遊之《ゆうし》の編んだ『春の首途』（安永五年）には小川湖口庵連の句が見える。この時期に筑波の谷原連、高浜の高浜連の活動も認められる。

牛久藩主山口弘道（一七四〇～八三）は、瀾長《らんちょう》という俳号で俳諧を好み、その号は代々引き継がれた。安永三（一七七四）年に秋瓜が亡くなると門下の二人、水戸出身の松籟庵霜後《そうご》と江戸の多少庵秋瓜の二派に分かれて松籟庵系の拡大を競うようになった。

霜後は『其葉うら』（秋瓜一回忌追善集）、『松籟庵歳旦帖』を編み、二世秋瓜は『ふた木の春』を編んで、独自性を示しているが、両者共通の『句合高点抜書』を著してもいる。

延享元（一七四四）年に中川宗瑞が亡くなると、その後を継いだ水戸の白兎園二世広岡宗瑞は、明和元（一七六四）年に一世宗瑞追善集『白兎余稿下』を編んでいる。続いて『以の字の賦』（明和四年）・『白兎茶話』（同年）・『俳諧鼎足集』（同九年）と意欲的に刊行を続けた。

明和・安永期には、太田の俳諧が隆盛の兆しを見せている。武弓亀文《たきゅうきぶん》は江戸に出て宗匠として活躍し、芭蕉・嵐雪・去来・其角らの句を収めた『名家句選』（安永五年）を刊行した。江戸の亀文亭では夏目成美《せいび》らを招いてしばしば句会が催された。

小沢芝六《しろく》は、亀文に経済的支援をするなど交友は深かったようである。安永五（一七七六）年に『月の野道』を刊行した。芝六は太田五々庵の中心となって活躍した俳人である。また、磯部連も五々庵と共に多少庵秋瓜の歳旦帖に活躍の様子を示している。芝六の養子公平も山東《さんとう》と号した俳人であった。亀文から芝六に贈られた文台は山東を経て立川一径《いっけい》に伝わり、以後太田尾花庵の系統が続くことになる。

那珂郡額田の中島五峰《ごほう》は、明和三（一七六六）年の近江の義仲寺の時雨会《しぐれえ》に参加し、その年の記念句集『時雨会』を編んだ俳人である。二六庵竹阿《ちくあ》や諸久尼《しょきゅうに》らとの交遊もあった。妻の素嵐《そらん》（蘭）も俳人である。

那珂湊の買風《ばいふう》の『茶の花見』には、那珂川連をはじめこの地方の常陸の俳人たちの句が見える。

宝暦八（一七五八）年に亡くなった船石川（東海村）の医師小宅吟傣《おやけぎんたい》はこの地に長く住み俳人としても活躍した。また、明和期の村松には短長庵連の活動があった。

この時期に各地で活躍した俳諧連は前述の他に、鹿島梢雨庵連・下館連・一葉連。松川連・那賀川連（以上宝暦期）、潮来梢月庵連・鉾田五楽庵連・夏海咫尺庵連・水戸少語庵連（以上明和期）、祝町松花亭連・龍ヶ崎復朴庵連・手賀泰霞庵連・延方巴江庵連・那賀河観潮庵連・涸沼川連・磯匽気館連（以上安永期）。

（三）天明～享和期（一七八一～一八〇三）

龍ヶ崎の筑波庵杉野翠兄《すいけい》（一七五四～一八一三）は、天明元（一七八一）年に師の大島蓼太と門下の魚文《ぎょぶん》を自宅に招いている。蓼太はこのとき筑波山に登ったり、地元の俳人たちと交流しているが、この時の様子を『筑波紀行』に記している。

翠兄は翌年に、蓼太の選文を得て筑波山に服部嵐雪《らんせつ》の句碑を建てるなど筑波庵系の存在感を示している。

蓼太はその後、天明五（一七八五）年にも翠兄宅を訪れているが、その記念句集が翠兄編『桃一見』である。

天明元年に古河の徳雨が世を去り、同三（一七八三）年には江戸で蕪村が亡くなり、同六（一七八六）年には一世太田湖中が亡くなった。

松籟庵二世霜後《そうご》は一世秋瓜十三回忌追善集『続不言集』（天明六年）、『両師句選附録』（寛政二年）、秋瓜十七回忌追善集『太無発句集』（同三年）を刊行して気を吐いた。

梅人編の広岡宗瑞《そうずい》十七回忌追善集『白兎園余稿』（天明四年）や、雁宕十三回忌追善集、同十七回忌追善集も出された。

遅月庵遅月（空阿）が水戸に居住して活躍を始めたのはもこの時期である。遅月は、『俳諧水滸伝』（寛政元年）、『松嶋紀行』（同年）、江戸の成美との共著『一夜流行』（天明八年）を著して意欲を示している。遅月門の瀧月《ろうげつ》編『俳諧常陸千題集』乾・坤二巻は、雅言堂と称した遅月一派の勢力を象徴する大句集である。『松嶋紀行』は、寛政元（一七八九）年四月に江戸の成美宅を発ち、松島を目指した旅日記である。利根川から北浦に入り、水戸・太田・川尻・手綱・磯原・平潟を経て湯本から仙台に入り、松島・塩竈に遊び一ヶ月ほど滞在している。

芭蕉尊崇の念の強かった湖中の指導的立場にあったのが、遅月と同時期に水戸に居住した俳僧古学庵仏兮《ぶっけい》である。

仏兮は京都の源良範で俳諧を好み諸国を巡ったが、寛政七、八年ごろに水戸に来て、笠原山銀河寺に母と住んだ。初めての芭蕉全集と言える湖中の『俳諧一葉集』の編纂は、この仏兮の指導によるところが多かったのである。しかし、その途中の文化元（一八〇四）年に三十六歳のときに京に赴く途中で事故死した。

寛政二（一七九〇）年に広岡宗瑞門の梅人は、『かしま紀行』を発刊した。芭蕉百回忌取越法要のため芭蕉自筆の『かしまの記』を模刻し、杉風の半歌仙を収めたものである。

龍ヶ崎若柴の松吟の息乱竿《らんかん》（周蔵・魚筌）は師の門瑟《もんしつ》の七回忌追善集『七きさらぎ』（寛政八年）を編み、この地に父子で活躍した。

野曾（茨城町）の佐久間青郊《せいこう》は『三百六十日々記』（寛政五年）を編んだ。そこには水戸の遅月や近隣の俳人たちとの交友が詳細に記されている。

太田出身の亀文は『芭蕉百回忌』（寛政四年）や『癸丑《きちゅう》春帖』（同五年）、『歳旦帖』（同八年）、などを発刊している。

南北に長い湖である北浦の南端が潮来で、北端が鉾田である。そこの田山素雅《そが》が、松籟庵系の鉾田五楽庵連の中心となって活躍した。素雅が編んだ一門の松下《しょうか》の一回忌追善集『花の雲』（天明三年）には多くの五楽庵連中と近隣の俳人の句が収められているが、江戸の多少庵系や松籟庵系の句も寄せられている。同地の安塚緑布連も存在感があった。

この時期に活躍した各地の俳諧連は、霞が浦連・船子連・土浦連・風篁庵連・関本連・銀雨亭連・砦一陽窟連・布川連などである。

(四) 文化・文政期(一八〇四〜一八三〇)

この期には一茶の利根川下流域への来遊が頻繁になる。特に布川には回船問屋古田月船《げっせん》、田川には庄屋岩橋一白《いっぱく》がいて。共に一茶の門人であり後援者としての存在であった。この旅で得られた資金は信濃での相続裁判のためにも使われたと言われる。一茶のしたたかな一面がうかがえる。

一茶の手紀である『株番』は、五十歳の年の文化九(一八一二)年の一年間の事柄を備忘録的に記したものであるが、ここには月船と布川のことが多く記されている。『株番』は月船宅で書かれたものという。

一茶はさらに守谷の西林寺住職の俳僧化六庵鶴老《かろくあんかくろう》との関係を深めるようになる。案内したのは、この地方に勢力を伸ばしていた井上蕉雨(八巣)であった。一茶・鶴老・蕉雨は信濃を同郷とする俳人である。

文化七(一八一〇)年には、江戸で火災に遭った葛斉今泉恒丸《つねまる》が下総小南の青野太筇《たいきょう》の招きで佐原に移住したことで下総・常陸の俳諧に刺激を与えることになった。

利根川につながる常陸の北浦湖畔の帆津倉《ほつくら》で醤油醸造業を営む洞海舎河野涼谷《りょうこく》(前号李尺)は、この時期に『ありのまゝ』、年刊月並句集『俳諧も、鼓』『あづまぶり集』『類題十万発句集』等の俳書を次々と刊行していった。その支援者として一具庵一具《いちぐ》ら江戸の業俳たちがいたのである。

涼谷は、文化十四(一八一七)年五月には一茶を自宅に招いてもいる。『俳諧も、鼓』の選者は、江戸の梅室・雨塘《うとう》・護物・下総の太筇らである。涼谷の氏神といわれる化蘇沼《けそぬま》稲荷神社境内には二基の芭蕉句碑が洞海舎社中によって建てられている。社中の有力俳人としては由之・有美らがいて、涼谷を支えた。

小川では、本間松江、その孫よし香が湖口庵連を率いて活動した。

この時期、遅月と同様に水戸俳諧を牽引した俳人が三世岡野湖中《こちゅう》（一七七六～一八三一）であった。湖中は水戸藩士の家に生まれたが、身体が弱く藩には出仕せず俳諧の道に進み、特に武士階級の俳諧を盛り上げた俳人であった。一世太田湖中は天明六（一七八六）年に亡くなるが、その四年前に水戸藩士近藤助五郎が二世を継ぎ、寛政十一（一七九九）年に岡野重成が二十四歳で三世湖中を継いだのであった。この湖中の活躍は、文化文政期が中心となる。

最初の芭蕉全集といえる『俳諧一葉集』（文政十年）全九巻の編纂・刊行は大きな業績であった。この仕事の支援者であった仏兮は途中で世を去り。その後は江戸の豊島久臧《きゅうぞう》の援助を受けている。湖中の俳書は他に、『俳諧鳶羽集《とびのはしゅう》』『芭蕉翁略伝』・『きさらぎ』（『四壁堂発句集』）、稿本として『奥羽日記』・『湖中連句集』などがある。湖中門には、杜年《とねん》・芷分《しぷん》・再可・三思ら多くの俳人がいて、この期の水戸俳諧を盛り上げたのであった。

阿波崎《あばざき》（稲敷市）出身の横綱稲妻雷五郎（一七九五～一八八二）は、文政十二（一八二九）年に第七代横綱になった。俳諧を好んだ横綱で、力士にも俳諧の流行の波が及んでいたことがわかる。

筑波山には第二十七世木村庄之助の句碑が立つ。筑波の弥助が世話人となり、常陸・下野・下総の弟子たちによって建てられたものである。

笠間藩七代藩主である牧野貞喜《さだはる》は、藩校時習館を創設し、また藩政改革に力を入れたが、俳諧にも熱心で、存義を師とし金英《きんえい》と号して活動した。句集には『菊畑』（文政元年）があり、編者は藩士の村上其漣《きれん》である。麻生藩・牛久藩と同様に藩主と家臣の間で俳諧熱が高まっていた例がここにもある。

筑波の小田の大曽根壺仙《こせん》（新兵衛）と北条の市村眠石《みんせき》（庄次郎）の二人は、それぞれ小田の龍勝寺、北条の宝安寺境内に句碑が立つ。共に龍ヶ崎の翠兄の筑波庵に属してこの地方の俳諧を牽引した。

小田の延寿院には、芭蕉句碑と住職の俳僧柳葉《りゅうよう》の墓（文化三年建立）、その薬師堂に奉納句額があり、ここを中心とした俳諧活動があったことをうかがわせる。筑波では筑波根連・筑波根吉沼翡翠軒連が活動した。

取手の沢近嶺《ちかね》（谷沢与兵衛・一七八八〜一八三八）は、翠兄に早く俳諧を学ぶが、のち上京して村田春海に国学を学んだ。布川の月船宅では一茶とも交流した人物である。

下妻の豪商外山紫山《しざん》（量匡）は、息の風民《ふうみん》と共に活動したが、文政三（一八二〇）年に伊勢参りを俳友二人としている。『西遊路記』は、その旅日記である。同家に残る『文化句帖』は近隣の俳人の句二百余句を収める。評者は蓼太門の江戸の完来であるから、この地への雪中庵系の進出を思わせる。

常陸北部の平潟の俳人大友随和《ずいわ》（一七四四〜一八三四）と、福田の酒井素英《そえい》も注目すべき俳人である。随和編の『多賀の浦集』（文政三年）は、八幡神社境内の芭蕉句碑建立に関わって編まれたもので、近隣国内はもとより、江戸の成美・巣兆・道彦・蕉雨、奥州の乙二・多代女、一茶たちも句を寄せていて、随和の交友の広さを示している。

素英は、随和の『多賀の浦集』の序文を書いている。編書としては『俳諧吹寄』乾がある。坤の巻は素英の死後に随和が編集にあたったものである。

この地への遅月の来遊・居住があって、地元俳人たちと遅月の関係は深まっていった。遅月の心仏塔が建てられ、さらに遅月分骨塚もあることがそれを物語っている。

長斉編『万家人名録』（文化十年）には、随和と素英の肖像と句が収められている。

この期に活躍した連は、古河柳下連・古河連・古渡連・水戸雪燈庵連・下館連・水府連・笠間連・額田逍遥連・水府長短房連などである。

（五）天保〜慶応期（一八三〇〜一八六七）

天保二（一八三一）年には、水戸の湖中、北条の壺仙が亡くなっている。

湖中を師とする太田の小林野巣《やそう》（次郎太郎）は、翌年に父の玄々の追悼句集『朝顔集』上下を刊行した。序文は一具である。集中には地元の俳人方居《ほうきょ》・一径《いっけい》（亡人）や、野巣の家族の句も見える一方、常陸国内外の多くの俳人が悼句を寄せていて、玄々・野巣二代にわたる俳交の広さがうかがえる。

野巣は、天保七（一八三六）年には『済急記聞』を著したが、これは天保の飢饉に苦しむ人々の救済を喚起するためのもので、諸国の救済事業例を記したものである。続いて野巣は、弘化二（一八四五）年に岡野湖中の遺稿『芭蕉翁略伝』と『略伝附録』を刊行した。後者は、常陸をはじめ五十ヶ国の俳人の句を収めたもので、これは芭蕉百五十回忌に合わせて編まれたものである。

太田尾花庵の系譜は、一世芝六・二世山東・三世一径・四世方居以降、一長・可昇・陸雄・右遷・東里・如風と続いて明治期に及んでいる。

天保三（一八三二）年に小川の修善院に建てられた芭蕉句碑は地元俳諧の中心であった江幡昭眉《しょうび》（康二郎）らによって建てられたものである。

天保後期には旧東村（稲敷市）の砂押・伊佐部・幸田・阿波崎・上ノ島・下須田・上須田の俳人の活躍が諸俳書に認められる。

天保五（一八三四）年には笠間藩士である其漣が藩主の金英（七代貞喜）の十三回忌追善集『大』を編んでいる。

土浦の内田野帆《やはん》（由平・前号一屈）は、嘉永三（一八五〇）年に東光寺に芭蕉百六十回忌に因んで芭蕉句碑を建てている。また、鹿島神宮にも土浦の豪商たちの支援で野帆の句碑が建てられている。安政四（一八五七）年には野帆の三回忌追善集『草ぐさ集』が門人たちによって編まれた。

土浦出身の双雀庵岡田氷壺《ひょうこ》（?～一八六九）は、禾葉《かよう》のあとを継いで、江戸両国に住み活躍した俳人である。同門文哉との激しい俳諧論争もあった。『禾葉七部集』『安政発句六百題』『文久発句六百題』、作法書『俳林良材集』『恋のたより』など多くの編著を著した。その追善集『青空集』には土浦の俳人たちの句も見える。

この時期には、惟草《いそう》が『俳諧人名録』（天保七年）、伊奈上島の艸中庵希水《そうちゅうあんきすい》が『俳諧画像集』（文久二年）、信太郡蒲ヶ山の仲芳《ちゅうほう》が『俳諧人名録』を著している。これらは肖像に句が添えられたものである。他に鼎左《ていさ》・舎用《しゃよう》編『俳諧海内人名録』（嘉永六年）も刊行され、俳諧の裾野の広がりが認められる現象である。

希水の『俳諧画像集』に収められた俳人は四百五十八名で、常陸の俳人は百八十六名と最も多い。続いて下総百十五人、江戸五十四人と続く。特に利根川・鬼怒川・小貝川・霞ヶ浦・北浦沿岸に集中している。

一ツ橋家々臣で、太白堂六世を継いだ江口孤月《こげつ》（?～一八七一）は、天保六（一八三五）年に歳旦帖『桃花春帖』を発刊し、万延元（一九六〇）年まで続けた。常陸の俳人たちも多く参加している。

二重作（鉾田市）の田山友甫《ゆうほ》（吉左衛門）は、一具の援助を得て、天保十二（一八四一）年に年刊月並句集

『たつき集』を発刊した。

潮来地方の俳諧も盛んで、牛堀の須田柿麿、潮来の弧米も活躍した。

沓掛（常総市）の『沓掛村香取社奉額発句集』は、文字通り地元の香取神社への奉納句額であるが、評者は江戸の卓郎《たくろう》・由誓《ゆうせい》（久蔵）ら著名な俳人たちが当たっている。このような奉納句額は各地に広く行われるようになったのである。

真壁（桜川市）には折々の雨引山楽法寺奉燈句集が残っている。雨引山信仰と共に俳諧の盛んであったことがわかる。伴花亭旭旦《ぎょくたん》らが選者をつとめ、本木・金敷・高久・大国玉各村の俳人たちが参加している。また、この地は笠間藩領であることから藩士の句も散見する。

金江津（河内町）の可川《かせん》は、嘉永二（一八四九）年に『ゆう花集』を編んでいる。

帆津倉の涼谷の活動は晩年の天保期になっても衰えなかった。『類題十万発句集』（天保四年）や『俳諧発句常陸ぶり集』（天保五年）などの刊行に力を入れている。

水海道（常総市）地方では、大生郷《おおのごう》の坂野耕雨《こうう》が江戸の卓郎を招き、馬場村の秋葉雪窓《せっそう》は嘉永三（一八五〇）年に『梅の雫』を編んでいるが、何れもこの地方の俳諧をリードした俳人である。

この期には前述の他に、神立連・水戸秋山連・岩間連などの活躍を各俳書に知ることができる。

二　常陸の俳諧

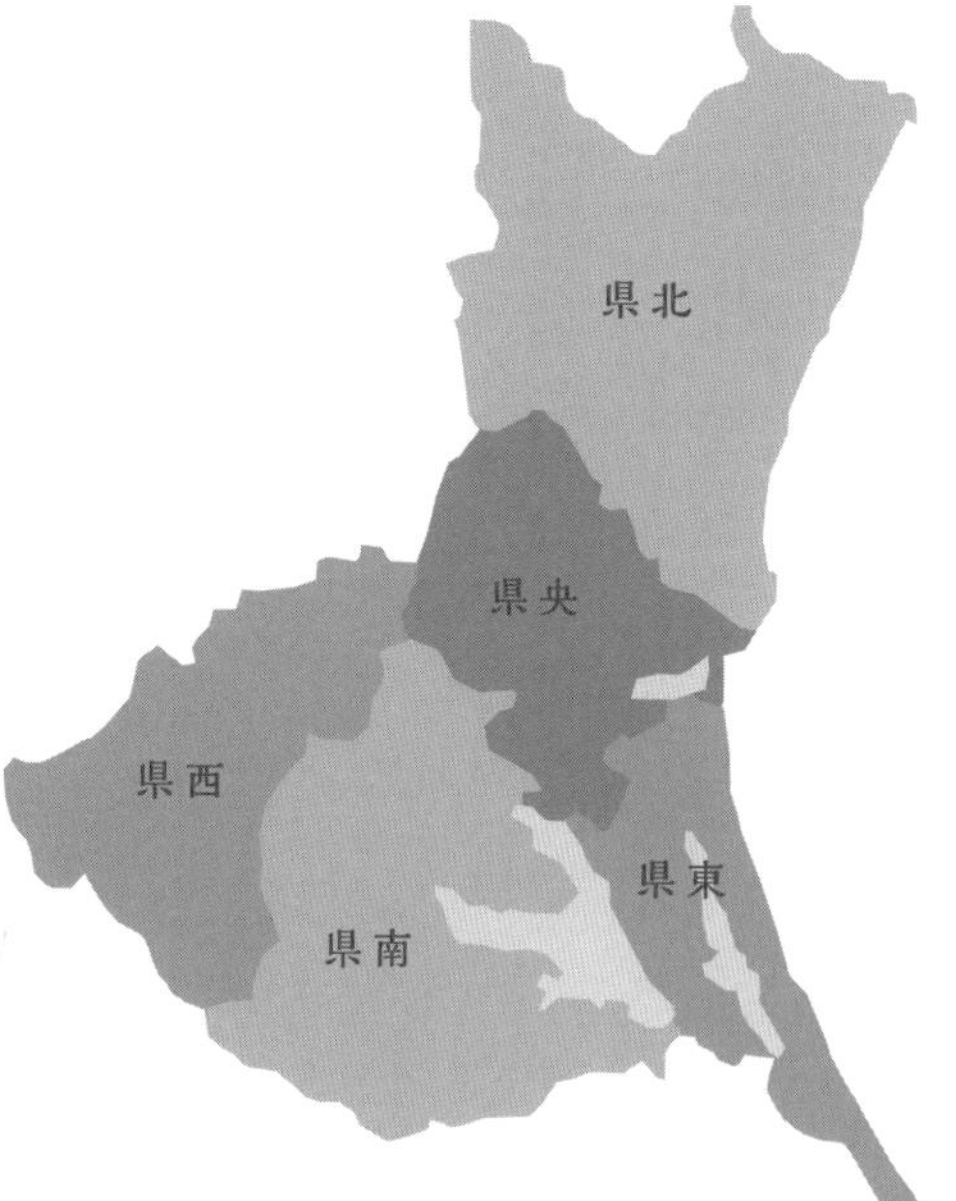

（一）県東編

1　芭蕉、鹿島へ

貞亭四年（一六八七）八月十四日に、松尾芭蕉（桃青）は鹿島の月を見ようと、河合曽良《そら》と宗波《そうは》の二人を伴って深川の芭蕉庵を出て舟に乗り、小名木川をさかのぼり、江戸川を経て、行徳で舟をあがる。それからは馬に乗らず歩き続けて、夕方に利根川の船溜りの布佐に着いたのであった。そこで休息した後に夜舟に乗り、翌十五日に鹿島に着くが、あいにくの雨であった。鹿島神宮参拝ののち一行は、麓の根本寺の前の和尚で隠棲していると聞く仏頂を訪ねたのである。そこは根本寺とされているが、当時仏頂が住職であったという大儀寺説もある。

仏頂（一六四二～一七一五）は禅僧で、本名は河南啰吼である。鹿島根本寺の二十一世住職となるが、鹿島神宮との寺領をめぐる争いで寺社奉行への訴訟のため、しばしば江戸深川の臨済宗妙心寺派瑞甕山臨川寺に草庵を結んで滞在したのであった。争いは延宝二（一六七四）年から天和二（一六八二）年まで八年間に及んだが、その間に深川に住んでいた芭蕉が参禅し、仏頂に禅の教えを受けたのである。やがて仏頂は訴訟に勝って根本寺長興庵に隠棲したという。芭蕉が貞享四年に鹿島を訪ねた頃には隠棲していたのだが、その二年後の元禄二（一六八九）年に芭蕉が「奥の細道」の旅の途中に、仏頂が修業時代に住んだ下野国那須黒羽の雲厳寺を訪ねている。芭蕉は仏頂から、修業時代に松の炭で岩に〈竪横の五尺にたらぬ草の庵むすぶもくやし雨なかりせば〉と書いたということを聞いていたので、それを見ようと雲厳寺に赴き、〈木啄も庵はやぶらず夏木立〉の一句をなした、と『奥の細道』に記している。芭蕉と仏頂の関係が深かったことを思わせるものである。根本寺境内には芭蕉の〈月はやし梢は雨を持ちながら〉の句を刻んだ碑が立つ。宝暦八（一七五八）年の建立で茨城県内最古の芭蕉句碑である。

この芭蕉の鹿島来遊は『鹿島紀行』にまとめられた。芭蕉の紀行文としては『甲子吟行』の次に書かれたもので、俳文として整ったものになっている。

『鹿島紀行』は比較的短いものなので、ここに全文を記すことにする。

らくの貞室、須磨のうらの月見にゆきて、「松陰や月は三五や中納言」といひけむ、狂夫のむかしもなつかしきまゝに、このあきかしまの山の月見んと、おもひたつ事あり。ともなふ人ふたり、浪客の士ひとり、ひとりは水雲の僧。僧はからすのごとくなる墨のころもに、三衣の袋えりにうちかけ、出山の尊

像をづしにあが め入テうしろに背負、柱杖ひきならして、無門の関もさはるものなく、あめつちに独歩していでぬ。いまひとりは僧にもあらず、俗にもあらず、鳥鼠の間に名をかうぶり、とりなきしまにもわたりぬべく、門よりふねにのりて、行徳といふところにいたる。ふねをあがれば、馬にものらず、ほそはぎのちからをためさんと、かちよりぞゆく。甲斐のくによりある人の得させたる、檜もてつくれる笠を、をの〳〵いたゞきよそひて、やはたといふ里をすぐれば、かまがいの原といふ所、ひろき野有。秦甸の一千里とかや、めもはるかにみわたさるゝ。つくば山むかふに高く、二峯ならびたてり。かのもろこしに双劒のみねありときこえしは、蘆山の一隅也。

ゆきは不申先むらさきのつくばかな

と詠めしは、我門人嵐雪が句也。すべてこの山は、やまとたけの尊の言葉をつたえて、連歌する人のはじめにも名付けたり。和歌なくばあるべからず、句なくばすぐべからず。まことに愛すべき山のすがたなりけらし。萩は錦を地にしけらんやうにて、ためなかが長櫃に折入て、みやこのつとにもたせけるも、風流にくからず。きちかう・をみなへし・かるかや・尾花みだれあひて、さをしかのつまこひわたる、いとあはれ也。日既に暮れかゝるほどに、利根川のほとり、ふさといふ所につく。此川にて鮭の網代といふものをたくみて、武江の市にひさぐもの有。よひのほど、其漁家に入てやすらふ。よるのやどなまぐさし。月くまなくはれけるまゝに、夜舟さしくだしてかしまにいたる。ひるよりあめしきりにふりて、月見るべくもあらず。ふもとに根本寺のさきの和尚、今は世をのがれて、此所におわしけるといふを聞て、尋入てふしぬ。すこぶる人をしてしんせい深省を発せしむと吟じけむ、しばらく清浄の心をうるににたり。

あかつきのそらいさゝかはれけるを、和尚起し驚シ侍れば、人々起出ぬ。月のひかり、雨の音、たゞあはれなるけしきのみむねにみちて、いふべきことの葉もなし。はるばると月みにきたるかひなきこそほゐなきわざなれ。かの何がしの女すら、郭公の歌得よまでかへりわずらひしも、我ためにはよき荷擔のひとならむかし。

お《（を）》りおりにかはらぬ空の月かげも　　和尚
ちゞのながめは雲のまにまに
月はやし梢は雨を持ちながら　　桃青
寺にねてまことがほなる月見かな　　同
雨に寝て竹起かへるつきみかな　　曽良
月さびし堂の軒端の雨しづく　　宗波

神前
此松の実ばへ《（え）》せし代や神の秋　　桃青
ぬぐはゞや石のおましの苔の露　　宗は
膝折ルやかしこまり鳴鹿の声　　曽良

田家
かりかけし田づらのつるや里の秋　　桃青
夜田かりに我やとはれん里の月　　宗波

松尾芭蕉が訪れた鹿島神宮（『鹿島志』茨城県立歴史館蔵）

賤の子やいねすりかけて月をみる　桃青
いもの葉や月待里の焼はたけ　タウセイ

野

もゝひきや一花摺の萩ごろも　ソラ
はなの秋草に喰あく野馬哉　同
萩原や一はやどせ山のいぬ　桃青

帰路自準に宿ス

塒せよわらほす宿の友すゞめ　主人
あきをこめたるくねの指杉　客
月見んと汐引のぼる船とめて　ソラ

貞享丁卯仲秋末五日

（日本古典文学大系46『芭蕉文集』岩波書店・ふりがな省略）

『鹿島紀行』は、松籟庵秋瓜《しゅうか》が潮来の本間家に伝わる芭蕉の真蹟を、宝暦二年（一七五二）に『鹿島詣』として出版して世に広まったものである。この旅以降、『笈の小文』『更科紀行』『奥の細道』の旅が続き、芭蕉は風狂の姿勢を強めていくのだが、芭蕉の来遊がこの地方の俳諧活動に大きな刺激となったことは言うまでもなく、その後この地には亀江《きこう》、漣々《れんれん》、山旭、鶴語、五粒など多くの俳人が生まれた。常陸の俳諧史においても重要な年となった。

利根川水運の発達にともなって、この後さらに鹿島・香取両神宮の参拝者は多くなっていくのであるが、俳人としては、享保元（一七一六）に江戸の千梅《せんばい》（亜靖《あせい》）が仲秋の名月を愛でようと鹿島を訪れている。千梅は江戸の邸宅と近江の本宅とに隔年に生活し、能楽や蹴鞠を好み、陸奥から四国まで旅も好んだ俳人であったという。

そしてこの旅による『鹿島紀行』を著わしている。その中の鹿島での二句。

御手洗

山かげや水にまづ来ル秋の昏　亜靖

要石

見ると聞と神のちからに肌寒し

これは鹿島・潮来に限った芭蕉の旅とは異なって、常陸国内を巡る旅であった。鹿島から銚子に下り俳友と交流し飯沼観音などを参拝。その後息栖神社に参り、潮来から信太の浮島を見て麻生に上がって翌日那珂港に向かった。湊で鮭の引き網を見て、御殿山や浄光寺に寄ったりして数日間を過ごした。その後平磯に向かい海士たちの働きを見て、水戸に入り吉田神社に参拝をする。それより長岡・小幡・堅倉・竹原・府中（石岡）に至り、土浦で幾日かを過ごし、筑波山に遊んでいる。やがて牛久・藤代・取手を経て江戸深川に帰ったのであった。

この後も江戸の俳人たちの常陸への旅は、利根川水運を利用してまず鹿島に上がるということが少なかったのである。後に述べる小林一茶は利根川沿岸の豪商富農たちとの交流を深めた俳人の一人であった。

2　鹿島神宮の句碑

鹿島神宮境内には七基の句碑がある。一基目は、楼門を入ってすぐ右側にある芭蕉句碑で、〈夕月や鶴脛高き遠干潟〉の句を刻む。その下部に江戸崎の桜所をはじめとして、桃園・巴水・梅仙・茶因・暦外ら四十五人の句が見える。〈安政二丙辰初冬　大宮司執筆〉とあり、芭蕉没後百六十年記念の建碑であろう。

更るほど遠音ぞしけり雨の苽　　桜所
出ぬうちに残らず光やけふの月　　草宇
引あげし水音涼し真桑瓜　　草比
深草は露のにほひやおぼろ月　　三鳥

二基目は、本殿近くの玉垣前にある句碑で、〈今めかぬ色なり香なり松の蕊《ずひ》〉という野帆《やはん》の句碑である。野帆は土浦の大町の商人内田由平（喜兵衛）である。安政四（一八五七）年三月に野帆の子息米鱗の他世話人十三人によって建てられた。彼らは土浦の大々御神楽講中の人々で、神宮に太々神楽を奉納した記念の建碑である。藤四郎禰宜執筆とあり、鐫刻《せんこく》は群峰、石工は土浦中城町の石屋吉五郎とある。世話人は土浦の色川三郎兵衛・二葉屋惣兵衛・伊勢屋源助・相生屋又兵衛、中島屋松兵衛・常陸屋儀兵衛・金子屋全兵衛・油屋九兵衛・伊勢屋伊兵衛・松浦治右衛門・松屋嘉兵衛・池田屋重右衛門・丸万庄兵衛・木村屋嘉兵衛・釜屋太兵衛の十五人である。三基目は、鹿苑側の小さな句碑で、建立の年号はないが、大州村（潮来市）の九十五歳の石津本古（利惣治）の筆による芭蕉の〈花盛山は日頃の朝ぼらけ〉の句が刻まれており、石津藤好氏の考察では安政三（一八五六）年の建碑となる。一基目の翌年、二基目の前年であり、共に芭蕉没後百六十年を記念してのものと思われる（没後百六十年は正確には安政元年である）。

続いて鹿島・潮来地方の俳人である湖月・基鳳（村田五郎左衛門）・荷渓（石津兵右衛門）・月泉ら二十四人の句が刻まれている。催主は亀水、判者は卓郎。卓郎は、江戸の鈴木道彦門の児島大梅の高弟で江戸の俳人である。

黄昏もなくて暮れけり花の山　湖月
明行や一足づつに花のくも　基鳳
眉打と嬉しき花の雫がお　荷渓

続いて、一口・可月・松齋・月泉・兎角・花城・真丹・秀月・照花・湖柳・一角・玉露・堂峨・松雨・竹人らの句が刻まれ、さらに次の句が続く。

世の事を忘れに出んや月と花　校合　江柳
暮残る雲やしおれて花の山　雍郁
世に咲きて千代経る花の林哉　万里
○
万代のむかしを捨ぬ桜かな　催主　亀水

○

昼からの風泣くさぶし花の中　　判者　卓郎

静軒書

大宮司執筆

四基目は、要石近くの芭蕉句碑で、〈枯れ枝に鴉のとまりけり穐《あき》の暮〉の一句を刻む。文政六年（一八二三）九月の建碑で、建立者の李石《りせき》は、行方郡帆津倉村の河野涼谷《りょうこく》の前号である。涼谷については次項に述べる。

五基目は、奥殿近くの句碑で、〈月花に和らぎし夜や常陸帯　柿磨〉〈鶯や神楽拍子になれて鳴く　虎杖〉とある。安政三年春の建碑で、建立者は、作者柿磨《かきまろ》の息である牛堀の須田源之正、同じく作者虎杖《こじょう》の息で「当所」の高安佐七であることが裏面に明記されている。

柿磨は牛堀の俳人須田柿磨（源之丞）で、のちに触れる。虎杖といえば信州戸倉の出身で春秋庵白雄門の雄として活躍した業俳が思い浮ぶが、これとは別人である。

芭蕉の「枯れ枝に鴉のとまりけり穐《あき》の暮」の句碑

六基目は、同じく奥殿近くの御手洗池への下り口に立つ芭蕉句碑で、〈此松の実生せし代や神の秋〉とある。明和三年（一七六六）四月、鹿島宮中の此松庵《ししょうあん》連による建立とあり、揮毫者は江戸の書家山本龍斎である。この年は芭蕉没後七十二年目であり、七十回忌を記念しての建碑であろうか。県内では二番目に古い芭蕉句碑である。左側面には松原庵鳥酔《ちょうすい》、松露庵烏明《うめい》の名が見える。鳥酔は上総国埴生郡の生まれで、伊勢派俳諧を広めた松籟庵柳居に俳諧を学び、明和期に大いに活躍した江戸の俳人である。松露庵や鴫立庵《しぎたつあん》などの号を持つ。

烏明は江戸の両替商で、鳥酔の三高弟の一人で松露庵三世を継いだ高名な俳人である。揮毫者の維碩は書家で鳥酔門の俳人。此松庵連は、鳥酔・烏明の流れをくむ鹿島地方の社中と見てよかろう。

鹿島の俳諧では早く柳居編の歳旦帖に亀江の句が見える。次の五句の前二句は、寛保三（一七四三）年、三句目は延享二（一七四五）年、四句目は寛延三（一七五〇）年の歳旦帖入集のもの。五句目は宝暦二（一七五二）年の鳥酔編『壬申《じんしん》歳旦』に見える。

日の影を先いただくや初手水　　亀江
節句候や煤の嵐に逃て行　　〃
柴神や霞の帆網横たはり　　〃
蓬莱や女波男波の礼者達　　〃
石も見る年の矢の根や鹿島山　　〃

七基目は御手洗池の畔の松露庵雪才《せっさい》の年代不明の句碑〈涼しさや神代のままの水の色〉である。雪才は、二世白兎園広岡宗瑞の歳旦帖『江戸名跡志』（明和八年）に名が見える。

霞が関　衢橋《ちどりばし》　今年老の数に入て

我年も関に来て見れば初霞　　蘭桂改雪才
年垢離や声もちり飛衛橋　　〃

「蘭桂」は雪才の前号であることがわかる。雪才は松村氏で大阪の人である。生没年は未詳だが、編著に享保八（一七二三）年跋の『菊の砌《みぎり》』がある俳人である。

境内の七基の句碑の内四基が安政年間の建碑であることは興味深い。この時期の幕末期の地方俳諧の隆盛、地方の経済力や芭蕉没後百六十年の意識の高まりが背景にあったものと考えられる。

宝暦五（一七五五）年刊の烏酔編『乙亥歳旦《おつがい》』に鹿島庵連の句が見える。

囀は初日の楽や窓の梅　　松調
若水や村に一筋福田川　　松波
天の戸も明合せなり今朝の春　　一瓢
猫も来て柱へ向や初暦　　江左

柳居や烏酔編の歳旦集などには、亀江などの鹿島や潮来の俳人の句が少なくない。鹿島の俳人たちが次のような俳書に句を寄せていることから見ると、松籟庵系が鹿島に進出していたことがわかる。松籟庵佐久間柳居と、その門下である烏酔・秋瓜・門瑟《もんしつ》らの高名な俳人を輩出した一派である。

明和七（一七七〇）年刊の烏明編『追善卯月の烏』（烏酔一周忌追善集）に漣々の句が見える。

なきあとの庭もなつかし名取草　　漣々

天明四（一七八四）年刊の法橋五山著『朱紫』に、

おしいもの余所に流すか谷清水　　山旭

秋なれや社に稲のさゝげもの　　鶴語

享和元（一八〇一）年刊の史公編『新題林句集』に、

初花に恨来にけり質伝　　木公

文政元（一八一六）年刊の兀雨《ごつう》編『俳諧松露庵随筆』に、

一しきり世はしづまりて初鳥　　五粒

遷宮や暫時しづまる人ごころ　　〃

安政三（一八五六）年刊の射徳編『俳諧百人集』に、

海に入る流も見えてはるの山　　鹿島宮中鶯郷

射徳は江戸日本橋の人で、蕉雨・射堂に師事して三世八巣を継いだ俳人である。

また、参道に立ち並ぶ常夜燈は関東各地の有力者の寄進になるものであるが、それにも句が彫られていて、俳諧の隆盛を物語る一例となっている。例えば御師《おし》の嶋田権太夫が文化二年四月に寄進した常夜燈には〈松風と聞ばや神の冬木立　　瓜川〉と刻まれている。

鹿島神宮から少し離れた利根川沿いの息栖神社境内にも芭蕉句碑がある。〈此の里は気吹戸主の風寒し〉の句が刻まれている。建碑の記録はないが、建立者は小見川の梅庵と香取郡野田の笙々《しょうしょう》の二人である。〈気吹戸主《きぶきどぬし》〉は息栖神社祭神であり、〈忍潮井《おしおい》〉は神社前の船着場にある霊水井戸である。

忍潮井や月も最中の影ふたつ　　小見川　梅庵
風はなを啼くや千鳥の有かぎり　　乃田　笙々

利根川の水運の発達によってその沿岸の経済力と文化の度合いが急速に高まっていったのであるが、鹿島神宮や息栖神社の句碑の建立はその証と言えるだろう。

3 潮来・行方の俳諧

潮来の本間家三代目の医師道仙は、画江《がこう》と称した俳人でもあった。延享三(一七四六)年の柳居の歳日帖には、画江の句が小川の芦郷《ろきょう》の句とともに収められている。

年の尾に結び下たりかざり藁　画江
年の尾も是に綰ねん門飾　芦郷

さらに潮来の俳人としては、宝暦十二(一七六二)年刊の梅童編『はいかい甲斐家集』に羅径《らけい》、同十三年の涼袋編『古今俳諧明題集』に裳江《しょうこう》の句が見える。

越かけて果ては宿借るしぐれ哉　羅径
かげろうや掃ても残る物喜し　裳江

潮来の長勝寺の三基の句碑の一基目は、寛政元年(一七八九)十月十二日に、奥州南部鬼柳出身の一草《いっそう》によって建てられた。一草は歌碑建立を積極的に行った俳人で、潮来逗留中に、芭蕉の〈たび人と我が名呼ばれむはつしぐれ〉の短冊を得て、記念に『潮来集』(寛政五年成美序)を編んでいるが、その中には、りつ女、遊女あつまの句も見える。

常陸太田出身で江戸に住んでいた亀文《きぶん》の筆によるこの句碑建立の日の十月十二日は芭蕉の九十五回の命

日である。幕末の全国的な俳諧の隆盛は、各地の俳人たちに芭蕉追慕の念を一層高めさせ、芭蕉の百回忌、百五十回忌という節目にほぼ合わせた芭蕉句碑（翁塚）の盛んな建立を促したのであった。

『潮来集』の巻一には、芭蕉の句〈旅人と我名呼れんはつ時雨〉を前句にして一草と潮来の俳人たち、智広・希声・阿星・五粒・石仏・橘千・休保・可文・玄夫・鳴子・桃里・籟如・文鳥・江月・其草らの歌仙、『鹿島紀行』の自準・芭蕉・曽良の三句に一草と潮来の休保・智広・五粒らによる歌仙が収められている。巻二には、南部・秋田・仙台・江戸・上毛・水戸・下総・甲府・京・大阪の俳人の句、そして一草と潮来の俳人の句が並ぶ。

鶯に何ぞいひおけ節季候　一草
松の戸や潮明りのほと丶ぎす　〃
早乙女のさをとめを見て通けり　〃
萱かるは誰為ならん妹が痩　〃
にぎはしき人に押れて墓参　〃
松島のしま見る月の一ツかな　〃
何鶍て花にありくや夜の鹿　〃
求めねばたらぬ物なし年の暮　潮来　楫浦
草のほたる音なき風に乱れけり　常南
けふも来ぬ客に竹の子伸にけり　渭橋

秋の夜や人動して通り雨　梅丈
ほつほつと菫咲き入るあき家かな　潮江
宵の間はつひつひ崩す炭火かな　遊女あつま

寛政十一（一七九九）の可桃編『素雅追福』には潮来の俳人が多く句を寄せている。古人籟如・古仙・阿量・五粒・左文、辻の豊雷・女琴路・和扇・此道・蘭枝、徳島の仙芝、牛堀の一橋・東渕・知水・湖東らで、この地方の俳諧の隆盛を思わせる。

このあと一草は、文化二（一八〇五）年に『蘆間小屋』を編んでいる。これは一草の自選句集で、剃髪や亡母供養のこと、芭蕉句碑建立のことなどに触れている。

常陸潮来なる旅宿に髪をおろし
何くれと木枕のおかしければ
耳洗ふはじめの夜なりほと丶ぎす
ほと丶ぎす暁移り移り行
亡母三十五日に常陸より
帰る時しも、盆会にて
盆の月露々ものを思はする
潮来なる海雲山長勝禅林に祖翁の

一草が建立した長勝寺の芭蕉句碑

時雨塚をきづきて
ふるき世の名をよぶ塚の時雨哉
時雨会や寺は日頃のまつの風

二基目は、〈このはなやそもかまくらの鐘の銘〉という鳳後《ほうご》の句を刻む、文政十一年（一八二八）に門弟によって建てられている。

三基目は、貞亨四（一六八七）年の芭蕉の『鹿島紀行』にある自準亭での三句付けを刻んだ碑である。〈帰路自準に宿す〉の「自準《じじゅん》」を、潮来の本間松江《しょうこう》（道悦・自準）と解釈して、昭和七年一月に建立された句碑である。「自準」は、季吟門の俊秀と目され、芭蕉・素堂らと共に江戸の新風派として活躍した小西似春《じしゅん》（自準）であることが定説となっている。江戸を出て下総国行徳の僧となって当時自準と号していたのであった。

芭蕉の鹿島紀行当時、松江は江戸で医業を続けていたが、後年潮来に移り俳人としても活躍した。その後、四代目道意の時に常陸国小川に移ったのである。

長勝寺墓地には大越凡兆の句碑がある。〈寒菊や咲き揃ふまで見届けず〉と刻まれている。凡兆は出島村宍倉の小市高則で、宍倉薬王院の僧侶円了その人であるが、還俗して水戸天狗党に加わり敦賀において処刑された人物である。この句碑はもと薬王院に建てられてあったものを潮来に移った子孫の幸一郎が現在地に移したものである。

潮来の俳人たちは、明和三（一七六六）年の太無編『不言集』に、潮来梢月庵《しょうげつあん》連として、その作品が見える。

潮来梢月連

一かへり松に余慶や藤の花　蘿經
出がはりや先々にある水かがみ　臥涼
鶯や碓の止み琴もやみ　帆布
淀々に入日の低きひばり哉　藾如
若草や買た草履は提げ行　鷺洲

安永六年（一七七七）の太無編『続ほととぎす』、同九年の秋瓜編『ふた木の春』等に、潮来の梢月庵連《しょうげつあん》の臥涼《がりょう》・鷺洲・籟如・天遊・龍尾・利水・吐英・逝川・朽亭・徐三・古仙・帆布・李香・秀而・玉縄ら、延方の巴江庵連《はこうあん》の千葉《せんよう》・呂由・桑夫・呉涼らの活躍が確認できる。この二連中は、松籟庵系の社中で、天明三年（一七八三）の秋瓜編『癸卯歳旦《きぼう》』他の俳書にも活動の様子が知られる。

附合て見れば下戸なり角力取　利水
道問ふた家見かへれば霞かな　千葉
原越て家はあれどもかんこ鳥　呂由
配る日はまだ濡色の粽かな　桑夫

同年の多少庵秋瓜編の『丁酉《ていゆう》歳旦帖』にも潮来梢月庵連の汝久・臥涼・古仙・籟如・竜尾・如月・文思

の七人の句があり、

流れても水は音なき蛙哉　籟如
若草や水草となる所得て　汝久

同四年の五山編『朱紫』に利水の句が見える。

垣結ふて逃がさぬ水や杜若　利水

寛政二（一七九〇）年刊の霜後編の『両師句選附録』（太無十七回忌追善集）にも潮来の俳人の名がある。

寒きともいはぬ雪見や老法師　潮来　籟如
けふも来ぬ客に筝伸びにけり　辻　渭橋
ひと時雨しぐれて海は月夜哉　大洲　桃里
炭竈に小雨もろとも煙かな　延方　休保
鶯の来て覗く氷室の二日哉　〃　智広

寛政十一（一七九九）年の鉾田の素雅の追善句集にもこの地方の俳人たち、潮来の希声、古人籟如・古仙・阿量・五粒・左文、延方の陵花・其光《きこう》、水原の如水・梅枝・木滝の孤舟・東湖、牛堀の羽山、辻の豊雷・琴路・此道・蘭枝、徳島の仙芝、牛堀の一橋《いっきょう》・東渕・平波・知水・湖東らが追悼の句を寄せている。

野も山ももとの色也春の雪　希声
思ふ日のめぐりて咲や風車　古仙
塚の上にことしは草の茂る哉　左文
思ひ出す友や仮寝のほとゝぎす　陵花
一筋の道さへ細しかんこ鳥　如水
散るものと知りつつおしむ桜哉　東湖
俤も其言の葉や名とり草　羽山
名木の跡や夏野の花薫る　豊雷
弱々と夏野の花や手向水　女琴路
手向する袖に雫や雨の蓮　女和扇
雲五色余は曇りなし花御堂　仙芝
折も我手向の花に名取草　一橋

文化・文政期には、潮来の葎傘《りつさん》・利根古《とねこ》、牛堀の柿磨・月秀・鮒国・知水・笑止らが活動した。

事足れるもの、長也初硯　南水原女衆　象雨　鏡裏庵編『乙丑三節』
蝶は野に吹れて遠き曇哉　潮来　葎傘　〃
屋上越せばさはぎ出しけり奴凧　〃　利根古　〃

ひとつ家に旭をもてり冬の山　牛堀　知水　完来編『風月帖』

名月やをのれを守る草の露　笑止　〃

名月や虫飛ありく膝の上　鮒国　柑翠編『まことかほ』

ひとつまみ菜を洗ふにも春の湖　柿磨　太�編『ひさこものかたり』

大賀の文殊院の奉納句額は、文化十二（一八一五）年と思われ、かなり風化していているが、玉造の香杉・菅雄・五明ら、手賀の大山・真水・芳明、麻生の隣風・麻長・蘭窓・羽名・柳沢、繁昌の秀貫・花芭・花苗、吉川の名花・鬼平、小高の柳王・浦水・如園ら、他に山田、玉里、鉾田、島崎の俳人たち八十五名の名と句が認められる。

天保三（一八三二）年刊の何丸《なにまる》編『男さうし』に、臨江や月秀の句が見える。

雁の来て空新しき月夜哉　徳島　臨江

露に露かさなる竹の庵哉　牛堀　月秀

同年の野巣編『朝顔集』に〈持工夫してから折や藤の花〉の句が見える孤米《こまい》は、潮来の和泉屋の主人で俳人として活躍した。天保七（一八三六）年刊の惟草編『俳諧人名録』や涼谷の編書にも句が見える。

松かぜや岩の上にも百合の花　孤米　惟草編『俳諧人名録』

痩麦の中に屋あり温泉の匂い　〃　涼谷編『俳諧発句ひたちぶり集』

身ふるふて立鹿にさす旭かな　〃　〃
山水の二節に行すみれかな　〃　同『立待集』
紋付の理屈こく也花の中　〃　同『類題十万句集』
かれ芦や触になり行月の闇　〃　護物編『俳諧新々五百題』
藤さくや笠の上ゆく水の音　〃　素柳編『言簡集』

天保十（一八三九）年の二峰編『潮来図誌』には、潮来来遊の著名俳人の潮来の句が見え、さらに孤米らの潮来八景の句が収められている。

藻の花は夕の月のうたげかな　みち彦
音するは芦のわかばの棹の先　士朗
春雨やさかづき見せて狐呼ぶ　一茶

天王山秋月　柏手のもる丶木の間や朝の月　亭々
長勝寺晩鐘　鐘の音や残る雲なき秋の暮　千秋
稲荷山晴嵐　昼日中狐の声や青嵐　芥舟
浜町暮雪　雪毎に積る思ひやゆうがらす　孤米
浅間下落雁　雁なびく出嶋は芦のしらべかな　不老

園部川帰帆　涼しさや真帆引かけて帰る舟　風五
潮浪里坂夕照　松ばかりまつの色なりむら紅葉　青厓
十二橋夜雨　きぬぎぬに十二の橋の時雨かな　二峰

『俳諧人名録』には、潮来の生まれで、下総小見川に住む清見屋美静《びせい》も紹介されている。

凍る夜や隣も風呂を流す音　美静

年代不明だが、「水原観世音奉納吟」には行方地方の俳人が顔を揃えている。水原観世音は、東雲山愛染院観音堂である。催主は繁昌の後遊・花月・保有・花有の四人である。

菊の日の水に移るやなく蛙　イタコ　阿量
一頻り灯ともす頃やなく蛙　ウシボリ　鮒国
寝静る夜雨明るしなく蛙　同　菊雅
むら雨のとまれとまれや鳴蛙　ノブカタ　李暁
朧夜も明て鳴止む蛙かな　ヨシ川　緑柳
暖や蛙鳴夜の雨の空　ナミキ　魚受
おち付た水に狂ふやなく蛙　ハン昌　後遊
流れては又水上へ蛙かな　テガ　君友

御手洗に夜明の雨やなく蛙　　ハン昌　花遊
手洗に忘れ杖あるねはん哉　　ウシボリ　可道
里の子の猫を尋るねはん哉　　イタコ　米川
涅槃会や替らで散りし赤椿　　同　利根古
閑古鳥鳴や苔むす神の庭　　牛ボリ　湖東
彼もまた友呼声かかんこ鳥　　水ハラ　象雨
音もなく松葉こぼれてかんこ鳥　　アサフ　鸞車
道隔て道問ふ処やかんこ鳥　　玉ツクリ　玉泉
釣り殿や水に影置涼み哉　　辻　琴路
涼しさや月夜烏の飛違い　　イタコ　柳捨
乗移る舟又船の涼み哉　　上合　甫月
他

さらに潮来・牛堀にある二つの芭蕉句碑とそれに関わった俳諧連に触れる。一つは潮来の大洲神社の句碑である。この神社は芭蕉が鹿島に来た貞享四年に修復再興された神社であるが、その鳥居近くに〈刈りかけし田面の鶴やさとの秋〉の句碑はある。建主は大洲生まれの映花堂花彦《はなびこ》（一八三一～一八八八）である。地元の大洲社中、延方社中の中心として活躍した俳人である。門人には大洲の汀州・桃林・松雪・南浦・柳斉・菰州、延方の梅里・里遊・松雨・梅遊らがいた。追善句集『浪逆浦《なさかうら》』（明治二十三年刊）は門人の石津礼助らによって編まれた。

ふく寿草初荷に添へてもらひけり　花彦
何処からも下る道あり谷の梅

もう一つは、牛堀の三熊野神社境内の芭蕉句碑で、〈春もや、けしきと、のふ月と梅〉とある。地元の有力俳人須田柿磨（柿丸）の喜寿祝句会を記念したもので、牛堀の坂本央江《おうこう》・浅井蔦谷《ちょうこく》・竹芭《ちくは》・杏雨《きょうう》ら十人による安政四（一八五七）年二月の建碑である。碑裏にはこの時、梅七十本、松百本、桜百本が神社に寄付されたことを記す。

この芭蕉句碑の近くに柿磨の句碑が立ち四句が刻まれている。

霧よりも軽き手際や初ざくら　柿磨
よしよしと世は過ぎたけれ閑古鳥
蕣《あさがほ》や咲きつぎとしも有べきに
木の葉ほどの雲しぐる、や富士の山

柿磨門下には、先の央江らの他に鳩居《きゅうきょ》・湖村・知水・紫風・露峰らがいた。また、雪中庵系の鯉国・笑止・月秀・一帆らがいて、牛堀の俳壇を活気あるものにしていたのである。

柿磨の句は多くの俳書に見ることができる。

大雪や隣の窓に鶏みゆる　　　柿磨
　　　　　　太笻編『寂砂子集』
瓜むくや蠅なき宿を取当り　　〃
　　　　　　鶯笠・一茶『芭蕉葉ぶね』
葛の葉のうらなきものか猫の恋　〃
　　　　　　一瓢編『西歌仙』、蘭叟編『松葉掻』
しばしして我物となる月夜哉　〃
　　　　　　太笻編『俳諧発句題叢』
呉々と親のおしゆる鵜飼哉　〃
　　　　　　雉啄編『まつかせ集』

麻生地方の俳諧は、特に文化から天保期にかけて、麻生藩主の新庄直計《しんじょうただかず》（蓬《ほう》窓・燐風）が熱心だったため、家老の畑《はた》秀成（月窓）、典医の朝倉長達はじめ上級武士の間で盛んであったことが特筆される。

古株や香そ慕はるゝきくのはな　燐風
　　　　　　二世沾嶺編『かつらの露』
名月に魯般か梯呉や銀河　〃
通れとはあゝおもしろや関の花　月窓
　　　　　　惟草編『俳諧人名録』

この他の行方地方の俳諧も盛んであった。文久二年刊の草中庵希水編『俳諧画像集』に、繁昌の熊雄・朝山（小林浅之丞）・春雄・米麦（内田耕作）・藤波（斎藤利兵衛）、新宮の仙志・癸年《きねん》、中根の永寧（大和田喜兵衛）、行方の芳野・松山（波見左兵衛）、武田の如親（河野十兵衛）・智鼠（清水惣右衛門）・荷風（清水孝助）・柳史（内田茂兵衛）、山田の芳古、杉平の梅翫、小幡の高野三千春・静賀丸（根本左平次）・知交・花月、北浦の金丸（真家陽之助）、小貫の知交・花月、井上の楽山（山形政右衛門）らが画像と共に紹介されている。

松の根に水の音して春の月　熊雄
からかさをほし並べけり梅の庭　朝山
門川に竹は靡きて月すゞし　春雄
海を出る月をうゑ込門田かな　米麦
岡の目に見てさへすゞし舟の月　仙志
蕣《あさがお》の大事につぼむゆふべかな　癸年
源の知れぬ雪解の流れかな　永寧
釣船の遠く出たる小春哉　芳野
汐先のある日はとゞく柳かな　荷風
ちり初てちらぬ日のある紅葉哉　花月
鳴きやんで暁ちかし磯千鳥　松山
防風やあれたるまゝの蜑が家　金丸

明治三年の謝徳編『俳家画像人名録』（『俳諧百人集』）に、北浦の本丸（本戸太郎左衛門）が紹介されている。

代替る鳥の羽音やおぼろ月　本丸

玉造では、宝暦十三（一七六三）年刊の涼袋編『古今俳諧明題集』に手賀の画州が見える。

松は尚まげぬはずなり春の雪　　画州

寛政年間の松籟庵霜後の俳書に、山舟・金枝・莞示・釈夜白・文義・其水・止考らが、手賀では釈春江・右扇・款三・如竹・釈思友らが意欲的に句を寄せている。夜白は玉造の宝幢院住職である。

此《この》こと〻こ〻ろ丸めしかゞみ餅　　夜白

文化・文政期には、羽生（行方市）の土子啓山《けいざん》（一七五一〜一八三〇）の活躍が目立つ。成美・一茶編『隋斎筆紀』に六首ほど書き留められ、他に太筇編『寂砂子』、『鳥の道』、夢南（一具）編『九日集』、涼谷編『ありのま〻』『も〻鼓』など葛飾派系の俳書にも多く入集している。

肩かへて今朝は小松にか〻る百合　　啓山　　『随斎筆紀』
蓮翹や簀戸もはずさず昼法師　　〃
此ごろの夜は柳から更けにけり　　〃　　『鳥の道』
雪とけてまた其ままの山路哉　　〃　　『九日集』
秋立やたなご釣子の葛袴　　〃
八講の座のとけぐちや雉子の声　　〃　　『ありのま〻』
河骨の花のうへ行たなごかな　　〃　　『続雪まろけ』
八朔や沙汰なく立し出開帳　　〃　　『も〻鼓』二編

舟かたの下駄かしに来る柳かな　〃　同　三編

句碑は羽生の万福寺と、小川（小美玉市）の天聖寺《てんしょうじら》にある。万福寺の句碑（建立年不明）には〈おのづから身にしむ声やほとゝぎす〉の句が刻まれている。天保二（一八三一）年建立の天聖寺の句碑〈草臥《くたびれ》たさきへ廻るるやかんこ鳥〉は「小川社中建立」とあるから、啓山は当時の本間松江（五代）を中心とした小川社中の重鎮であったらしい。文政十三（一八三〇）年に七十歳で客死したという。

さらに天保期にかけて、玉造では一桃・芳之、芹沢では呼友・啄友・陸歩・白藻・玉葉・関舟・夢枕・桜路・沈泉など、手賀では栄山・苞園・入舟・宗川・一徳・五龍、上山では池月らの句が諸俳書に収められている。

蚊帳越に遠江の昔語かな　呼友　涼谷編『もゝ鼓』二編

不二浅間夕顔白し雲の峯　陸歩　同

文化二（一八〇五）年刊の鏡裏庵編『乙丑《おつちゅう》歳旦』に、呼友・白英が見える。

蔵書あり門清うして明の春　呼友

水臭き雪起りけり今朝の秋　白英

〈おのづから身にしむ声やほとゝぎす〉の句が刻まれた万福寺の啓山句碑

文化十三（一七一六）年刊の松風編『月のむしろ』に、玉造の覚阿・如竹・玉泉らの句を載せている。

観念のひとつ也けり秋の月　覚阿
何植てをかば来啼ん杜宇　如竹
日和あり風あり花の朝朗　玉泉

4 河野涼谷の俳業

洞海舎《どうかいしゃ》河野涼谷《りょうこく》（新之右衛門・前号は李尺《りせき》）は、宝暦十二年（一七六二）に、水戸藩の支藩守山藩領の行方郡帆津倉村の名主で醤油醸造業の家に生まれ家業を継いだ。関東の醸造家は、銚子から野田にかけての利根川沿岸で栄えたが、利根川に続く常陸の北浦沿岸の涼谷家もその醸造業繁栄圏にあった。江戸に出店を持ち、妻は江戸の生まれである。これから触れることになる県南部の俳諧も利根川の水運と河岸・醸造業者の経済力を抜きにしては語れない。

この北浦沿岸の俳諧圏は、文化から天保期には、少なくとも四十村二百人の俳人を数えることができる。ここで言う俳人とは、芭蕉や一茶などの職業俳人（業俳）ではなく、俳諧を趣味として楽しんだ、いわゆる「遊俳」たちである。涼谷は、洞海舎社中をまとめながら、月並句会の開催、歳旦集の編集と発行、類題集の発行、江戸の業俳との交流、句集の発行と斡旋などを精力的にこなした遊俳の一典型である。

涼谷は長斎編『万家人名録』（文化十年）に前号の李尺として紹介されている。

松と鶴とこは永き日のもやうかな　　李尺

社中の河野有美、山居由之らが涼谷の活動を支えた。その有美は隣家の涼谷と共に『万家人名録』に紹介されている。

有美　河野氏号無為亭俗称新五郎住于常陸州行方郡帆津倉村

花ちりて夢見たやうな山家かな

小林一茶は、『七番日記』の文化十四（一八一七）年五月二十五日の条に、

廿五日晴　小川ヨリ四里、馬ニテ送ラル、化蘇根（沼）イナリ社有、李尺氏神ト云。帆津倉ニ泊。

廿六日晴　川趣デ（越テ）八反田、根木田、札村普門寺云アリ。武井、鹿島詣。大船渡六十四文。板久俵屋泊百五十文。

廿七日晴　卯上刻出船二百六十四文。未下刻銚子ニ入。蚕浜蚕社法花新田砂山ノ下有吉野屋ニ泊。喜平次ト云。熊、兎、孔雀、鵞其他品々有。

廿八日晴　桂丸ニ入。

廿九日晴　桂丸、李峰ト浜一覧ス。

（『一茶全集』信濃毎日新聞社）

と、涼谷宅訪問を記している。「化蘇根イナリ社」とは旧北浦村内宿にある化蘇沼《けそぬま》稲荷社のことである。河野家が四国以来祀り続けた稲荷神をこの地に祀ったともいう。宿泊は帆津倉の涼谷宅であろう。残念なことにこの時の句会の様子が記録に残っていない。

一茶は、翌日北浦対岸の鹿島郡八反田、根木田、札村普門寺、武井、大船渡を巡り、潮来の俵屋に泊まり、二十七日は、潮来から舟で銚子に向かった。銚子では桂丸や李峰らと交遊している。

涼谷は他に備前の閑斉、江戸の一瓢・一具など多くの業俳を招いているが、このような業俳と遊俳との交遊は、この地が江戸との水運の便があったこと、遊俳の経済力と業俳の指導力情報力等がうまく噛み合っていたからである。

化蘇沼稲荷社には、二基の芭蕉句碑がある。いずれも涼谷の洞海舎連中による建立で、当時の勢いを物語っている。

一基目は、おそらく涼谷没後十年以内の建立と思われるもので、芭蕉の〈長き日も囀りたらぬひばりかな〉の句が彫られている。碑裏には建立に関わった洞海舎社中の主だった俳人七十一名の名が見える。山居由之《さんきょよしゆき》・田山友甫《ゆうほ》・民枝らが補助、素有・良賞・湖平・知親・素考・里風らが願主、温甫・季李・智山・思文・柳里・キ山・眉蕉・一酔・文雅・范父・古川・孝道・巴水・戴星・為藁らが世話人となっている。

二基目は、芭蕉百六十五回忌、涼谷没後二十三年目の安政五（一八五八）年に社中によって建立されたものである。碑面には芭蕉の〈この道や行く人なしに秋の暮〉、と涼谷の句〈夕月も昨日になりぬ峰の松〉が彫られている。建立にあたった俳人は三十四名で、先の句碑の時の七十一名の半数程になっていて、社中の衰退を思わせる。

同稲荷社境内には涼谷を支えた由之の句碑もある。〈冬牡丹水も薪も裏の山〉と彫られているが、建碑年は見えない。

涼谷は、一茶を迎えた翌年の文政元（一八一八）年九月に、最初の編著『ありのまゝ』を刊行する。内容は、冒頭に師今泉恒丸《つねまる》、そして夏目成美《せいび》、建部巣兆《そうちょう》の句が掲げられ、次に全国四十の国別に有力俳人の句が置かれ、最後に芭蕉と野坡《やは》の連句が収められた。常陸の俳人では、水戸の湖中、帆津倉の有美、小川の松江・義香《よしか》・昭眉、牛堀の柿磨、水戸の露白、筑波の眠石ら四十四人の句が収められている。

蝶の夢八十島かけてしずかなり　李尺

筑波峰のかすみも匂ん蜆汁　〃

若楓筏の上の茶振舞　〃

利根河や蜻蛉の空の広過る　〃

この書は、すぐに柏原の一茶の元に送られたことが、成美・一茶編『隋斉筆紀』に見える。

涼谷の師は葛斉《かっさい》今泉恒丸（一七五一～一八一〇）である。奥州三春の出身で秋田侯に仕えたが、後に江戸に出て加舎白雄《かやしらお》に師事して名声を得たが、文化三（一八〇六）年に火災にあい青野太筇《たいきょう》の計らいで佐原に転居した。やがて常総地方の門人四千人にも及ぶと言われるほどになった。主な門人は下総の蒼峨・青岱・東洋・兄直《えなお》・柑翠・太筇・其明・桂丸ら、常陸の涼谷・有美・由之らである。佐原に住んでわずか四年、文化七（一八一〇）年に六十歳で世を去ったが、常総俳檀に大きな影響をあたえた俳人であった。

他に涼谷が影響を受けた業俳としては、江戸の夏目成美・建部巣兆・鈴木道彦・小林一茶、一具庵一具、水戸の岡野湖中であった。

恒丸の追善句集である太筇編『玉笹集』（文化九年）に涼谷・有美・由之が亡き師葛斉恒丸の句を発句にして歌仙を巻いている。里石は涼谷の前々号である。

朝朝の心をうつす蓮かな　葛斉仏

若葉の雫ちつてあとなし　里石
鞍壺の前かたぶきに風うけて　有美
　ゆつたり霞む赤門の月　由之
味噌豆の匂ひに水のぬるむらん　石
　雁の還るをうらむ白鷺　美
世中を泪にすればきりがない　之
　仇名たつるな岩のお地蔵　石
柾散る子持の雨に　美
　木槿長者の歌に引かつ　之
逃るとて小雛はらりと秋の花　石
　須磨は枕に船虫が這ふ　美
くらがりのしめり吹き出す□　之
　奇妙に酒をあびる□神　石
このたびの誕生寅の日といへり　美
　夜明けの雲が鼻先を行　之
（以下略）

常陸の主な俳人たちも悼句を寄せている。

左、五十代の李尺時代の涼谷（『万家人名録』東大・酒竹文庫）
右、六十代の涼谷（『東国俳諧名人三十六歌仙橋づくし』松宇文庫）

月の出て身かろく成し小鴨哉　翠兄
夜に入れば松よりちるか山桜　松江
花の夜の引明がたき世はをしき　遅月
白梅の四五日咲くや蜆汁　月船

涼谷の編著　左から『俳諧もゝ鼓』『立待集』『類題十万句集初篇・夏』（江幡彦衛氏蔵）

『ありのまゝ』の刊行から六年後の、文政七年（一八二四）二月に、涼谷は洞海舎社中の年刊月並句集「俳諧もゝ鼓《つづみ》」を発刊した。選者には、梅室、雨塘《うとう》、八巣《はっそう》、護物《ごぶつ》、一具、太笻などの著名俳人が並んでいる。第二編はその年の十二月に発刊され、以後順調に進み、九編まで刊行された。この間に涼谷は、選歌集『ひさこまろ』（文政九年）、類題集『あづまぶり集』（文政十一年）を発刊した。『ひさこまろ』は、李尺から涼谷への改号記念集で、交遊のあった一茶、たよ女、一瓢、護物、一具、野巣、雨塘ら六十九人の有力俳人の作品を収める。『あづまぶり集』は、涼谷が一具の支援を受けて編んだ上下二巻の類題集である。俳人は全国にわたって七百八十余人、句数四千七百句にのぼる。

文政十三（一八三〇）年には、同じ恒丸門の下総小南の青野太笻の追善句集『立待集』上下二巻を刊行した。太笻は恒丸の佐原移住に尽力するなど財力を持ち、編著も多いが、その多くに涼谷の句が収められ、交友の深さがうかがえる。〈人怖ぬ秋の鵜や野辺送〉は、この書の中の涼谷の一句である。涼谷が師と頼む恒丸が没し、一茶は柏原に去って文化年間が終わった。それに続く文政天保期の涼谷の俳業を支えたのが一具であった。一具は奥州の巨匠松窓乙二《おつに》の高弟として活躍し、福島の大円寺住職であったが、江戸に出て業俳の生活を送った人物である。常総地方をよく巡り佐原の恒丸とも懇意であったから、その関係で涼谷とも知り合ったのであろう。

涼谷は、文政八（一八二五）年刊の一具編『九日集』（乙二追善句集）下巻の跋文に一具について次のように記している。

> 一具法師が庭先の実景に感じて
>
> 水やそらこの曙の桐一葉
>
> と賞嘆せられしは、おとつとしの七月九日なりけり。この日はからずも松窓の翁なきがらを笠にかくして、黄泉のかしまだちし給ふときくに、師資のちからの浅からざりし湖上の唫をかたり出で、同盟のかれこれ袖をぬらしける。ことし休安忌日にあたりて、この句をもて手向けとせり。（以下略）

文政三（一八二〇）年に越後巡遊中の乙二が亡くなった時に、一具は涼谷宅に滞在していて、〈水やそら…〉の句を吐いたことを懐かしみ、追善の心を述べているのである。

この時の〈湖上〉と題した歌仙が巻かれたのだが、それも追善集に収められている。夢南は一具の、李尺は涼谷のそれぞれ前号である。たよ女は奥州須賀川の俳人、乙人・化迪《かてき》・春雨は洞海舎社中の俳人である。

水やそらこの曙の桐一葉　夢南
それかあらぬか月のおもかげ　李尺
乙鳥のかへらぬうちと壁ぬりて　乙人
将棋はじまる庭の腰かけ　化迪
山梨の花に雨持夕まぐれ　春雨
どつさり烏賊のとれるこち風　南
この春は秩父を打にさそはるゝ　尺
やつと片づく国元の公事　人
太織着て嫁の縁者としられけり　迪
不二の向ふへ直す吸物　雨
屋根替のうちは仏も窮屈に　尺
竹の子買の馬曳て来る　人
ひらひらと鬼灯畑の朝の月　たよ女
盆このかたの寒さなりける　雨考
（以下略）

涼谷は、一具を通じて奥州の俳人たちとの交流を持っていた。須賀川のたよ女は常陸と姻戚関係があり涼谷との交流も深かったようである。

他に涼谷に影響を与えた江戸の俳人として、護物と由誓《ゆうせい》がいる。護物は道彦を師とし、『俳諧新五百題』、『俳諧千題集』、『さるかがみ』など、二十に近い俳諧書を編んだが、その多くに涼谷の句が入り、涼谷の年刊句集「も丶鼓」の選句を担当し、その第三編の序文も記している。由誓は江戸の成美家の番頭で、俳人として一家を成した。護物同様に涼谷の『も丶鼓』の選者で、涼谷の『立待集』の跋文も記している。

意欲的な涼谷は、七十二歳になった天保四年（一八三三）に『類題十万発句集初篇』を発刊した。春夏秋冬全四巻、俳人は諸国にわたり三百六十六人、八千余句を収める大著である。十万句を収める遠大な計画であったろうが、続編は実現せず、翌年の小類題集『俳諧発句ひたちぶり集』の発刊にとどまった。翌天保六（一八三五）年に涼谷は七十四歳で世を去った。

翌年に出た『海内正風俳諧流行高名録』に、涼谷は十六番目に位置づけられている。因みに太田の野巣は六十二番目、牛堀の孤米は六十三番目である。

涼谷の句には北浦べりの自然と生活が穏やかに表現されている。

千代となく鶴よ雀よ秋の夕　　涼谷『しきなみ』
朝風や他人のやうにうく蛙　　〃　太笻編『俳諧発句題叢』
雛の日やぺんペン草の餅もつけ　　〃　同
猫の恋畳の匂ふ月夜かな　　〃　太橘編『五とせ集』
川風や網打ちかねし梅の花　　〃　一具編『九日』
酒樽に芍薬さして田植哉　　〃　涼谷編『俳諧あづまぶり』

船に寝れば深切に鳴いとゞ哉　〃　同

行く春や障子の白き向川岸　〃　同

中汲の封を切らせて月見哉　〃　涼谷編『俳諧十万発句集』

涼谷が句を寄せ跋文を記している『九日』は乙二の三回忌追善句集であり、『五とせ集』はその五回忌追善句集である。涼谷が乙二の俳系に関わったのは一具の斡旋があったからであると思われる。

5　鉾田の五楽庵連

水運の便に恵まれた鉾田地方は早くから江戸俳諧の影響を受けていたらしい。元禄二（一六八九）年に世を去った兎玉堂遊山（戸井田伊左衛門）は鉾田の俳諧の先駆的存在である。その後に田山完翁（彦衛門喜市）らが登場する。明和・安永期（一七六三〜一七八九）になると河岸業瓠落庵素雅《かくらくあんそが》（田山勘右衛門森俊）を中心とした鉾田五楽庵連中の活動が活発化した。素雅の田山家は、須賀川のたよ女や水戸の太無と姻戚関係のある豪商である。

素雅の句は、『秋瓜歳旦帳』（明和三年）、太無編『不言集』（明和三年）、『ふた木の春』（安永九年）などの俳書に入っている。『不言集』には素雅を始め、翠雨、景山、呉嶺、鶴之、双花、石雁、松下、仙流（徳宿）、鳥仙（串挽）、九江、市江、莚雪、仙鼠・素交（烟田）、里風、玉鶏、瓜夕（安塚）、浮山、燕舎、槎来（当ケ崎）、玉砂、雲和の二十三人の五楽庵連の句が見える。

おぼろ夜を田毎に冴る蛙かな　　素雅
明けのこる星また寒し雉子の声　　翠雨
若梅に被着せけりおぼろ月　　景山
行春や筑波を見ても富士見ても　　松下
雪解や筧に春のふとる音　　里風

春雨の晴残したる柳かな　鶴之
風の日の馬場狭くする柳かな　仙流

『ふた木の春』の五楽庵連は、素雅・鶴之《かくし》・羽山・瓠仙・柏舟・烟田の里風・吉影の細葉・飯名の五鶏らで、安塚緑布庵連は燕胥《えんしょ》・流楚・筵花・浮山・小車・卉木・如遊らである。

啼ずとも鹿は鹿なりけふの月　羽山
名月や芙蓉に曇る蟻の陰　松下
薫物の煙り競や星祭　燕胥
明月や捲きて人なき翠簾の内　流楚
駒の住む野を染め分る霞かな　如遊

安永六（一七七七）年刊の二世秋瓜編『丁酉《ていゆう》歳旦帖』には、五楽庵連として素雅・景山・瓠仙・鶴之・五川・松下らの句が見える。

花守の見に出る春や梅の花　素雅
とし経ても白髪の見へぬ柳哉　景山
啼く中の礫に飛て蛙哉　瓠仙
きぬ川のきぬを織出す柳哉　松下

天明三年（一七八三）に素雅は、社中の重鎮であった松下《しょうか》の一回忌追善句集『花の雲』を発刊した。序文は霜後で、松籟庵系の俳人が多いようだ。五楽庵連をはじめ鉾田地方の俳人の句が多いが、関わりのある吉影・生井沢・二重作・梶山・飯島・手賀・小川・延方・潮来・牛堀・佐原・銚子の俳人も句を寄せている。さらに龍ヶ崎の雨露庵連中八人、江戸の多少庵連中九人、同松籟庵連中十二人の句も見え、俳交の広さがうかがえる。

陰のない空に隠るる雲雀かな　素雅
秋たつや俄に近き引板の音　鶴之
野宿にも主の声や閑鼓鳥　故人　景山
春までで我行野べや佛の座　松下
雪解けや岩角絞る谷の音　素交
行秋やつれなく残る種ふくべ　湖石

寛政二（一七九〇）年刊の霜後編『両師句選附録』にも鉾田の素雅、飯名の五鶏、塔ヶ崎の為水、串挽の青峨、安塚の鳥鼠、二重作の五声らの句が見える。
同三年の秋瓜編『辛亥《しんがい》歳旦』に、

薫しき主や留守の梅の花　素雅

寛政十一（一七九九）年二月に出た素雅の追善句集『素雅追福』（可桃序）には、初めに素雅の四季の各九句が置かれ、常陸内外からの悼句が並んでいる。

春

梅咲くや暮るゝまで日のある所　素雅
鳥の巣を大事に残す茶摘哉　〃

秋

風もまた蓮の匂ひやけさの秋　〃
初鮭や魚程はねる男共　〃
紫陽花や夕べに替る花の色　飯名　五鶏
行先の道も明るし花卯木　鉾田　喜聴
時鳥啼くや雲井に見へ（え）隠れ　鳥栖　錦志
嗚呼かなし要の花も散りけるか　串挽　釣魚
声もかなし此世の外のほとゝぎす　安塚　鳥鼠
惜しや月は卯月の夜半の雲隠れ　烟田　里風
清水もていざや手向ん閼伽の水　大和田　水香
秋の夜を山に住たし鹿の声　石八戸　梅香
降ながら日の洩る窓や夕時雨　徳宿　岸遊

他

この地でも芭蕉の回忌に合わせた芭蕉句碑（翁塚）の建立や地元の寺院に句額を奉納することが盛んに行われた。当間の大教院境内や月蔵寺の奉納句額、安塚不動尊奉納句会や借宿の奉納句会の記録が残り、江戸後期の俳諧の隆盛を伝えている。

江戸時代の芭蕉句碑は、当間、大和田、石八戸の三基が確認されている。当間の大教院跡地蔵堂の芭蕉句碑には〈けふばかり人もとしよれはつしぐれ〉の一句が彫られている。文政十（一八二七）年十月十二日、芭蕉百三十三回忌に当たる日の建碑である。建碑者三十九人の名が認められる。当間の器隋・真考ら、青柳の雅柳・柳雨・柳美ら、借宿の寿耕・野帚ら、安塚の兎柳・梅仙ら、串挽の春雨・一酔ら、半原の只界・思文ら、搭ヶ崎の易臼・梅園ら、芹沢の路友・陸歩ら近隣の俳人がほとんどである。この句碑は義仲寺編の『諸国翁塚記』にも紹介されているので名の知れた句碑であったのだろう。

大和田の句碑は巴川の河岸業の寿松庵井川水香《すいこう》が、芭蕉百回忌にあたる寛政五（一七九三）年十月十二日に建てたものである。芭蕉の〈名月に麓の霧や田のくもり〉の一句が彫られていて、〈東都七十五叟　松籟庵霜後敬書〉とある。霜後は松籟庵秋瓜の高弟で、この地方への松籟庵系の進出を示すものである。また、近くの須田河岸の井川家の庭内には、井川細葉の句〈石垣に春のはなさくすみれ哉〉の句碑が建ち、〈催主水香〉とある。北浦に流れ入る巴川水系も俳諧が盛んであったたことがうかがえる。

三基目は、石八戸の俳人たちによって、嘉永六（一八五三）年二月に建てられたもので、芭蕉の〈梅が香にのつと日の出る山路哉〉の句を刻む。石八戸の俳人の層は厚く各地の句会に積極的に参加している。芭蕉句碑裏に名を記している柏茂《はくも》、温甫、阜山などがこの地の中心的俳人であったろう。

先の当間の月蔵寺の寛政八（一八二五）年四月の句額には判読しにくいが、上合《かみのあい》の甫月《ほげつ》・香羅、玉造の五明・遊之・芦花、串挽の釣魚、烟田の所山、塔ヶ崎の為水、そして松籟庵霜後など五十人余の俳人の句が見える。

青柳の白燕堂江幡柳美（一七九四〜一八四八）は河野涼谷や燕堂柳至に師事し、宗匠として活動した。子の江月庵美山、孫の鼓湖庵景雲と三代にわたって俳諧に精進したのであったが、このような例は珍しいことではなかったようで、地方俳諧の隆盛ぶりがうかがえるのである。

柳美ら鉾田の有力俳人たちも属していた洞海舎連の涼谷の死後、活動を強めていったのが、北浦の対岸の鹿島郡二重作の醸造業咬菜軒《こうさいけん》田山友甫《ゆうほ》（吉左衛門）である。友甫は、涼谷と同様に業俳一具の力を借りて年刊月並句集『たつき集』を天保十二年（一八四一）に発刊した。月毎の選者には、護物、由誓、八巣、蓬窓たちが名を連ねる。友甫もまた近隣の句会の選者として指導力を発揮し、多くの俳書にその句を見ることができる。

雉子啼くや軒端に近き山の色　　友甫　『たつき集』初編
懐へ入るも嬉しやわか葉かぜ　　〃　〃
宵月に神の位や梅の花　　〃　〃
貝殻のしろきひさしや桃の花　　〃　野巣編『芭蕉翁略伝附録』
留守の事いひ置ながら袷かな　　〃　一止編『さはひこめ』
端近うまくらもかりて十三夜　　〃　永壺編『恋のたより』

文化・文政期には烟田の鈴木賞素（治兵衛）、安塚の荒木田寿鳳（長七郎）、串挽の塵外、鉾田の伊藤白誓（吉作）、渡辺晴雲（惣左衛門）、田中稲守（与兵衛）、田山兎月（彦四郎）たちが活躍したことが『俳家画像人名録』等の俳書からもわかる。

寝る人もあるに出て行納涼哉　寿鳳
初雪や芦のかれ葉に日の辷る　賞素
積もる雪押すや隣へぬけるだけ　晴雲
冬の山あれが誠の姿かな　白誓
還る雁心残りの羽ぶり哉　稲守
面白し夜はよるとて梅の月　兎月

『俳諧画像集』に串挽の休可（小沼主膳）・山笑（森作五八郎）らも紹介されている。

この道やおぼろなれども月の影　休可
時鳥夜の明けたればたゞの山　塵外

田崎村（旧旭村）の田崎処助は、上安居村《かみあご》（旧岩間町）の名主塙家の出身で田崎家を継いだ。水戸の秋瓜や出身地の岩間の戯蝶《ぎちょう》を始め近隣の俳人とも交流し、『天保四年志のぶくさ発句集』『四季発句集』などの貴重な俳諧資料を残した。

上・左・晴雲、右・白誓　下・左・賞素、右・友甫（『俳家画像人名録』等・田中博氏蔵）

（二）県南編

1　稲敷の俳諧

阿波崎《あばさき》（旧東村）出身の力士稲妻雷五郎は、第七代横綱として文政期に活躍し、阿武松《おうのまつ》・稲妻時代を築いた名力士であった。年二場所時代に優勝十回を記録し、松江藩のお抱え力士として活躍した。大正十二（一九二三）年に建てられた顕彰碑には、根本庄右衛門の二子として寛政七（一七九五）年に生まれ、幼名は才助。江戸相撲佐渡が嶽の門に入り、文政十一（一八二八）年三十四歳の時に大関となり、翌年横綱となった。身長六尺二寸、肉肥えて力強く技倆に優れる、とある。明治十五（一八八二）年に八十八歳で世を去った。

稲妻は俳諧を好み、次のような句を残している。〈稲妻や〉は辞世の句である。

青柳の風にたをれぬ力かな
竹の子の力や何にたとふべき
稲妻の去り行く空や秋の風

このように横綱が俳諧の魅力を知っていたことは、俳諧がいかに広く浸透していたかを示すものといえよう。龍ヶ崎の有力俳人翠兄の寛政期の歳旦帖にも力士の句が見える。

うぐひすや人なつかしき斧の音　　大相撲　南山

横綱稲妻雷五郎の像［稲敷市立歴史民俗資料館　稲敷市八千石］

米川博「利根川下流域と相撲」(『利根川文化研究25』)によれば、この地方の相撲の人気が高かったことがわかる。稲妻雷五郎と同じ松江藩のお抱え力士であった雷電は、天明から文化年間にかけて活躍したが、文化八年の引退後は力士を率いて各地を精力的に巡ったのであった。その巡業を記録した『雷電日記』には、寛政二（一七九〇）年から文化一二（一八一五）年の間に、行徳・市川・稲毛・佐原・東金・江戸崎・東庄・八日市場・市川・銚子・麻生・柏崎新田（かすみがうら市）・安塚（鉾田市）その他の利根川流域四十一か所にわたって相撲興行をしていることがわかる。利根川水運の利便による俳諧活動の盛り上がりと同様に、この常総地方に相撲人気も高まっていった。稲妻もこのような機運の中で江戸の相撲界に入ったのであろう。さらに『天保水滸伝』の笹川繁蔵や飯岡助五郎はいずれも江戸相撲出身の親分とされ、笹川方の勢力富五郎も力士であったという。力士の夢が破れて博徒になるという物語は、取手宿を舞台とした長谷川伸の『一本刀土俵入り』などにも見える。

旧東村（稲敷市）では、天保後期から弘化・嘉永にかけて、多くの俳人が活躍した。押砂の方志《ほうし》・村丸、伊佐部《いさぶ》の燕子《えんし》・二石・金波、幸田の里柱・文之・桑布、阿波崎の鶴声《かくせい》、上ノ島の四郎・双居、下須田の花恵、上須田の松高・鶯桃などが諸俳書、各地の奉納句額に見える。この時期に砂押の高柳丁知は江戸に出て札差業を営んだが、俳諧を寥松に学び、のち百日庵として活躍した。編書に『今人七部集』がある。

江戸崎（稲敷市）の豪商小林平七郎は、俳人立言亭桜所《おうしょ》として、狂歌の世界では緑樹園元有《もとあり》として『狂歌鯉鱗集』などを編んで活躍した。

桜所は、俳諧を好んだ父文仲《ぶんちゅう》の句〈魚と水中をしだるる柳かな〉の句碑を瑞祥院境内に建てている。文仲・桜所親子のように二代、三代にわたって文芸に遊ぶ例は少なくないのであった。

江戸崎では寛政年間に、江戸崎連として翠兄門の秋声、文舟、岷江《びんこう》らが、天保から嘉永期にかけては、一両・篁月《こうげつ》、無為らが活躍した。

登つめて霞に近し年の山　　秋声　　翠兄編『歳旦帖』
はつ鶏やほのかに城の時太鼓　　〃

梅咲やむかふかた皆恵方道　文舟
はしり帆にうごかぬ帆あり春の風　〃
紅の東雲見たり華のはる　岷江
行としや雪に白髪のひとつ松　〃

天保七（一八三六）年刊の惟草編『俳諧人名録』には、江戸崎の俳人として桜所と葦斎が紹介されている。

顔出して馬の見てゐる粽かな　桜所
用のある日に誘はるゝ花見かな　葦斎

天明から寛政期にかけて、河内村（河内町）の俳人たち、長竿の利水、片巻の梅堂・梅道、田川の有隣・谷神・初鳥・東水（一白）、金江津の其月、源清田の馬丸・南嶺・松月らが葛飾派の素丸、安袋（元夢）らの編書に多く入集している

また、寛政期には龍ヶ崎の翠兄の歳旦帖に源清田の唯我、小巻の耕雪、長竿の伊昔・女菊明・夷白、十三開戸の翠雪・素雪・鶴声・意外、金江津の祐斎らが見える。

文化・文政期には、生板の紫峰、田川の升入・一白、羽子木の甘口・蝶道、金江津の可川・文児・桑旦、十里の皎月・蘭石らの句を諸俳書に見ることができる。

嘉永二（一八四九）年の河内村金江津の曲流舎可川《かせん》開筵賀集編『ゆふ花《はな》集』には桜所を初め六人の江戸崎の俳人が句を寄せている。

雑木さひ見らる丶春と成にけり　桜所
雲の退く度にましけり月の光《かげ》　こけい
撞人にうらみはなくも秋の暮　筧月
大名の座舗でも焚蚊遣哉　鴉月
木曾川の入相寒し藤の花　泉嶺
よるの菊白い積りで貰ひけり　生圃

嘉永四（一八五一）年に信太郡蒲《かま》ケ山村（稲敷市）の近水舎仲芳《ちゅうほう》の編んだ『俳諧画像集』（『常総俳人百家集』）には、この地方の俳人が多く紹介されている。

江戸崎の篁月・生甫・安所・晴雲・泉嶺・南枝・有秀・無為ら。

丁々と伐木のゆれる霞かな　篁月
出ては消出てはきえるや月の雲　無為

さらに安中の柳窓・暁雲・文義、古渡の由丸、安波の花月、蒲ケ山の東山・氷月・登鯉・和鳳・宗月・五風、時崎の多丸・哥笑・藤翠・野翠・長翠、鳩崎の吹月・寿生などである。

白露や夜のはなれ行草の上　仲芳

文久二（一八六二）年刊の草中庵希水編『俳諧画像集』には江戸崎の泉嶺《せんれい》が画像と共に紹介されている。

象潟の雨いよ眠し啼蛙　泉嶺

他に江戸崎の俳人には一雨らがいた。

水も笑ふ心あるのか春の川　一雨　孤月編『桃家春帖』

古渡《ふっと》の俳人は、天明期には瀟珠《しょうじゅ》、文化期には古渡連の仙里、武雅、小林《しょうりん》、釈里芳、和風などがいた。

天地に人も笑顔やはつ日の出　仙里　梅丸編『歳旦帖』
年の坂道遠からず近からず　〃　〃
麦端うねうね渡る春の風　武雅　〃
元日や花は申さず松に竹　小林　〃
世につれて越ばや老も年の坂　釈里芳　〃
朧夜や田毎田毎の水の色　秋風　真翠編『歳旦帖』

天保期には雨城、湛水などが俳書に見える。嘉永期には雨城・麦甫・仙里・よし丸・梅人・淇水・蝶河・夏山・千覇・其遊・晴月・麦秋、さらに由丸・越山などが活躍した。

朝寒や爰までにほふ舟の汁　雨城　『ゆふ花集』
波音の四五日止ずわたり鳥　麦甫　〃

滝口も細るやうすや冬近み　仙里
山里や花に七日の人通り　よし丸〃
里近くいでて友呼や雨の鹿　梅人〃
紅茸や世は覚安き人ごころ　淇水〃

阿波《あば》（稲敷市）には疫病除けや水上海上安全の神として関東・東北の庶民の信仰を集める大杉神社があるが、ここに河岸講中、船持中などの奉納額と共に奉納句額が掲げられていることは、この地の俳諧活動が盛んであった証となろう。

先の『ゆふ花集』には阿波の次の七人の句の他にも、土奇・柳旄・蓬山・其濤らの句が見える。

雲低う風の這ふ夜や雁の声　桑月
嬉しさのあまりに盈《みた》す木のみ哉　雨橘
身一トつの秋にはあらねど秋の暮　飛泉守
菊植てもう咲立を待れけり　柳志
一トつみに朝覗て茄子かな　床志
工夫してやつと出けり萩の門　左筵
道具やの鼓うちけり秋の夕　社翁

同集には、河内村の金江津（桑旦・李白・遊楽ら四十八人）、源清田（民二・島成ら十六人）、長竿（衰月《がげつ》・梅枝ら十人）、生板（亀齢・呉水ら五人）、片巻（洞猿・李舟ら十一人）各村の嘉永期の俳人が顔を揃えていてこの地域の俳諧の活発な様子を伝える。

柳青う成つてゆかしき流れかな　桑旦
窮屈に成るや花見の雇ひ船　李白
行鳫の羽から翻すか小雨降　遊楽
凩のなぎて日の入る海手かな　民二
そこらから夕闇つくる水鶏哉　島成
くるゝ日の暫暫しは髪菊の花　寉月
夕立の晴行跡の小田の色　梅枝
ゆたかさや鶴の寝て居るはるの磯　亀齢
吹きつけて横に積もるや壁の雪　呉水
遊にも倦く日のありて草や摘　洞猿
傘を横にさしけり秋の雨　李舟

これより早く文政十二（一八〇〇）年の翠兄の歳旦帖には源清田の唯我、長竿の伊芳の句が見える。歳旦帖とは、正月吉日に宗匠宅で連歌や俳諧の会を開くときに披露する門人たちの作品をまとめたもので、出版されることが多かった

美浦地方の俳諧も盛んで、寛政八（一七九六）年刊の雪中庵完来編『歳旦歳暮』には、木原の浪花・子才・

雲里ら、同十二（一八〇〇）年刊の翠兄編『歳旦帖』には霞ヶ浦連として、木原の雲里・浪花・子才・馬川・巨牛・一鵬、茂呂の東吹など、『俳諧画像集』に木原の慶儀・慶斉の名が見える。同十三（一八〇一）年刊の『筑波庵集』には、霞が浦連として前の俳人の他に木原の馬川・巨牛・一鵬、茂呂の茂萍、船子の卜笑《ぼくしょう》ら十一人の句がそれぞれ三句ずつ収められている。

霞ヶ浦連

あし曳の山とは更に花のはる　雲里
あらたまる朝日の影や人のはる　馬川
はつ日影時雨るゝ山はなかりけり　子才
ゆくとしの後に軽き紙衣哉　巨牛
久かたのみどり汲む也初手水　一鵬
五六尺うへに降なりはるの雨　東吹
人の波寄来るとしの湊哉　茂萍
餅搗や柳そよげば梅も咲き　卜笑

これらの俳人は、龍ヶ崎の翠兄の筑波庵系の霞ヶ浦連として活躍した俳人たちである。
安政二（一八五五）年刊の孤月編『桃花春帖』にも霞ヶ浦連として、一翠・杏窓の句が見える。

ちんまりと出た風情なり春の月　一翠

客々のことはあたらし福寿草　杏窓

同年刊の政二述・亀卜編『俳道系譜』に、政二は川越家臣佐々氏で常州霞ヶ浦に退隠し霞江《かこう》と号したとある。

みの虫や心ちる燈を消して聞　霞江
仕草して桜再び哀れ也　〃

茂呂の茂呂量平氏の所蔵資料報告（『美浦村史研究九』）は美浦の俳諧の様子を伝えて貴重である。東吹は当家の俳人である。

2　一茶の後援者たち——田川の一白・布川の月船

小林一茶（一七三六〜一八二七）は、文化・文政期になると下総の利根川沿岸の有力な遊俳宅を訪れることが多くなった。彼ら遊俳は一茶の門人であると共に経済的な後援者でもあったのである。

一茶は、特に田川（茨城県河内町）の一白《いっぱく》宅と布川（茨城県利根町）の月船《げっせん》宅には頻繁に訪れている。

一茶の『寛政三年紀行』には、次のような記述がある。

田川曇柳斎ニ泊　四月一日　二日　新川枕流亭ニ舎る。
青梅に手をかけて寝る蛙哉　南道老人、みちのくへ行といふニ、飛ぶことなかれ汲むことなかれ山清水　五日　曇流斎に戻る。

この「曇流斎《どんりゅうさい》」が、田川の庄屋で代々五郎右衛門を名乗る岩橋家の一白こと岩橋佐輔である。一茶の初めての利根川下流域を巡る旅であった。三月末には布川の馬泉亭に寄っている。馬泉は江戸住みで葛飾派の馬光、素丸に師事したが、後に布川に住んだ俳人である。

浦々の波よけ椿咲にけり　馬泉　一茶著『寛政三年紀行』
蜘の巣に一升ばかりさくらかな　〃　一茶編『さらば笠』

一茶が日記を丁寧に付け始めたのは四十一歳、享和三（一八〇三）年頃からで、間もなくの文化元（一八〇五）年から一白宅来訪が記されるようになる。一茶が一白宅を訪れたのは、二十二回、五十六泊を数える。一白が、一茶の俳諧の師である布川出身の森田元夢の門人で、一茶とは同門という関係によるものであろう。

長閑さや愛宕で逢しけさの人　　一白　　一茶編『三韓人』
夏籠《げこもり》や或る夜は蛍ほと〻ぎす　　〃　　〃
大かたの祭も過し案山子哉　　〃　　春甫編『菫艸』
天窓《あたま》から雪解の音も籠り堂　　〃　　魚渕編『あとまつり』
てふ飛や十を頭《かしら》のいせ参り　　〃　　松宇編『杖の竹』

一白と同様に、一茶がしばしば訪れていたのが、水運で栄えた布川の月船こと回船問屋の古田和右衛門宅である。

月船の句は、これより早く寛政十一（一七九九）年刊の蒼虬編『花供養』に見える。

明日はちる花みて過る夕山路　　下総　月船

一茶は、享和三（一八〇三）年八月七日に布川に入り、十日の金毘羅宮の奉納相撲を見物している（『享和句帖』）。

けふきりの入日さしけり勝角力　　一茶

正面は親の顔也まけ角力　〃

一茶の『七番日記』には、布川明神の大祭の様子が記されている。一茶の俳諧句文集『株番』（文化九年一月から一年間のことを五十歳の一茶が文と句にした備忘録的手記）も月船宅で執筆された。一茶の月船宅訪問も少なくとも四十九回、二八九泊に及ぶ。

文化元（一八〇四）年二月二十六日には一茶は月船と共に東叡山（上野寛永寺）に詣で二句を残していて交遊の深さをうかがわせる。

廿六日　晴　月船と登東叡山

棒突も餅をうりけり山桜　一茶　＊棒突は警備の男

御山はどこ上つても花の咲　〃

二人して曲突《かまど》造るや秋の雨　月船

赤松宗旦著『利根川図志』には、布川の繁栄の様子が次のように記されている。

布川は一帯の丘山を背にし、前は利根川に臨みて、街衢を並ね、人煙輻湊して魚米の地と称するに足れり。殊に六月十四日の宵祭八月十日の金毘羅角力、十月廿一日の地蔵祭等は、詣人村々より来たりて雲

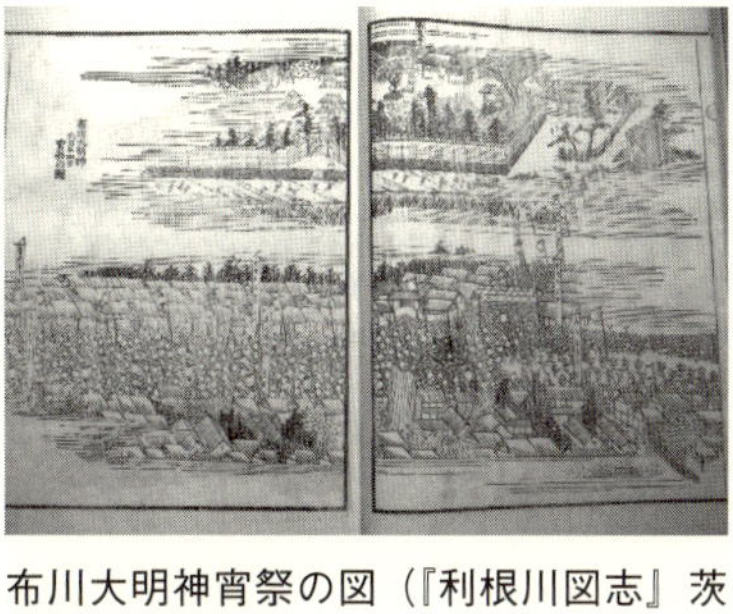

布川大明神宵祭の図（『利根川図志』茨城県立歴史館蔵）

の如く、灯は町々に照らしつれて月の如し。魚は一帆の風を使て銚子より輸すべく、酒は一葉の力を借て江戸より運ぶべし。

一茶が月船宅に滞在中にあった布川の火事について、『文化句帖』の文化元年九月の条に詳しく記していて、いかにも一茶らしい。

三日　晴　布川ニ入

筥《はこ》新田半左衛門とかやいへる家に、年古く老さらぼへたる男ありけり。昼餉のれうの助せんと火を忽てん比《ころ》しも、南風はげしく、忽火烟《ひけむり》竹木を埋む。翁は声をかぎりによべど、家の子は耕作に遠くにもぶき、里人は稀の秋日和なれば、なべて人少く、わが家はめらめらとぞもへける。あはれ妻のもどりて手の前（舞）足の踏み所うしなふべし。きのふは洪水のかなしびをよ（余）所にみなして、けふは火災のなげき我身にかゝる。実《げに》うき世の哀楽は、瞬《まばたき》の間も待たず。

十とせ労してふやしたる器材も、只一時の灰となる。我も人もおそれつゝしむべし。

やけ石や夜寒く見へ（え）し人の顔
着残した袷を泣か菊の花
やけ石に腰打かけて秋の空
それが木も家尻に見へ（え）て梨を売る

（『一茶全集』第二巻）

一茶は文化七（一八一〇）年三月から四月にかけて布川・田川・守谷を頻繁に訪ねていることが『七番日記』の記録で知ることができる。一茶四十八歳のころである。

その田川での事件などを几帳面に記しているのも興味深い。「田川ニ入」は一白宅に入ることであり、「布川ニ入」は月船宅に入ることである。

三月

廿九日晴　野々下村通り柏村にかかりて我孫子駅にて昨夜の三人ニ別ル　布川ニ入

四月

六曇　田川ニ入

下総国にうつし置る四国八十八所の仏巡りすとて、鹿島辺の者とかや、急ぎもせぬ舟もよひして此の渚に舟をつなぎて夜の泊をする折から、舟湯といふものにおのおの浴をなんしたりける。その中に六十二の老婆ありけるが、足よたよたと舷ふみはづして忽千尋の底にしづみぬ。あはやと乗合の者も、陸の人もあはて騒ぐといへども……そこよかしこよと目に余る大河を守りて、三日といふ夜より只いたづらに日をついやしける。漸けふの馬の貝吹くころ、藻屑したたかに身にまとひ、おそろしき鬼のやうに打ちふくれて彼屍うき上りけるに、いとしと思ひし里人も面に袖を覆ひて是をきらひ、名残をしと尋ね来ぬるゆかりの者さへ興ざめ顔にしりぞく。（中略）

いづこより来りけん、四十ばかりなる男、門せどをひそひそ冲ひ歩行きけるが、とあるかきねに衣ほし置るをひそかにとるを、畑の人見とがめければ、兎の罠ぬけしさまに逃さりけり。のがさじと人人おり重なりてつひにおさへつゝ、二つの手に五尺程なる竹をゆひ添へ、棒縛りといふものにして、彼法師が鳩を殺し、果てのごとく作なして、道くだり奪ひ留めたる布、あるひは鉄鎚のたぐひあるかぎり腕にくゝり、首にかけさせつゝ、疫神を送るやうに打ちはやして川西の堤に追放ちぬ。盗人の憎き仕業はさらに忘れていと興ある見物にぞありける。是悪を責ることの甚だしからざるは、おのづから聖人の心にかなふべし。

（『一茶全集』第三巻）

十一晴　布川ニ入

成美・一茶編『随斎筆紀』には月船の句を多く拾うことができる。

さく梅のうしろに不二の御顔哉　月船
雁と我けふも夕を帰るなり　〃
朝霧や並過たる青菜うり　〃
行春や門の榎の五六本　〃
下闇の小口に見ゆるけぶり哉　〃
石清水五寸に足らぬ月夜哉　〃

一茶は『株番』に、布川の日待の風習を興味深く詳細に記している。その一部を記す。

文化九年正月十五日、下総国相馬郡布川の郷なる月船亭に日待《ひまち》といふことをして、人こぞりて夜の明るをなんまちける。折からさる生かしこき人のいふ、「ことしの稲荷祭りは丙午《ひのえうま》といふにて、大火地火にあたれり。六十年に一度の大凶日なれば、其日地より火起りて、其けぶり大きくなりて、其災野辺の駒に及ぶおそろしき日也。つゝしむべしと事触が告げたりし」とかたりぬ。（中略）おこづきたる叟のやをらよろぼひ出ていふやう、「雲をつかむやうなる根なしごとを、ゆめゆめ誠とし給ふな。それは事触等がそらよみと覚ゆ。大火にはべらじ、（中略）」といふに、（中略）わうわうとの、しりあへり。程なく来見寺の鐘暁を告げて、布佐台の烏かはかはと鳴きわたるに、おのおのばらばら帰りけり。（後略）

（『一茶全集』第六巻）

文化十四（一八一七）年三月にも相変わらず一茶の両家訪問は多かった。この月は一白宅に二日、月船宅に七日滞在している。二月には月船宅に十七日滞在したのであった。

三月
廿晴　マバシニ入
一陰
二晴　布川ニ入
　　月船恵ニ更衣ス

三晴　人別改
　　　月船大森ニ入
四晴　月船又大森
五晴
六晴　月船と夜廻リ徳満寺夕饂飩《うどん》
七晴　田川ニ入
八陰　折々晴　夕雨
九晴　成田行　素迪上人アザリノ供養
卅晴　臼井ニ行他出　師戸　造谷　滝　竹袋通して布川ニ入（『七番日記』）

ここを拠点として近辺の俳人たちと交流したのである。徳満寺は布川の真言宗の寺。素迪《そてき》上人は成田山新勝寺の僧で俳人。臼井は佐倉、師戸〜竹袋は印旛郡の村々である。

月船は、天保八（一八三七）年に八十一歳で亡くなったが、辞世の句は〈花の春八十一年の飯と汁〉である。また、布川の応順寺の月船の墓碑には次の句が彫られている。

花守が余所の花見る月夜かな　　五水庵月船

一茶と俳交のあった時期の月船の句は、一茶の影響を強く受けていたという。

かくれ家や蠅にまけたる人の来る　月船　（太笻編『犬古今』）
鶯にすゝめられたる草履かな　〃　（閑斉編『俳諧道中双六』）

徳満寺には文政十三（一八三〇）年十月に建てられた布川の星野一楽（甚兵衛）の句碑がある。一楽によって建碑奉納されたものである。

法の道その日その日の落葉かな　一楽

一茶はこの徳満寺を文化三（一八〇六）年一月二十三日に訪れて、『文化句帖』に次の句を記している。

徳満寺地蔵参詣
段々に朧よ月よこもり堂　一茶

翌々日の二十五日からの一茶の動きは相変らず活発で、月船らと下総の滝村・竜腹寺村・瀬戸村・土浮村・大佐倉村・平賀村・成田不動・滑川村と歩き二十八日に田川に戻っている。

布川の来見寺には同年十月二十五日に宿泊している。

切株の茸かたまる時雨哉　一茶　同
初時雨馬も御紋もきたりけり　〃　〃

来見寺にはこの地方に葛飾派の勢力を広げた溝口素丸の句碑〈夢さめて広野にあそぶ胡蝶かな〉が立つ。同碑には地元素丸門の一夢斎の句も彫られている。

一茶にとって利根川は親しいものであった。

利根川は寝ても見ゆるぞ夏木立　一茶

古利根や鴨の鳴く夜の酒の味　〃

他にこの地では、寛政期の素丸門の杉野野叟《やそう》の存在も見逃せない。元夢編『俳諧五十三次』、素丸編『秋顔子』などにその句が見える。

氷り付間もなし月の水車かな　野叟

布川出身の森田元夢（安袋）は、葛飾派の馬光、素丸に師事し、今日庵を結んで判者となった俳人である。一茶の師でもあったから、一茶の布川来訪は縁のあったことと言えよう。

天明期には安袋と改号して、『俳諧節用集』『順礼集』『俳諧五十三駅《つぎ》』などの選集を刊行したが、入集俳人は勢力を広げていた利根川下流域の俳人が多い。『俳諧五十三駅』には、菊明《きくめい》（一茶の前号）の句が十二句見え、初期の一茶の作風と同門での地位が知られる。

布川の俳人では、他に元禄期の調覚、明和期の素玄、天明・寛政期の無的、亀筮《きぜい》、祇来《ぎらい》、素龍、天保期の竹生・弗壊《ふっかい》などが活躍した。

帆柱はすがりて立し霞かな　亀笠

網笠の昔支度や舞こてふ　弗壊

児石ら編『霞の碑』

孤月編『桃花春帖』

翠兄編『歳旦帖』に布川連中の句が見える。不浅《ふせん》は『利根川図志』の著者赤松宗旦の父宗旦恵である。

日の淀や浦のくるりの梅静か　祇来

鳥の巣も永き日脚のあゆみ哉　不浅

裏山や扨ははつ日にふりかはり　素綾

明けの春父の齢をものがたる　月船

はる風や海を真向に人ふたり　〃

としの雪家あるまでを踏わける　〃

嘉永年間には布川に朝山・宗旦らがいた。

晴ぎはの風に追るゝしぐれかな　朝山

菫野や釣らせて通る女中駕　宗旦

『ゆふ花集』

この期の田川の俳人には、篤忠・一津・能知・元調・亥三・賢義らがいた。

山吹や障子にはぢく滝の霧　篤忠

近道と聞え（い）てわけ行芒かな　　一津

早くは寛政二（一七九〇）年刊の児石ら編『露の碑』に田川の東水が見える。

真帆に受く片帆にぬける霞かな　　東水

惟草編『俳諧人名録』には、竹生・渓岳、上曽根の以兄（大野平左衛門）の句がある。

春をまつはかりになりぬ庭掃除　　竹生
親の名も今年は継ぎて駒迎へ　　渓岳
稲妻や医者のおくりにたのまるゝ　　以兄

3 翠兄の勢力――龍ヶ崎の俳諧

龍ヶ崎の大地主で油屋を営む豪商伊勢屋の杉野治兵衛（一七五四～一八一三）は、翠兄《すいけい》（道隣《どうりん》・筑波庵）と号した俳人で、江戸の雪中庵三世大島蓼太《りょうた》を師とし、道彦、成美、一茶たちとの交流を深めながら、常総地方に筑波庵社中という有力な一派を成した。布川の月船の師でもあった。

翠兄は早く延享四（一七四七）年刊の完来編『秋の夜』にその句が見える。

秋風や白くもならで峰の松　　翠兄

蓼太は、天明元（一七八一）年四月に魚文《ぎょぶん》を伴って翠兄宅を訪問し、筑波山登山の折に歌仙を巻いている。太如は竜ケ崎の俳人である。

鷲の巣もかけてたのむや筑波山　　蓼太
　つもる清水の爰《ここ》みなの川　　翠兄
梅くだく翁の歯音我折らせて　　魚文
　碁にいさかはぬ日はなかり鳧《けり》　　太如
南から打ちひらけたる月の宿　　兄
　はつ尾のおどる鱸一本　　太

大統寺の翠兄の墓［竜ヶ崎市横町］

振るまふて遣れと茶碗に今年酒　如
　帳にもたるゝ後家の切盛　文
吉原もすめば雨夜の物がたり　太
　ほとゝぎすかと遠音こぼるゝ　兄（以下略『筑波紀行』）

この年の秋に蓼太は『筑波紀行』を上梓した。序文は翠兄である。筑波山登山の様子を蓼太は次のように述べている。

　筑波
かゝる神闕はみな女人をいむなる事を昔より男の神もゆるし給ひ、女の神も、ちはひ給ひつつ和光同塵の御心、かけまくもかしこく覚侍りて、
鷲の巣もかけて頼むや筑波山　魚文
つくば山端山は麦のしげり哉
岩藤にむすびて女男の御山哉　普成
この句はさいつころ普成が登山の時、奉納しける御堂の額に侍りけるを、思ひがけずみあげたれば、矢立にひろひて同行とす。
　山上

両峰双立してもろこしの羅浮山もかくやと、道けはしく霊運が木履も着ましく石滑かなるに、

鉄線や岩に鎖《くさり》も誓より

山は若葉のひまひまつゝじの紅をこき交ぜたり。ふもとの里々名ある所々、一眼のうちに数量を尽くす。又、かたはらに今をさかりの桜あり。ふたたび春に逢ふ心地して

卯の花の中から白し山桜　　翠兄

（以下略）

この天明元年には蓼太編の『七柏集』に蓼太と翠兄との歌仙が収められている。

銀河亭興行

陽炎や古田をあまる水の上　　蓼太
芹摘ありく笠に友鶴　　翠兄
提重に二日灸の山見せて　　〃
あれにまします昼過の月　　蓼太
ひやひやと手枕覚る秋の風　　〃
非常に削るから竹の春　　翠兄

（以下略）

翌年の冬には、翠兄は雪中庵嵐雪《らんせつ》の句碑を蓼太の撰文を得て筑波山一の鳥居傍に建てた。時に天明二（一七八二）年十月十三日、嵐雪の正忌である。

雪はまうさずまずむらさきの筑波山　雪中庵嵐雪

翠兄はまた、別邸筑波庵に嵐雪の句碑〈名月や柳の枝を空にふく〉を建てている。天明三（一七八三）年刊の甘谷等編『むさしの三歌仙』に翠兄らの句が見える。

宿直寺うら枯声や后の月　翠兄
葛飾は水田になりぬ後の月　太如
初夜後夜の鐘の中から砧かな　斑雪

蓼太は天明五（一七八五）年にも翠兄宅を訪ねているが、その記念に翠兄は『桃一見』を刊行している。さらに翠兄は、世を去る一ヶ月余り前の文化十（一八一三）年九月七日に、龍ケ崎の医王院境内に蓼太の句碑〈たましひのいれものひとつ種ふくべ〉を建てている。蓼太は、天明七（一七八七）年九月七日に亡くなっていたから、その二十七回忌に当たる年であった。

雪中庵四世完来の『蓼太居士終焉記』には、〈明ければ八日白麻のしらせに驚き三鵠翠兄普成あや足斑泉其外馳集る門生草堂履を入るに所せきたり〉とあるように、蓼太の死を知った大勢の門下が駆け付けた中に翠兄もいたことが分かる。この年の十月に蓼太追善集『ふちころも』が完来によって編まれた。

一茶の『さらば笠』『株番』などの編著に翠兄の句が見えるが、一茶の守谷、布川へのたびたびの来訪の中で九歳年長の翠兄との関係が深まったのであろう。

特に一茶の「連句稿」には豊前の俳僧龍歩・一茶・翠兄の連句、一茶と翠兄の寛政年間の連句が記されていて注目される。

雛鳥（の）花びらあさる春日哉　翠兄
　ここも長閑き垣の枳殼《からたち》　一茶
狩衣（に）やよひの連歌読み上て　〃
　枕させたる供起す也　兄
月落て明星高き山かつら　〃
　ぬれては露をふるふ鼦　茶
丈六に秋経る僧荒木取り　兄
　病て此かた病わするゝ　茶
馬で来る松木酒に米半荷　兄
　橋公事済んでけふ渡りぞめ　茶
（以下略）　（『一茶全集』第五巻）

文化三（一八〇六）年四月十三日に、一茶は布川を訪れ、翠兄の母の死を知り、二句を『文化句帖』に記した。翠兄との関りの深さを思わせる。

今からは桜一人よ窓の前　一茶
今しがた此の世に出し蝉の鳴　〃

翠兄が寛政年間に刊行し続けた歳旦帖には、江戸をはじめ下総、常陸の社中の句が多く寄せられて、翠兄の勢力を示している。寛政十三（一八〇一）年春に刊行した歳旦帖には、常陸社中としては竜ヶ崎の玄露・再可・可能ら七人の句が収められている。

鍬に注連君が代見ゆる国の春　玄露
福寿草こがねの色に咲にけり　再可
南極の露捧てや福寿草　狩野
淀川やぬるみて月も十三里　可来
若草に届かぬ風の走り哉　至兮
凪いらぬ奥に風あり煤拂　白羽

前年の歳旦帖にも同じ顔ぶれが見える。
翠兄の墓碑の側面に記された江戸の書家亀田鵬斎《ぼうさい》の撰文は、〈常州一方之宗匠〉と翠兄を称えている。
翠兄の句は各俳書に多く入集している。

耕のけふこそ仰げかざり藁　翠兄　蓼太編『歳旦歳暮』

引て行馬に湯気立みぞれ哉　〃　蝶夢編『新類題発句集』
日の沈む上に月ありかきつばた　〃　一草編『潮来集』
永き日に伐りすかさるゝ柳哉　〃　一茶編『急逓記』
たゞならぬ寒ぞ梅の匂ふ夜は　〃　茶編『さらば笠』
やる人につんでもらひぬ茎立菜　〃　太笻編『犬古今』
冬枯れの人を見て居る烏哉　〃　成美・一茶編『随斉筆紀』
若鮎や只今水を得たる如　〃　午心編『探荷集』
炭つぐも三人三色のこゝろかな　〃　阿人・千布編『雪幸集』
日の沈む上に月ありかきつばた　〃　一草編『潮来集』

龍ヶ崎は、延亭・宝暦期の昼眠《ちゅうみん》・民我・麦風・几雪《きせつ》ら、安永期の止絃《しげん》・節亭・麟子、寛政期の玄露、再可、可能、可来、至兮《しけい》、白羽、秋蜂、桃仙、天保期の柴雪（添田清茂）、嘉永期の雨城、雪朝、聴松他多くの俳人を輩出した。

散とても香は残りけり木犀花　昼眠　至芳編『翌のたのむ』
樋の道や今朝の眼覚す梅紅葉　昼眠　盛永編『梅能牛』
玄関から誰に頼母の梅の花　民我　〃
うぐひすややぶへ香ひを脱に来る　麦風　涼袋編『古今俳諧明題集』

名月も反てとなるやくだり簗　几雪
曲水や流れ仕舞に月ひとつ　止絃
行暮て人里遠し桜がら　節亭
よし野路や足休にも花の宿　柴雪

二世秋瓜編『ふた木の春』
〃
〃
惟草編『俳諧人名録』

嘉永二（一八四九）年の可川《かせん》編『ゆふ花集』には龍ヶ崎の聴松・一夢・一整・静里・如圭・鶴老（守谷）・漣水ら十三人の句が見える。

鶴の声干潟すりすり氷りけり　聴松
人声の水に響や里神楽　一夢
松明で山伏送る寒さかな　一整
松の声月には風のなかりけり　静里
二三輪咲を盛や寒椿　如圭
降積る雪や小庭の吹廻し　鶴老
呉たれば一ト抱へ折る椿かな　漣水
朝寒や飜れし水の眼にとまる　糸風女
うしろ日に追る丶野辺や鳴鶉　松塢
松一ト木月をへだてる寒さかな　糸柳

田つゞきに見ゆる社や鳴の声　　雲城
風請て花の曇るや山の百合　　充善
細き火のはつと広がる枯野哉　　一賀

文久二（一八六二）年の希水編『俳諧画像集』には龍ヶ崎の松塢《しょうお》（杉野六左衛門）・聴松（松田又一郎）・斗秋（石川佐平二）・松朗（高津屋喜兵衛）、入地の桃仙（飯塚清八郎）・竹里（木村古馬之助）・麦山（木村義兵衛）、大徳の文雪（石川勇三郎）・起与志（長塚喜代二）など多くの俳人が紹介されている。

木の霧に闇もつ昼やおそ桜　　松塢
田は暮て苗そゝぐ音聞へけり　　聴松
鉦打て修行者くゞる茅の輪哉　　斗秋
山茶花や吹きまわし来る風の先　　松朗
若竹にうつる隣のともし哉　　桃仙
水音にはしる音細し鳴水鶏　　文雪

小貝川流域も俳諧が盛んだった。延亨四（一七四七）年の松吟《しょうぎん》編の塵人《じんじん》追善句集『摘菜集《つみな》』には、松吟、松可《しょうか》、兎船《とせん》、梅士らの名が見える。宝暦五（一七五五）年の『天慶古城記』には、若柴遅日庵《ちじつあん》連として戦竹《せんちく》（松吟）、桃水（兎船）、魚筌《ぎょせん》（乱竿《らんかん》）、白鮮、転雪など十四人の句が見える。このうちの戦竹と魚筌は父子である。

松吟は水戸街道若柴中宿（龍ヶ崎）の名主野口弥五右衛門で、鳥酔の松露庵系に連なり若柴遅日庵連中の一人として活動した。

陽炎や持つて廻つてもとの土　　松吟　『摘菜集』
卯の花や不二に化けたる箱根山　　〃
淋しさをつゝんで投げる一葉かな　　〃

塵人は常総正風連中をまとめて、師露川《ろせん》の俳風をこの地に広げることに努めたが、露川の没後しばらくして連中は鳥酔の松露庵派に変わったのである。同派では既に近隣の中島の兎船が活動していた。松吟の息は野口周蔵で、俳号は乱竿である。彼は寛政八（一七九六）年に師の門瑟《もんしつ》七回忌追善集『七きさらぎ』を刊行し、享和元（一八〇一）年に八十歳で世を去った。一周忌には息の二世魚笙（弥治兵衛）によって句碑が建てられ、そこには〈山茶花やちる程つゝの花ざかり〉の一句が刻まれた。その二世魚笙編の乱竿三回忌追善集『三々花集《さざんかしゅう》』の序文で翠兄は、家督を譲って江戸に出て門瑟《もんしつ》に師事した乱竿は、判者として活躍し、若柴に帰郷後は、風篁庵を結んだ、と述べている。乱竿は松露庵派から秋瓜の多少庵派に移り活動をするようになる。この地方の両派の勢力争いの激しさもうかがわれる。次に乱竿の四句、風和はその娘である。

横雲を夏の姿や筑波山　　乱竿
涼しさや草をなびかす笛の声　　〃　「抱山宇門瑟居士発句集」

船満て坂東太郎ぬるみけり　〃　翠兄編『歳旦帖』

なろふならこゝらに家や山桜　〃　『俳諧ゆめのはな』

川越せば我が国でなし凧《いかのぼり》　風和　〃

風篁庵連では、鴨波《おうは》・籟保・琴事・百順らが活躍した。

むらさきの山もわらはば皆おなじ　鴨波　翠兄『歳旦帖』

白魚に赤味さそうぞ桜川　籟保　〃

4　取手・牛久の俳諧

寛文年間（一六六一～七三）に開かれた水戸街道の宿場町としての取手宿は、河岸も置かれ交通の要衝となり栄えた。

その取手の商家に生まれた沢近嶺《さわちかね》（一七八八～一八三八）は本姓谷沢氏、与兵衛と称した。初号は吐嵐、さらに月舎、晩年は梧桐庵とも号した。二十歳の時に江戸に出て村田春海《はるみ》に国学を学び、和歌を多く詠んだが、十代には竜ケ崎の翠兄に俳諧を学んだ。近嶺という号は、翠兄のあげた十ほどの号から選んだという。十九歳のころである。

近嶺は、文化十一（一八一四）年九月に布川の月船宅で一茶に会い、一茶の『七番日記』の十二年十月の記述にも、〈布川ニ入　逢近嶺〉とあるから、このころ月船を通じて一茶との交友がはじまったか。しかし、翠兄が亡くなり、和歌に力を入れていったこともあって、一茶とは交流を絶ったようである。

近嶺の句は、一茶の俳書その他に見られる。「天の河」の句は十六歳の時のものである。

竹の皮朝々人におつるなり　　近嶺　　一茶編『三韓人《さんかんじん》』・一蛾編『俳諧何袋』

根芹つむ人のうしろや昼の月　　〃　　成美・一茶編『随斎筆紀』

竹の皮朝々人におつる也　　〃　　同

元朝や水のうへ吹くわすれ風　　〃　　翠兄編『歳旦帖』

天の河西に流れて夜寒哉　　〃　　魚笙編『三々花集』
更衣二日はつねの日なりけり　　〃　　百二編『反故さがし』

天保八（一八三七）年の取手の大火によって近嶺は、家と共に多くの蔵書、和歌・俳諧作品を失う不幸に遭ったが、歌集『梧桐庵集』、学者としての思いを綴った『春夢独談』上下を書き上げたのであった。そして翌年に五十一歳で亡くなった。

取手の菩提寺長禅寺の墓碑には〈ありし世にかはらぬ月の鏡山としへぬる身のかげやしのばむ〉の和歌が彫られている。

取手の俳人たちは、寛政期の潮風、潮石，露水など翠兄編の俳書に多く登場する。寛政十二（一八〇〇）年の翠兄編「歳旦帖」には、取手一陽窟連中の句が見える。露水は間もなく江戸に出ることになるが、取手の中心的な俳人であった。

元日やくもらぬ御代の鏡餅　　潮風
曙の鳥の跡也筆はじめ　　露水
ゆくとしや松に名残の声す也　　可笛
はつ空や定まる時に鳥の声　　浦風
うめが香の先に越えらん年の関　　潮石

翌十三年の翠兄の歳旦帖にも一陽窟連が見える。露水・

近嶺の菩提寺長禅寺の一茶句碑［取手市取手］

潮風・潮石・浦風・可笛《かてき》らの他に、取手の里石、稲村の斗玄・稲波《とうは》・寺田の雪歩、和田の文紫、山王の其扇、河原代の祭魚・活哉、布川の石苗などが名を連ねている。

はつ雪や高根高根の位山　　里石
母に逢ふ心に似たりけさのはる　　斗玄
煤掃て夕不二霞はじめたり　　稲波
春風や白帆のかゝる三保の松　　雪歩
日の出や海には海の花の春　　文紫
はならぬ里こそなけれ四方の春　　其扇
海川に対して深し年木山　　祭魚
はつ硯不立文字のこころかな　　活哉
書初や筆の走りもをのづから　　石苗

享和元（一八〇一）年刊の桂文編『筑波庵評月並三題句合』に、取手の露水・可笛らが見える。

うぐひすや水に漏時二日月　　露水
花あやめ咲きてやうやう日和哉　　可笛

嘉永二（一八四九）年の『ゆふ花集』には取手の至清・兎臼・子金らの句がある。

遠眼にも目立柳の風情かな　至清
遠くから馬除て居る日傘かな　兎臼
掃寄たちりから蝉の生れけり　子金

至清は、嘉永七（一八五四）年刊の鳥吟編『俳林小伝』に次のように紹介されている。

関氏　別号松翠軒俗称長輔　住于北総取手駅　氷壺門人
根をもたぬ雲はひたるや花の上　至清

同書には同じ取手の壺長も紹介されている。至清と共に氷壺門人であることが分かる。

天津氏　別号杏所俗称藤輔　住于北総取手駅　氷壺門人
霧に火を焚て流る、筏かな　壺長

藤代の幕末の俳人としては、藤本柳枝（勇宅）、市村渭水（伊兵衛）、市村保明（泰二郎）、市村丸月（万吉）、長谷邑公樹（嘉兵衛）、市村松林（治平）、永田永寿（熊太郎）、飯島抱月（明之輔）、河原崎公水（常二郎）らが希水編『俳諧画像集』に紹介されている。

枯野から枯野へつゞくゆふ日哉　柳枝
一家の夜明けははやし桃の花　渭水

くもる日のさうし明るし赤椿　保明
軒に来て香をふるひけり梅の鳥　松林
関越るまでは砧の遠音かな　抱月

牛久では、延享四（一七四七）年の松吟編『摘菜集』に滴川《てきせん》、壺川《こせん》、遊竹らの活躍が認められる。

哀れさの溜るや墳《はか》の華樒《はなしきみ》　滴川
捨てた恋拾ふ反古《ほうご》や土用干　壺川

この地方も竜ケ崎の杉野翠兄の勢力範囲で、寛政から文化期には、翠兄門の石龍、耕人、苔石《たいせき》らの牛久連が活躍した。

石龍は、牛久宿の旅籠佐野屋の主人で名主も務めた佐野佐右衛門である。寛政十二（一八〇〇）年の翠兄編『歳旦帖』などにその句が見える。

よろこんで闇にとび入る蛍かな　石龍
川凪て釣たる如き柳かな　〃
葉がくれて星を孕むや白椿　耕人　『筑波庵評月並三題句合』

文久二（一八六二）年刊の希水編『俳諧画像集』には、牛久宿の牧太一咲《いっしょう》、柴田松隣、久保田薬桂、久野の野口高明、桂の兔月の五名が紹介されている。

曳きて居る人もけしきや小松原　一咲
我里と知れてはをれど遠擣衣　松隣
岩ひとつめぐりてふとる清水かな　薬桂
相槌に夜を打ちのばす砧かな　高明
木枯の吹降しけり凶の月　兎月

牛久藩主の山口弘道《ひろみち》（一七四〇〜一七八三）は俳諧を好み、その俳号「瀾長《らんちょう》」は弘致《ひろむね》、弘封《ひろくに》と代々襲名されていったという。麻生藩主新庄氏の例もあり、武士階級への俳諧の広がりを印象づける。

牛久の俳諧について詳しく論じている『牛久市史』が紹介する「観音堂奉納　発句合」には、久野の賢木・散竹、小坂の笑鬼・花蝶・三枝、島田の三不二・雪山・奇石、桂の兔月・茶炳・玉蟬、奥原の文鏡、井ノ岡の東人らの牛久地域の俳人の他に多くの近隣の村々の俳人の名が見え、水戸街道の宿場として賑わった牛久の俳諧の隆盛を伝えている。

護物編『名所千題発句集』には「水戸街道」と題して次の二句が載っている。

青竹や水戸海道のこぬか雨　みち彦
紅葉濃き水戸街道の小寺哉　政二

5　守谷西林寺の鶴老

守谷の俳人では、早く三千風編『松島眺望集』に独笑の名を見る。
寛政八（一七九六）年の乱竿編『七きさらぎ』に、有斗の名が見えるが、文化・文政期になって一茶と鶴老の関係が密になった頃に一層盛んになったようである。

一茶の『七番日記』を読むと、一茶が頻繁に守谷を訪れていることがわかる。文化七（一八一〇）年六月十四日〈守谷西林寺ニ入〉、同十二月二十三日〈守谷ニ入〉（翌年一月一三日まで滞在）、同八年三月二十日〈守谷ニ入〉、同九年一月二十三日〈守谷ニ入〉（二月十一日まで滞在）、同十一年八月十八日〈守谷ニ入〉、同十二年十一月七日〈籠山《こもりやま》（西林寺）ニ入〉、同十三年十月三十日〈西林寺〉、同十二月二十二日〈籠山〉（ひぜんを病んで越年）、同十四年二月五日〈入化六庵《かろくあん》（西林寺）〉等々九回に上る。利根川の水運を利用した一茶の下総行脚である。

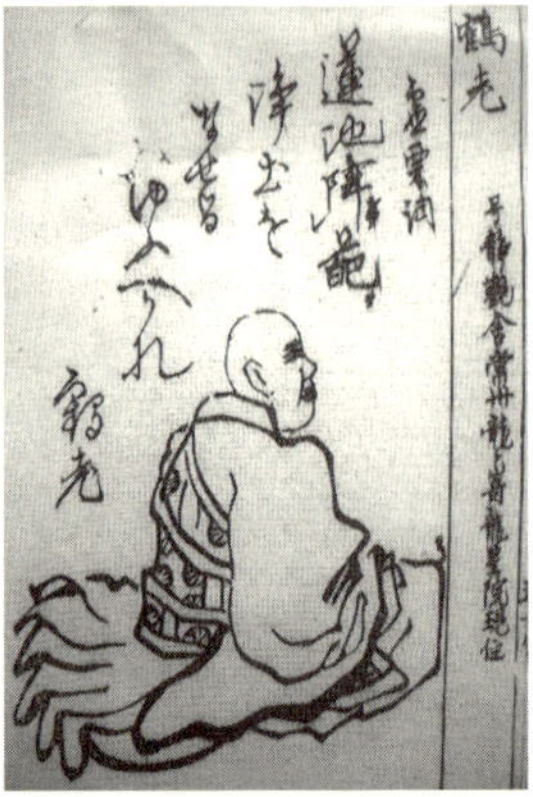

西林寺住職の鶴老（希水編『俳諧画像集』芭蕉記念館蔵）

守谷の西林寺の住職義鳳《ぎほう》は、信州飯田の出身で、化六庵鶴老《かくろう》と号する俳人でもあった。文化七（一八一〇）年六月の一茶の来訪は、同じ飯田出身の桜井蕉雨《しょうう》の案内によるものであった。

蕉雨（一七七五〜一八二九）は本名井上光喜、別号は八巣《はっそう》・槿堂《きんどう》である。井上士朗門で、信州飯田の豪商であったが俳諧に熱中し家産を傾け、江戸に移住した俳人である。水海道地方に勢力を持っていたが、鹿行地方の河野涼谷の年刊句集の選者もつとめるなど利根川流域での交遊を深めていた。蕉雨の句を涼谷編『あづまぶり集』から四句選んでみる。

七草や氷掃出す魚の棚　　江戸　蕉雨
余の木をもあはれに見せし柳哉　　〃
朝によき暮によき木よ雪の降　　〃
冬籠鴉の巣にはまさりけり　　〃

一茶は来訪のたびに鶴老と歌仙を巻いたようだが、次の半歌仙は、文化七（一八一〇）年七月八日に江戸の蕉雨宅での興行であるらしい。一茶、蕉雨、鶴老が同座している。一茶は六月十三日に蕉雨を同伴して常総行脚に出かけ、守谷の西林寺にも寄り、平将門の旧跡を見てから布川を回り江戸に戻ったのだが、その時に鶴老は同道して江戸に出たのであろうか。

水にうく鯲《どぜう》の影もけさのあき　　友国
　月の迎ひにいづくへかゆく　　蕉雨
犬蓼《いぬたで》の花のほきほき咲《さき》かけて　　鶴老
　風ふくなりに寝たる家々　　一茶
一とせのありさまならぬ年の内　　国

狂句の集をついにえらみし　久臧
船乗の蚤飛《のみとば》したる男やま　雨
ぽつくり死なば閏《うるふ》六月　茶
（以下略）（『一茶全集』第五巻）

次の歌仙は、一茶が布川の月船宅に長期滞在中の文化九（一八一二）年一月二十四日のもので、その著『株番』に収められている。

霞日の咄《はなし》するやら野べの馬　一茶
へそにあてたるやき飯の春　鶴老
凧《いかのぼり》 庄屋の松に引かけて　〃
朔日汐《ついたちじお》のやうな夕月　茶
綿市《わたいち》をいざとて鼓打《つづみうち》ぬらん　〃
露もつ草を今しもて来《き》ぬ　老
侘びぬれば柱の数もむつかしく　〃
車序《ついで》に越《こゆ》るあふ坂　茶
（以下略）（『一茶全集』第六巻）

文化十一（一八一四）年刊の一茶の江戸俳壇隠退記念句集『三韓人』には、守谷の鶴老と若雨《じゃくう》の句が見える。

甲斐がねや江戸で見て来し秋の雲　鶴老
十人が十色で寝たる暑さかな　若雨

文政九（一八二六）年刊の素鏡編『たねおろし』にも二人の句がある。この若雨は、守谷の斎藤徳左衛門為明で、代々徳左衛門を名乗るこの地方の大庄屋である。鶴老とともに守谷地方の俳諧活動の中心的存在であった。

一茶・成美編『隋斎筆紀』には鶴老、若雨、その他の守谷の俳人の句が見える。

送り火やはや立交る鵜の篝　鶴老
腹の上に子を遊ばせて露の宿　〃
稲妻もちらさず月もさす木の間　〃
とべ螢たのむ木蔭もあるものぞ　〃
畠打の鍬の柄程のあくび哉　若雨
十人が十色に寝たる暑かな　〃
ぶつ伐て見れば寂しき紅葉哉　〃
梟も夜寒をなくやうめの山　〃
野鼠の皃《かほ》の白さよ五月雨　太山

鶯が来てもたゆまぬ鳴子哉　　三厚

餅搗に盆提灯も出たりけり　　太乙

西林寺境内に立つ一茶句碑〈行くとしや空の名残を守谷まで〉は、若雨の子孫斉藤隆二氏ら有志によって、昭和二十八年に建てられたものである。

希水編『俳諧画像集』に守谷の俳人として、仙翁（椎ノ木忠右衛門）・遊夢（渡辺太兵衛）・亀遊（中村久米吉）らが紹介されている。

いそがれて下りる寒さやもどり馬　　仙翁

6　土浦の俳諧

土浦地方の俳諧は、早く宝暦五（一七五五）年刊の丹志編『硯のいかた』に濱元の句が見える。

人はまだ端手にはならぬ梅見哉　濱元

同十二（一七六二）年刊の梅童編『はいかい甲斐冢集』に石牛《せきぎゅう》の句が、

隣から礼いふ風やむめの花　石牛

同十三年刊の涼袋編『古今俳諧明題集』に石牛・至志が見える。

雲にして不二から来たり今朝の雪　石牛

橋へ出て袖に撞木や寒念仏　至志

宝暦から安永期にかけて、土浦地方への松籟庵系統の進出が目立った。明和三（一七六六）年刊の松籟庵秋瓜編『不言集』には、土浦暮砧庵《ぼちんあん》連中の石牛・潮江・東詞・止几・荷涼・一志・狸友《りゅう》・榴花・林下・杜考・皷水・芳艸《ほうそう》・一鶴・東趙・其桜・楓裏・漁言・成花・花言・射人ら二十人の句が収められている。

有明も梢に白しむめの花　石牛

苗代やかゝしの独り柳蔭　一志
吹かれては華に苦はなき柳かな　狸友
引かけて梅をそしるや凧《いかのぼり》　榴花
谷からも春しる風や梅の花　林下
下駄はいて畑に人や若菜つみ　杜考
一輪に水の音聞く椿かな　一鶴
吹かれては花にかくるゝ胡蝶かな　楓裏
よく見れば水は動ぬやなぎかな　射人

暮砧庵連の中心は医師の沼尻石牛であった。華蔵院墓地の嗣子一貞（沼尻常治）による墓碑銘によれば、石牛の履歴はおおよそ次の通りである。

土浦隣郷大村（旧桜村）に生まれ、初め常右衛門と称した。土浦で医業に就き、風流を好み俳諧、茶香を好んだ。天明三（一七八三）年には友人と謀って芭蕉の句碑を神龍禅林に建て、寛政六（一七九四）年に六十三歳で剃髪した。一女が夭逝して後に子はなく、養子一貞（中村氏）が跡を継いだ。寛政七（一七九五）年に発病して八年間を病み、享和二（一八〇二）年九月に八十一歳で没したのであった。

麓から戻る木樵やはつ時雨　石牛　霜後編『両師句選附録』
干竿に枝打かける柳哉　〃　遊之編『春の首途』

湖にみなれぬ影や雲の峰　〃
明月や砂掃く庭に雪の音　〃

水戸出身の松籟庵秋瓜《しゅうか》（太無）が安永三（一七七四）年に亡くなると、土浦の俳人たちは、あとを継いだ江戸の多少庵鈴木秋瓜と同門の松籟庵霜後《そうご》の勢力下に入って活動するようになる。

例えば、安永九（一七八〇）年には秋瓜編『ふた木の春』と霜後編の『松籟庵歳旦帖』が発刊されたが、それぞれに暮砧庵連の俳人たちの句が収められている。暮帖庵連の中心である石牛は両書に句を寄せていることが注目される。

『ふた木の春』　土浦暮砧庵連

蝙蝠やうき世に疎き住所　南枝
染上て見れば鹿の子や百合の花　花明
寝ぬ音の淋しう届くきぬた哉　花言
待て居る橋の下行蛍かな　五出
早乙女を馳走に借るや下屋敷　里夕
関守の留守を笑ふやかんこ鳥　石牛

『松籟庵歳旦帖』

寝る鳥の来ても明るし梅の花　　土浦暮砧庵連　成花
鶯や笹に戻て啼きなをし　　石牛
鶯やもう朝起も寒ふなし　　谷子
枝々に枝打ち掛る柳かな　　花牛
吸付た捨舟ゆする雪解かな　　射人

その後、龍ヶ崎の杉野翠兄の勢力が伸びてきて、寛政十二（一八〇〇）年の翠兄の『歳旦帖』その他に、土浦の千万里・花好・懐我・狐玉・可木・如言・楽水らの句が見えるようになる。

春立や霞か浦に蜃気楼　　土浦連　千万里　　翠兄編『歳旦帖』
管弦は鶯にこそ藪の前　　〃　　〃
十かへりの初日の色や松の門　　花好　　〃
煤はきや中にあるじは翁さび　　〃　　〃

この千万里・懐我らは、享和二（一八〇二）年刊の一砂編『可屋野』にも句が収められている。

とび梅や拍手匂ふ花の塵　　千万里
梅咲て香は御手洗に流るめり　　懐我
梅に明る夜や白々と朝神楽

清々し雨の晨の神の梅　　紫仙
影たりてしら玉椿咲きにけり　　如言

文化・文政期になると、氷壺《ひょうこ》・麦翠・後有・花扇・猿月などが活動した。

すてられぬ世とまたなりぬ置炬燵　　氷壺　　『現存名家山海集』
黄鳥《うぐいす》の声さだまるや三朝ぶり　　麦翠

特に岡田氷壺の活躍が目立つ。氷壺は土浦から江戸に出て両国若松町に住み、双雀庵禾葉《そうじゃくあんかよう》に師事して頭角を現した。また同門文哉との俳諧論争を繰り返した。双雀庵二世を継ぎ、『禾葉七部集』『安政発句六百題』（安政四年）・『文久六百題』（文久二年）・『恋のたより』（嘉永七年）・『今人発句明題集』『俳林良材集』（安政五、六年）他の多くの編著を残し、氷壺は明治二（一八六九）年に没した。その追善集『青空集』は、如白によって編まれた。その中の土浦の俳人たちに、和堂・晴河・桐江らの名が見える。

いたづらに常に見しのも萩薄　　氷壺　　希水編『俳諧画像集』
植口と仕舞のわかるひと田かな　　〃　　氷壺等編『禾葉七部集』

岡田氷壺（『俳諧画像集』芭蕉記念館蔵）

ひと雨に若かへりけりかど餝《かざり》　〃　竹林舎編『松苗集』
名月や高嶺のあら夜もすがら　〃　鳥吟編『古今墨蹟集』
初春や竹の戦ぎや眼に残る　〃　氷壺編『安政発句六百題』
実の為によき木並びや桃の花　〃
ふる雨の和より多し飛ほたる　〃
波際の畑や是れにも去年の雪　〃　『今人発句明題集』
はざくらや鳥のあびる降だまり　〃
木のあやも見ゆるほどなり露あかり　〃　氷壺選『蕉雨集』

利根川流域の遊俳宅をしばしば訪れていた一茶が、土浦の地に入ったのは文化十四（一八一七）年の五月二十二日であった。『七番日記』には、

廿二日晴　竜ヶ崎ヨリ女化原ヲ通土浦ニ出　稲市（吉）村近江屋弥五右エ門泊

とある。女化原《おなばけ》は今の牛久市女化である。一茶はそこから土浦に出た、とあるが、土浦にはとどまらず稲吉村に宿泊している。土浦には馴染みの俳人がいなかったのだと思われる。一茶は翌日には、小川の本間松江宅に寄り、さらに行方・鹿島地方を巡ることになるのだが、それは県東編で既に述べた。

天保期になると、太白堂孤月《こげつ》の年刊句集に常総の俳人が多く登場する。孤月は、本名江口長之助という一ツ橋家々臣で、太白堂五世加藤萊石《らいせき》の門下。のち六世を継ぎ、門生二七〇〇余人と言われた。孤月は、

天保六（一八三五）年に歳旦帖（年刊句集）『桃家春帖《とうかしゅんちょう》』を発刊、万延期まで続いた。そこには桜明居晴河《せいが》・三猿・吐雪・桐江・梁夢ら多くの土浦の俳人が名を連ねている。天保期には百丁余の大冊となっていた。　渡辺崋山が二十余年にわたって挿絵を描いたことでも注目される。

揃へたる小袖のつまや春の風　晴河
山里や常あるものを軒かざり　〃
羽織かけて置けり春の山の松　三猿
初てふのゆきかた知れずなりにけり　〃
炭焼し山とは見えね朝かすみ　吐雪
鶯にかけた手を引障子哉　桐江
楽しげなさまに見ゆるやかすむ門　梁夢
今朝の春おもひよこしまなかりけり　如々
春雨を枕にしたり謡本　一志
初夢や七福神のわたし守　江月
鴬や一年ぶりの客の来る　風楓
柳から吹来る風のわかさかな　燕眉
鶯の遠音きく日となりにけり　弥平
うぐひすや筆やすめ居る声のうち　昬風

梅に来て鳴鳥弁のまはりけり　　晴山

他に紫峰・五剛・菊齢らの句が見える。
このうち晴河（潮田氏）、吐雪（岩沢元蔵）、梁夢（岡野惟七）は、天保七（一八三六）年刊の惟草編『俳諧人名録』一〜三編に、野帆《やはん》（一屈）、有隣（臼井新三）、巣外（立川金蔵）らと共に紹介されている。野帆以外は、土浦藩士である。

雪を振ふてとり直す馬の手綱かな　　晴河
夜の雨落ち葉の音となりにけり　　有隣
木犀の退屈もせぬ匂いかな　　巣外
紺かきの竿立かける紅葉かな　　一屈改　野帆

近隣の俳人たちも多い。

鶯の引声窓に残りけり　　神立　一皆
しば舟にのせて行なりかすむ山　　〃　虎髭
松取に後見門の寒さかな　　田土部　遊里
在郷ほど正月らしく遊びけり　　戸崎　含露
詞には言はれずけさの春ごころ　　〃　柳吾

内田野帆の句碑［土浦市大町の東光寺］

ちとせをもかた手ににぎる子の日哉　沖宿　うら女
まだ影も見えぬにをがむ初日かな　〃　花楽

土浦で大いに活躍した大町の内田野帆《やはん》（一屈・由平・喜平次）は、安政二（一八五五）年に七十五歳で亡くなった。大町東光寺に墓と句碑がある。同年十月十二日の建立である。表には野帆の句〈声に身を持《もた》せて揚《あが》る雲雀かな〉が彫られ、碑裏には、有無庵四山《しざん》の〈うりなすも共成佛や施我鬼棚〉の句が彫られ、野帆系列の俳人の名が見える。如々《じょじょ》・環・亀遊・二葉・榎隣・放牛・得泉・柳谷・柳丈・柳月・洗耳・千代女・柳旦・蟻道・素僊・晴山・竹泉・如僊・模象・霞僊・角上・山勝・露節・晴厓・米鄰の二十五名である。

この寺の住職十七世昂道大如は不二庵如々《じょじょ》と号する俳人であり、野帆の棺の前で〈見送るや花ぬす人の後ろかげ〉の一句を吐いたという。

あいさつもいらぬ客なり納豆汁　如々　『松苗集』

野帆は七十二歳の嘉永五（一八五二）年に息の米隣、野沢、柳旦、四山ら社連中と東光寺に芭蕉句碑を建てている。芭蕉百六十回忌に因んだものである。句は〈八九間空で雨降る柳かな〉で、野帆の筆になるものである。

安政四（一八五七）年には野帆の三回忌追善句集『草ぐさ集』が門人たちによって編まれた。

花折やはなに酔ふての出来心　野帆

雪ひらひら風の姿を尽しけり　〃
おどろいて立たついでや揚雲雀　〃
四つ五つ雀たち添ふ千鳥かな　〃
待ちかねた声のはこびや初がらす　四山　『松苗集』

そこには墨僊《ぼくせん》・燕眉《えんび》・晴河・四山ら土浦をはじめ水海道・竜ケ崎・北條などの俳人も多く追悼の句を寄せていて、野帆の勢力を物語っている。四山はこの『草ぐさ集』の末尾に、〈我師野帆は只管《ひたすら》芭蕉翁の風を慕ひて頗る其妙を得るの人にして生涯吐処の秀句多し〉と記している。野帆の句は各俳書に多く見られる。

道かりた礼に投込むかぶら哉　野帆　惟草編『俳諧人名録』
朝顔はどの隙に実を結ぶかな　〃　可川編『ゆふ花』
蝶鳥のさそひこそすれ麦の丈　〃　竹林舎編『松苗集』

また、鹿島神宮本殿脇に野帆の〈今めかぬ色なり香なり松の蕊《ずい》〉の句碑が立つ。安政四（一八五六）年の米隣の建碑である。これについては先の「鹿島神宮の句碑」で述べた。

同じ東光寺には三浦静雅の句碑〈我死なばこゝに埋めよ花の山〉がある。明治期の建立である。

土浦天神宮に〈梅が香にやみもおさるゝ神の庭〉の句碑のある柳沢柳坦は、文久三（一八六三）年の生まれで、中城の天神宮前で売薬業を営んでいた。父は柳旦である。その父の一周忌に『柳旦小祥忌追善句集』を上梓した。

文久三（一八六三）年刊の亀水編『はすのつゆ』（亀得一周忌追善集）には、静湖・梅影らの句が見える。

あれほどの虫の行衛や枯薄　　静湖
あるはずでなき近道や枯すすき　　梅影
水鳥の畑へあがる春日和　　夢岳

幕末には土浦近辺では、神立の一皆《いっかい》、高津の紫峰、稲吉の亀江、沖宿のうら女・喜代丸、宍塚の蒼蔭、真鍋の一仙、手野の夢船他多くの俳人が活動した。

希水編『俳諧画像集』には、前述の氷壺・晴河の他に、土浦の大竹竹泉（瀬兵衛）、済岸寺住職の擔雪《たんせつ》、木田余《きだまり》の地蔵院住職の照谷《しょうこく》、小松の篠崎東淵（長右衛門）・広瀬露月（治郎二）、田村の大川葛見（新助）が画像とともに紹介されている。

起されて起きても長き日なりけり　　竹泉
のがれ入中に世のあり蛸の月　　擔雪
鶴の立跡や若菜のつみ処　　照谷
露くさきかねの音色や明の萩　　露月
来ぬ客もかぞへて待つや祭の日　　葛見
宵闇やもどりは月に送らるゝ　　東淵

竹来《たかく》（阿見町）の吉田麦翠《ばくすい》は、文政・天保期に活躍した俳人である。天保元（一八一八）年刊の何丸編『男さうし』第八編に、同じ竹来の如水と共にその句が見える。

敷て寝る何不足なき衾哉　麦翠
諸鳥や夢見る頃や蜀魂　〃
朝寝した隙取返す月夜哉　〃
ちる音のきこえて淋し竹の皮　如水
鶏のせゝり出けり蕗の薹　〃

嘉永三（一八五〇）年に刊行された麦翠古希記念句集『松苗集《まつなえ》』には、常陸の俳人の句が収められて、麦翠の交友関係の広さを示している。

ひと雨に若がへりけりかど餝　氷壺
起されてものとはるゝや春の月　友甫
橋越ばもう旅人やうめの花　野巣
影引て水ながれけりをみなへし　鶴老
待ちかねた声のはこびや初がらす　四山
声に風もつや芦間の行々子　燕眉
あいさつもいらぬ客なり納豆汁　如々
蝶鳥のさそひこそすれ麦の丈　野帆

山陰の小家や花の足だまり　麦翠

自祝

孫彦を両手にひきて花見哉　〃

竹来の阿彌《あみ》神社境内には、安政五（一八五八）年に麦翠の傘寿記念に門人たちが〈湖の風も通うて夏木立〉の句を刻んで建てた句碑がある。麦翠は文久元（一八六一）年に九十一歳で亡くなった。辞世の句は、〈流れきて井の水すます一葉かな〉である。

阿見地方の俳人としては、掛馬の素泉、大室の豊雨、石川の野斉、島島の秋実、飯倉の松翠、島津の卜宬、竹来の柳翠らがいた。

このうへや芹の白根も九十九髪　卜宬

涼しさやどちらむいても松の声　柳翠

希水編『俳諧画像集』には、阿見地方では、竹来の翠賀（松本嘉助）・江斉（吉田善介）・麦慶（神官宮本主殿）、君島の再可（浅野宇平二）・繁樹（浅野善右衛門）、実穀《じっこく》の素風、島津の卜宬（湯原惣右衛門）、上長《かみなが》の其翠（大久保茂佐久）らが紹介されている。

帆柱のうへに立けり雲の峯　翠賀

船の茶に呼ばれて見れば霞哉　江斉

木がらしのしてあつまるや浪の鳥　麦慶
吹きかへす風に色あり今朝秋　再可
行秋や高くも飛びぬ草のてふ　繁樹
尻声は山彦にあり秋の鐘　其風
木にのこる雨の雫や蝉の声　其翠

土浦藩領と水戸藩領の村々が多い出島（かすみがうら市）地方は、松籟庵系の俳人を多く生んでいる。明和三（一七六六）年刊の秋瓜（太無）編『不言集』には、安食天鏡庵《あんじきてんきょうあん》連中として、其白《きはく》・寛水・巨江・指月・露石・搪口・素原・可尋らが名を連ねる。その中心は竹内其白である。また、同村の竹内一兆の存在も大きい。田伏・有川・有賀・加茂・坂・深谷などの各村にも俳人の名が確かめられる。

摘みためて一輪ほどのすみれ哉　其白
結びては人の手をまつ柳かな　寛水
ふかぬ間は流れてやすむ柳かな　巨江
露にして払ふ茶つみや春の雨　指月
正面をあるじもしらぬやなぎ哉　露石
涅槃会を空にもしるや花曇り　素原
春雨や蛙の歌の利てから　可尋

安永九（一七八〇）年刊の秋瓜編『ふた木の春』に安食天鏡連として其白・得雨らの句が見える。

鳥の来て一枝動く柳かな　其白
鴬や聞人ありて向直す　得雨

希水編『俳諧画像集』には、加茂の玉川《ぎょくせん》（忠左衛門）・一扇（彦右衛門）・釈叱仏・逸翠（忠助）・魯川（山口隆平）・暁月（教恵）・其石（石井伝左衛門）らが紹介されている。

炭小屋へ通ふ小みちや栗の花　一扇
面白う聞は奢りぞ田うゑうた（惘農）　叱仏
樹の蔭はまた薄寒し初桜　暁月
春雨の机に置や夢一つ　其石

出島宍倉の天の宮境内には、徐全《じょぜん》の句〈しゝくらの里のふるきこと尋ねて、浅うしてすめる野井あり村しぐれ〉を刻む句碑がある。天保十五（一八四四）年に門下の几兆《きちょう》・春草・秀国・紫山・生甫・健斎らが建てたものである。幕末にこの地方で活躍した人たちであるが、さらに『俳家画像人名録』の戸崎の白雨（飯田松三郎）・松雨（飯田五右衛門）・守月（塚本清左衛門）・拳石などが活躍した。

酒と暮花と明るやけさの春　白雨
名月や水音高くはねる魚　松雨

相宿の夜長咄や国訛り　守月
客あれとおもふ朝あり杜若　拳石

真鍋の一真・一仙、安食の一兆、坂の福田・柳川、稲吉宿の亀江、加茂の夢船、宍塚の蒼蔭、手野の花仙などの句も『桃花春帖』『俳諧人名録』等に見える。

両の手に折りて又見るさくらかな　一真
明立の障子もうめのかをり哉　一仙
曳ぬいた大根で道ををしへけり　一兆
朝おきが春のくすりとおもひけり　福田
実の春のゆるみの見えぬ畑の麦　柳川
鶯にけふは小一里おくれけり　亀江
笑顔向合ふ西山ひがし山　夢船
鶯を待つほどはある小庭かな　蒼蔭
初夢のこゝろで居たきこゝろ哉　花仙

下稲吉の香取神社境内の芭蕉句碑〈このあたり眼に見ゆるもの皆涼し〉は、当地の良可（利三郎）とその門下の建立である（明治七年）。門下の俳人は、一翠・翠二・方翠・可翠・可信・洗耳ら二十五人である。

良可の辞世の句

ひと渡り花にしのぶや昼の風

7 石岡の俳諧

石岡では、宝暦十三（一七六三）年刊の涼袋編『古今俳諧明題集』に、烏林・素琴の名が見える。

窓へ来て開けよ開けよとやなぎかな　烏林
炉開や頭巾も蓋のかげぼうし　素琴

また、安永九（一七八〇）年刊の多少庵秋瓜編『ふた木の春』に　高浜連として金波・文思・露流らが登場する。

蓑虫の啼くあたり也露の音　金波
河原にも人の渦巻く踊りかな　文思
行燈の内から影やきりぎりず　露流

さらに盛魚・左文・湖花ら七人の俳人が、天明三（一七八三）年刊の多少庵編『癸卯《きぼう》歳旦』に認められるなど、水運で栄えた高浜の俳諧の勢いを知ることができる。

寛政期の石岡の梳柳も松籟庵霜後の系統にいたようで、『霜後春興』などにその句が収められている。文化から天保期にかけては、『隋斉筆紀』に二有の句が三句記されている

文化三（一八〇六）年刊の完来編『風月帖』には石岡（府中）の亀州・亀栖が、文化六～八年の素外編『歳

旦集』には、五柳・素弟の句が見える。

海棠や咲きて月夜の月見えず　常州府中　亀洲
降りながら星うごくなり春の雨　亀栖
何ぞ年をしまむ春の来るものを　五柳
君が代の飾りや松を花の春　〃

その他この時期には、一室・素養・玄中、高浜の梅雄・似水らも活躍した。

石岡の常陸国分寺境内にある芭蕉句碑は、天保十（一八三九）年に石岡香丸町の桜井紫雪の門下によって建てられた。芭蕉の句〈いざ行ん雪見にころぶ所まで〉が彫られ、裏面には紫雪の句〈たゞ居れば人の師走を来て語る〉が彫られている。

国分寺には、奉納句額などが確認されており、寺を中心とした句会も盛んであったと思われる。この紫雪をはじめ、泉之《せんし》・莞爾《かんじ》・川流などが、葛飾派の俳書、北浦沿岸で勢力のあった河野涼谷編の『もゝ鼓』や、田山友甫編の『たつき集』などに句を寄せていることから鹿島・行方地方へも進出した俳人であったらしい。借宿（鉾田市）の「借宿村鎮守宮奉納句帖」などに関わってもいる。

京を出て蛙に二日寝ぬ夜かな　紫雪　成美・翠兄評『両判筆之綾』

石岡国分寺の芭蕉句碑

夕影や菫にとゞろくつくば山　　泉之　　『も、鼓』三編

竹筒で灯を呼ぶ家や夏小太刀　　莞爾　　『たつき集』

文化十一（一八一四）年刊の天喜編『はつしくれ』に一室・潮花らの句が見える。

時しらぬ花も見えけり夏木立　　府中　一室

山は唯杉のにほひやほと、ぎす　　高浜　潮花

さらに、文化十五（一八一八）年刊の真翠編『歳旦帖』に素養・玄中の句、

元日や人柄めきて足袋白し　　石岡　素養

陽炎の庭よ軒端よ梅白し　　〃　玄中

文政五（一八二二）年刊の何丸《なにまる》編『男さうし』に、梅雄の句、

さびしさを忘れて来れば野梅哉　　梅雄

文久二（一八六二）年の希水編『俳諧画像集』に東郭（井関楼定七）の句を見ることができる。

元日や神代のごとき起心　　東郭

柿岡（石岡市）の如来寺にある芭蕉句碑は、〈よく見ればなづな花咲く垣根かな〉の句を刻んだもので、

恋瀬川の北限の河岸のあった高友の八瓢《はっぴょう》（滝田伊兵衛）が中心となって、天保十一（一八四〇）年に建てられた。筆は江戸の大梅である。裏面には八瓢の句〈枯れ蓮ははかなき夢のすがた哉〉が彫られ、「補助」として、氏江の素靍、小山田の素萑《そかん》、小塙の素竹、柿岡の里透、佐久の一亭ら七人の名が確認できる。八瓢と同じ時期に活躍したのが、佐久の一亭（国谷時憲）で、『神の梅』『ふところ子』などの句集を持つ俳人である。共にこの地方の中心的存在であったろう。

『八郷町史』が紹介する、細谷の潮田竹山主宰の慶応三（一八六七）年の句会記録には、竹山・壽佛・高織・知月・筑陰・氷雪・里女ら十五人の俳人が、恋瀬川の帰帆・天神森の晴嵐・高田の落雁・手枕松の夜雨・光明院の晩鐘・大峰山の秋の月・天王台の夕照・筑波の暮雪の八郷八景を句にしているのは興味深い。

8　筑波の俳諧──眠石・壺仙の活躍

筑波の巴州《はしゅう》（杉田将監）は、寛保年間の江戸の松籟庵柳居（守墨庵）の筑波登山の折に自宅に招いて歌仙を巻いている（買風編『茶の花見』）。玉柯は結城郡鎌庭の俳人で、この時柳居を泊めている。

木兎も頭巾ほしいか筑波山　守墨叟
　枝を裸に木の葉散り行　巴州
お袋は曲突を奇麗に持ちなして　松籟
　笑はせぐさの苞ひとつ出ず　玉柯
古酒もはやすかれになりて暮の月　巴
　家とすゝきの交る海道　叟
稲つけた馬も尻へはまはられず　玉
　長者を笠に着る男ども　松
（以下略）

筑波では宝暦十（一七六〇）年の徳雨編『千鳥墳』には谷原連として、祇岱《ぎたい》・朴之《ぼくし》・敲石・山岫・眠牛らによる半歌仙が収められているが、翌十一年刊の周来編『歳旦試筆』には、筑波根連として姫魚・雅長らの句が見える。

水運のそろそろぬるむ初日哉　　姫魚
花に手の届く心や初ごよみ　　雅長
雪もけふ花のうはさや餅分限　　〃
忠孝の芽ざし始めや国の春　　義山

さらに翌十二（一七六二）年の周東編『歳旦試筆』にも二人の句がある。

長生の笑ひ連あり山の音　　雅長
門松のちとせや竹の千代の春　　姫魚

宝暦十三（一七六三）年刊の涼袋編『古今俳諧明題集』に、北条の長嘯、小田の潭水らの句が見える。

気のつよい人誘引たりとりあはせ　　長嘯
たけのこやふるまふまでは親ごころ　　潭水
世につれて鹿も灰毛や夏木立　　後丘
三井寺の鐘も日のもるあつさかな　　眠居

明和元（一七六四）年刊の二世白兎園広岡宗瑞編の『白兎余稿』にも、姫魚の〈面白きはなし相手やかんこ鳥〉の句が見える。

つくば市小田の延寿院（うた薬師）には、筑波地方の俳諧の隆盛を物語るものがある。一つは、〈名月や座に美しき顔もなし〉という芭蕉の句碑で、建碑の年号は不明だが、「水府柳葉建」とあり、当時の住職朝日柳葉による建立であることがわかる。次に触れる眠石《みんせき》・壺仙《こせん》ら当地の有力俳人の活動も関係していると思われる。

二つ目は、文政三（一八二〇）冬に延寿院住職の柳葉自らが生前に建立した墓碑である。柳葉は、天保八（一八三七）年に六十二歳で没している。それには、柳葉の〈嘘つかぬ寺のかねなりゆふざくら〉という句が刻まれている。裏面の柳葉の履歴によれば、久慈郡留村に生まれ、水戸藩に仕えたが、やがて僧となり俳諧を学びながら諸国をめぐった後に、小田の当寺に落ち着き、仏道に励み、俳諧の指導にあたったようだ。文化四（一八〇七）年刊の柑翠編『まことかほ』にもその句が見える。

秋の蝉なくや日のてる漆原　　柳葉

三つ目は、延寿院の薬師堂の軒に現在も掲げられている奉納句額。時が経ち、句はほとんど消えてしまったが、わずかに作者名が判読できる。すなわち小田の壺仙、北条の眠石、平沢・大形をはじめとする近隣各村の俳人虚明・湖舟・遊里・素川・可笑（平沢・東寿寺住職）・一水（矢田部・河西善兵衛）ら三十五人である。

小田の壺仙は、明和二（一七六五）年生まれの大曾根新兵衛である。龍ヶ崎の翠兄に師事し、筑波地方に勢力を持っていた。旅を好み、日光・

延寿院の薬師堂［つくば市小田］

伊勢の他、文政十一年（一八二八）には出羽三山へも出かけていて、このときの巡礼供養塔が、小田の龍勝寺に立つ。彫られた句は、〈解《とけ》てこそ無一物なれ雪達磨〉である。

壺仙は、天保二（一八三一）年に六十七歳で世を去ったが、翌年に門人たちによって句碑が建てられ、辞世の句〈しら露も共にこぼる丶こ丶ろかな〉が彫られた。文久元（一八六一）年に、清香・謹輔によって『壺仙句集』が編まれている。他に『日光ノ記』がある。

眠石は、北条新町の名主市村庄次郎。北条の宝安寺境内に立つ句碑には、〈おほかたの月は忘れてけふの月　松下亭眠石翁〉とある。養子の風実の建立である。裏面に眠石の履歴が記され、文政十一（一八二八）年、七十二歳で亡くなったことがわかる。三年後に壺仙が六十七歳で亡くなる。この二人は、ともに竜ケ崎の杉野翠兄の筑波庵系に属して、寛政から文政期にかけて筑波地方で最も活躍した。

月寒く桜に残る夜明けかな　壺仙　宣麦編『今戸集』
静さや鳴鶯もきく我も　眠石　乱竿編『七きさらぎ』
子規鳴につけても年の寄る　〃　大笻編『俳諧発句題叢』

寛政四（一七九二）年刊の米我編『霜のわかれ』に、北条の惟恭、眠石、白井の東張らの句が見える。

なき人の噂ながらも桃の花　惟恭
岩を出て岩にしみ込む清水哉　眠石
かなげにも交る女や大根引　東張

寛政十二（一八〇〇）年刊の翠兄編の歳旦帖は、筑波根連として、壺仙・眠石の他に小田の虚□・眠霍・青羅・暁雲、北条の山水、大形の一巴・花鏡・岩楓・素川平沢の可笑らの句が、

顧る跡かたもなし年の坂　　小田　虚旲
元日や五ッの道もこの日より　　眠霍
若水や金茎の露もをのづから　　青羅
はつ夢の不二はまうさず筑波山　　湖舟
汲みあぐる水に初日の光哉　　暁雲
新しき履音高し今朝の春　　山水
玉かとも花かとも雨の柳哉　　平沢　可笑

さらに筑波根吉沼翡翠軒《ひすいけん》連の雪衣・五桂・豊秋・明動・麦留らの句も収められている。

元日や花紅葉より松の色　　雪衣
桃灯の星降る夜也大晦日　　豊秋
芹薺はるの日の丈くらべこし　　如水
若草の道や女に手慣れ駒　　女　幾世
金屏の色こそ増れ初日影　　五桂
煤掃て寝ごころのよき夕べ哉　　大島　梅柴

関本連としては巴堂・梅香・柳角・一子・春晴らの句があり、「筑波山下」として鶯巣の〈浮橋や御幸の原の初霞〉の句も見える。

その他、筑波の俳人たちの名は、松籟庵霜後の寛政期の俳書や、文化二（一八〇五）年刊の水戸鏡裏庵社中の『乙丑《おつちう》三節』など多くの俳書に見られる

元日の寝ごころ児に戻りけり　　眠石　　『乙丑三節』
物思ひ思ひ秋の夜更けにけり　　壺仙　　〃

文政五（一八二二）年刊の何丸編『男さうし』に、

山茶花や寺の頭とりまち顔に　　北条　眠石
草結びして過る野や時鳥　　大曽根　壺麟
解けてこそ無一物なれ雪達磨　　小田　壺仙

さらに天保元（一八三〇）年刊の何丸編『男さうし』八編に壺仙の句がある。

花の雲いつしか袖のしめりけり　　小田　壺仙

天保七（一八三六）年刊の惟草編『俳諧人名録』には、大木の塚田梅園（瓶三郎）〈秋かぜのつめたく吹や魚の店〉が紹介されている。

『俳家画像人名録』には、矢田部の俳人が多い。一水（河西善兵衛）・谷田部藩士の春曙（馬籠貞男）・圭尹《けいいん》

（奥澤勇平）・文起（片山登良）・中村三徳・晋松・一得（高野惣兵衛）・義済（今河俊一郎）、そして北條の謝筇《しゃきょう》らも見える。

名月やおのづとしまる町通り　一水
吹払ふ雨雲低しことし竹　春曙
肩休めして虫売りの鳴せけり　圭尹
売りものにならばとおもふ牡丹哉　文起
時鳥なくや佃の朝ぼらけ　晋松
梅を見る隙だけはあり年の暮　三徳
名月や舟の烟も夜明けまで　一得
酒の座のこれも馳走や火とり虫　謝筇

希水編『俳諧画像集』には筑波郡中島の祖暁（横田弥八郎）・下島の一島（中山久兵衛）・矢田部の帰山（明起寺住職）・上萱場の寿泉（下山四郎右衛門）・松基（坂本常右衛門）・泉の竹雪らが紹介されている。

春雨や何やら青き一耕地　祖暁
ほつかりと日の匂ひけり福寿草　一島
はつきりと青む筑波やけさの秋　寿泉
四五本の松の中なり涼台　竹雪

安政三（一八五六）年刊の謝徳編『俳諧百人集』に、北条の倉月《そうげつ》の句が見える。

入相の鐘にをとらず鹿の声　　倉月

これまでにも力士と俳諧に触れてきたが、筑波山大鳥居近くの二七世行司木村庄之助の句碑も注目される。相撲好きの筑波の書肆弥助が世話人となり下総・常陸・下野の庄之助の弟子たちによって、文政十（一八二七）年に建てられたという。庄之助は常陸の出身と伝わる。俳諧の師は江戸の隋斉夏目成美。次の一句が彫られている。

西東山の錦やはなすまひ　　廿七世　木村庄之助

〈はなすまひ〉は地方巡業のことで、木戸銭をとらず客の纏頭《はな》を受けた相撲からきたことばである。

『俳諧画像集』の編者である艸中庵希水《そうちゅうあんきすい》は、伊奈の上島《かみじま》（つくばみらい市）の人である。この画像集に紹介されている俳人四五八人の内、常陸が一八六人で、その内伊奈の俳人が少なくない。上島の椎名二蝶・関口紫山・関雨静、中島の横田月仙・横田祖暁、下島の飯塚清堂・飯塚政頂・中山松柳・中山一島、弥柳僑居《いよやなぎきょうきょ》の梅原弓窓、外記《げき》新田の景谷、狸穴《まみあな》の寿水、谷井田《やいた》の海老原智《ち》角・斎藤雪水・高野双武・山口一蕉たちである。

波音を隣に聞て夏の月　　紫山

立鴨の羽音いかめし一耕地　　月仙

春雨や何やら青き一耕地　祖暁

ほつかりと日の匂ひけりふく寿草　一島

をし鳥のはなれて遊ぶ暑さ哉　松柳

更てまで戸はさしにくし花に月　双武

とももたれしてふしもぜず雨の萩　雪水

むら雲や月の窓より降霰　希水

すみれ野やただ一本の松の声　〃

次第に庶民の間に伊勢参りを始めとして旅への関心が高まっていく中で、旅の句のアンソロジーの出版も盛んになっていく。

寛政十一（一七九九）年の蝶夢編『俳諧名所小鏡』に、

行春や紫さむるつくばやま　蕪村

また、文政十一（一八二八）年の護物編『名所千題発句集』に常陸では筑波山と芦穂山が詠まれている。

野百合咲く風やつくばの忘れ雲　秋挙

青梅やつくばの道は垣一重　多代女

白露を分けてや駒のあしほ山　存義

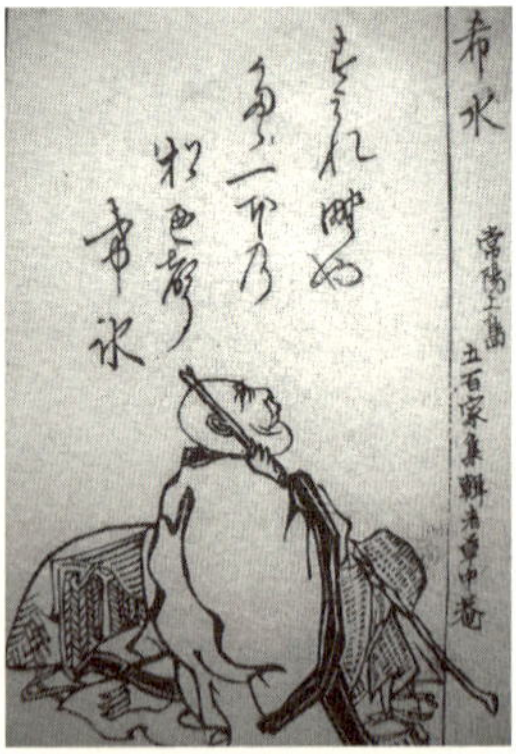

草中庵希水（『俳諧画像集』芭蕉記念館蔵）

秋の日の寒さもて来やあし穂山　淡水

天保八（一八三七）年刊の孤月編『桃花春帖』に、水守や大曽根の俳人の句が見える。

わかやぐや初日に見こすつくば山　香月
うれしさや寝ても未降春の雨　波遊
なく度に野地の青むや雉の声　遊月
大またに雀もあるく初日哉　園甫

（三）県西編

1 水海道の俳諧

水海道（常総市）の俳人では、早く横曽根の遊外が、延享二（一六七四）年刊の風虎編『桜川』にみえる。

生れ付てかはゆ毛もある猫の恋　　遊外

さらに元禄七（一六九四）年の不角篇『俳諧うたたね』に挙叟《きょそう》・寒夕《かんせき》・梅松・嵐夕らの名が見える。
大輪連の緇水《しすい》・祇松《ぎしょう》・祇卜・其石・東枝らの半歌仙が、宝暦十（一七六〇）年刊の徳雨編『千鳥墳』に収められている。

水影は手の裏返す燕かな　緇水
庭も春めく箒目の渦　祇松
艸餅の草から野部も青み来て　祇卜
其日もどりも旅心なり　其石
月今宵内は昼間の障子越　東枝
露の光も五分の魂　徳雨
（以下略）

享保十五（一七三〇）年刊の不角編『正風集』に卿角の独吟歌仙が収められている

水海道地方には、一茶の守谷西林寺へのたびたびの来訪に関わって、江戸の桜井蕉雨《しょうう》が勢力を伸ばした。一茶・鶴老・蕉雨は同郷（信濃）の縁があった。

前にも述べたが、蕉雨は信州飯田の酒造業と呉服商を営む大阪屋の生まれ。八巣とも号した。江戸に移住して御家人株を買い幕府に仕えた時もあった。士朗を師として江戸で活躍した俳人である。

しづかさや雉子の尾を引く戸口哉　蕉雨　『筆のしみづ』

天明三、四（一七八三～四）年刊の五山編『東海藻』に、水海道の俳人たちがいる。

帆に棹に湊や年の行もどり　岸耕

初空やいづれの山も日和山　春帯
初鶏や朝戸揃ふや明のはる　臺山
立ちならぶ松や千とせの春の声　布成
人心けふより練れる雑煮かな　岩井

蕉雨の後援者は、猪瀬好古《いのせこうこ》で、幕末の三坂新田の名主である。儒者の猪瀬豊城の子で、漢詩を好んだが、俳諧にも力を入れた。文政十一（一八二八）年に、祖父の死を悼み、一句を残した。

木の葉落ちる音にも沈むこゝろかな　好古

大生郷《おおのごう》の坂野家は、享保期の当主伊左衛門が、伊佐衛門新田を経営した豪農である。幕末の坂野家の当主耕雨《こうう》（一八〇三〜一八六二）も、漢詩を作ったが、俳諧への興味もあり、嘉永二年（一八四九）には江戸の俳人卓朗を招いている。

卯の花や笠借りによる蜑《あま》が宿　耕雨

安永五（一七七六）年淅江編『その人』に白念、天明期の春帯・布成、文化・文政期の公木・文考・三花・幻夢、天保七（一八三六）年の『俳諧人名録』に三馬（豊島屋治兵衛）・四明（釜屋嘉兵衛）・新祐（山影・絹川之漁夫）・橘井《きっせい》・五星・喜三らが見える。

蛇なども流れ出しけり落し水　三馬
活てから気味よく咲くや梅の花　四明
しのを吹かぜやきぬたの音を戻す　新祐

また、『両判筆之綾』に蒼虬《そうきゅう》に師事した分賞《ぶんしょう》の他、鬼雀《きじゃく》・未明・公木・寿木・丈仙らの句が見える。文久元（一八六一）年に六十八歳で世を去った分賞の百ヶ日供養のための芭蕉句碑〈はひ出でよかひやが下の蟾《ひき》の声〉が水海道亀岡の報国寺にある。「かひや」は蚕を飼っている所である。碑裏には、分賞の五句が刻まれ、補佐として赤岳・精中・有隣・鴬橋の名がある。

世をすてたむくひか花に遺さるる　分賞
蠅さとし打たむと思ふ手にとまる　〃
一刷毛に画いたやう也天の川　〃
喰ふものとしれては鰒《ふぐ》に咎もなし　〃
異なりし風のかをるや法の船（辞世）　〃

碑陰記選文は秋葉雪窓（源太郎）である。雪窓（一七九二～一八六三）は、この地方に勢力のあった守村抱儀門で岡田郡馬場村（常総市）の俳人である。句稿に『鯉鱗行』『附句漫録』を残す。

月花は何処の折り目ぞ初暦　雪窓　『鯉鱗行』

馬場天満宮境内には雪窓の〈星高く花ゆさゆさと明けにけり〉の句碑がある。文久四（一八六四）年三月に赤松・星橋らが中心になって雪窓の一周忌供養に建てたものであろう。裏面には、三郎・桑弓・氷壺三人の句がある。

雪窓は嘉永元（一八四八）年に『梅の雫』を編んでいる。その中の近隣の俳人を見ると、石下の素氷・嵐石、大生郷の橘井、国生《こっしょう》の楽水、水海道の五星・喜三・守中、下妻の暁露・吾周らの句が採られている。

籠のまゝ持仏へ上る茄子かな　素氷
野に人はたえて昼顔盛りかな　嵐石
宵闇を鳴広げたり時鳥　橘井
一木づつ足をとゞめるさくら哉　楽水
初鶏や釣瓶の音も両隣　五星
葉ざくらや雨気のとれし二三日　喜三
客請て懸直しけり青簾　守中

この五星・喜三は、青崖・山剔《さんてき》・曙葎・赤岳・其説《きせつ》・米仙・一儛《いっせん》・守中らと共に、嘉永二年の『ゆふ花集』にその句が収められている。

秋葉雪窓の〈星高く〉の句碑［常総市馬場の天満宮］

橙に青みもどしてほとゝぎす　青崖
おろさせて披露に出るやはつ鰹　山剔
行燈に膝寄て聞鶏かな　曙葎

報国寺にあるもう一つの芭蕉句碑は弁天堂の安政五（一八五八）年建立のもので、〈野をよこにうまひきむけよほとゝぎす〉の句が彫られている。書は分賞である。その碑裏には曙葎の四句〈うぐひすをきくやら舟の棹つかひ〉などが見える。つまり曙葎の子の栄造と縁のある盛平・九皐らと、曙葎の友人である分賞・精中・鴬橋が相談して建碑に至ったようである。その選文は分賞門下の宮本赤岳、書は同じく夏山である。

文化十五（一八一八）年に建てられた天神社の芭蕉句碑〈猶見たし花に明けゆく神の顔〉の建碑者は幸田生まれの篠塚道元である。

また、髙野会館内の芭蕉句碑〈ものいへば唇寒しあきの風〉は、分賞に師事した水海道の明石（土信田善左衛門）の七回忌の嘉永五（一八五二）年九月に建てられ、辞世の句〈地にあなの明《あき》し芭蕉の雫かな〉が刻まれた。

文化六（一八〇九）年の鷺白編『綾嚢《あやぶくろ》』に水海道の文考、文政二（一八一九）年の北元編『玉田集』に三花、明治三（一八七〇）年の謝徳編『百句余集』（『俳家画像人名録』）に、樵巣（釜屋嘉兵衛）の句が見える。

川霧のきへみきへずみ月はれぬ　文考
肴なき酒もり中やきりぎりす　三花

客のゐる上座に直す蚊遣哉　　　樵巣

分賞に師事し、その百ヶ日供養芭蕉句碑建立の補佐の役を担った宮本赤岳の供養のための芭蕉句碑（枯芝やまだかげろふの一二寸）が前述の報国寺に立つ。明治十五（一八八二）年の建立である。碑裏には赤岳の辞世の句〈さつぱりと家を忘れて花の中〉が彫られている。選文は上蛇《じょうじゃ》の左淵である。

向石下《むこういしげ》の増田素柳《そりゅう》は、天保八（一八三七）年の凶作時の「凶作俳諧三十六吟」（俳諧歌）で有名。増田家邸内の句碑は素柳の〈せきれいや神代おもへば古い鳥〉を刻む。また、鴻野山《こうのやま》の秋葉家邸内には、天保三年（一八三二）年に当主麗水が建てた芭蕉句碑があり、裏面には麗水の、〈世の春を柳にたとへ人の道〉という句が見える。他に石下の俳人、素元・紅夕《こうせき》の句が松吟編『摘菜集《つみなしゅう》』にある。

川筋は雫を華の柳かな　　　石下　素元
入相の相手に鳴やかんこ鳥　　　紅夕
入相の鐘のうなるや五月晴　　　巴三
入相や庭の静まる秋の風　　　其北

天保七（一八三六）年の惟草編『俳諧人名録』には国生の柳國（横関与左衛門）、飯沼の麗水（秋葉周助）・屈伸（青木注連古）、鴻野山の清香（野口兵左衛門）、馬場の雪窓、古間新田の根住（岡野十郎兵衛）らが紹介されている。

竹の子や根まで掘ても二三寸　柳國
親二人揃うて嬉し年の暮　麗水
わらぢとく浦辺の家の寒かな　屈伸
水鳥の浮寝や我もくさまくら　清香
あしの葉にすれてそれるや初蛍　雪窓
青梅ややがてすゝむもこのあたり　根住

文久二（一八六二）年の希水編『俳諧画像集』には飯沼の青雨（稲葉宇右衛門）・清馨、鎌庭の明弘（人見勘三郎）・五舟（渡辺五郎兵衛）・景林（人見忠右衛門）、古間木の亀大、馬場の雪窓らが画像とともに紹介されている。

庭だけは闇もしらみて梅の華　青雨
いつちるとなしに明るき柳かな　清馨
初雪やまだ満たらぬ筑波山　明弘
遠山や雪はありても春げしき　五舟

名月や汐にたゞよふ洲の芥　亀大
雪凪莨火呼《やたばこびよび》て起《おき》をしみ　雪窓

2　下妻の俳諧

下妻は、中世の多賀谷氏以来の町割を残し、村方とは違う城下町の体裁を持ち、茶問屋・酒造・薬種・屋根葺・紺屋を始め様々な職種の住民が多く、鬼怒川水運の発達に伴って、江戸経済圏の一環として栄えた。当然俳諧は早くから盛んで、万治元（一六六〇）年刊の北村季吟編『新続犬筑波集』、寛文七（一六六七）年の季吟編『続山井』（長男湖春の宗匠披露記念選集）に塙兼高《けんこう》、延宝二（一六七四）年の風虎編『桜川』に蔵持治吉、天和三（一六八三）年の調和編『俳諧題林一句』に調中らの句が見える。

海棠の往来や留る花盛　兼高
おもひ出や老後にさきし姥ざくら　治吉
初海苔や汐瀬に迷ふ貝杓子　調中
室咲ク梅岩戸のむかし匂ひけん　和明
花棘心に牙の美人かな　和竹
里女佗ん昨日枝折し新豆腐　和兮

元禄十一（一六九八）年の調和編『五句付洗木』に子陽、正徳三（一七一三）年の周竹編『きくいただき』に如水の句が、

油気はわすれて過ぬ冬柳　　　　下妻　如水

さらに享保元（一七一六）年の立詠編『誹林絵文匣《えぶんこう》』にも朗宇《ろうう》・芦舟《ろしゅう》らが認められる。

和漢風俗画讃

空海　　ひら押に世は感涙や雨の加持　　　　下妻　朗宇

鎮西八郎　雲たつや矢束にたらぬ鬼薊　　　　下妻苅部　芦舟

一世白兎園宗瑞追悼句集『翌《あす》のたのむ』には東誠、延享四（一七四七）年の松吟編『摘菜集』に東休の句がある。

袖も今朝紫蘭の露に一ぬらし　　　　東誠

是は華の庵の主も見隠ぬ　　　　東休

翌年の寛延元（一七四八）年の秋瓜編『星な丶くさ』にも東休と東枝の句が見える。

辛崎を峰に写して時雨哉　　　　東休

はつ雪を黒木もすこし粧ひけり　　　　東枝

下妻の柏屋（現・外山崇行家）は、代々長兵衛を名乗った商家であるが、天明期に薬業を興した。外山量匡（天保十四年没）は、積翠堂紫山《しざん》と号した俳人で、その息も球山堂風民《ふうみん》（嘉永七年没）として句作に励んだ。

紫山・風民父子は、文化・文政期に盛んになった伊勢参りにも出かけている。文政三（一八二〇）年に、紫山は俳友麦二・蘭淵と三人で中山道経由で関西への旅をし、その旅日記『西遊路記』と句帳を残している。

秋ならば姨捨山やあきならば　紫山
瞳に透くは田面の水音　麦二

同家には多くの稿本が残されているが、その中の『文化句集』（完来評）二冊には、貫山・貞路・山里・甫水《ほすい》・葛良・秋考・湖舟・麦二ら下妻連の俳人二十数人の二百余句が収められている。評者完来は、大島蓼太門で、雪中庵を継いだ江戸の俳人である。

淋しさを舟に是程《これほど》落葉哉　貫山
凩《こがらし》を海へなげ込むやなぎかな　甫水

天保七（一八三六）年の『俳諧人名録』に下妻藩士原田蒼松《そうしょう》、横根の文雅（横田雅兵衛）と若柳の風姿（石島陸三郎）らが見える。

雨はれて空の締りや渡り鳥　蒼松
住易し落葉焚てもひとくらし　文雅
月晴て麓々のけぶりかな　風姿

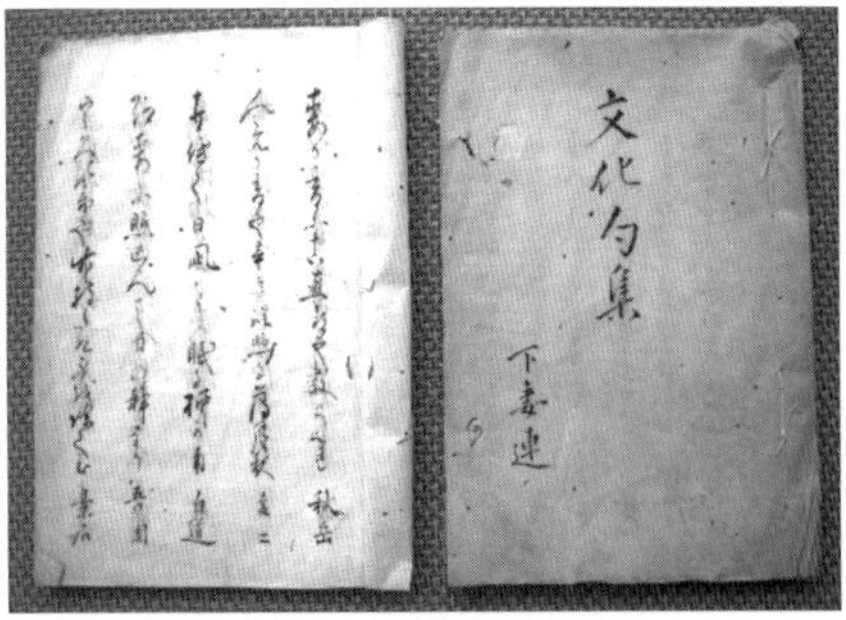

下妻連の『文化句集』（外山崇行氏蔵）

また、嘉永元（一八四八）年の雪窓編『梅の雫』に暁露・吾周・静山らが、石下の素水、大生郷の橘井、国生の楽水らも見える。

かゝる雲少しもなくて初日の出　暁露
喰初の子に大箸を持せけり　吾周
長閑さに置直したる机かな　静山
籠のまま持仏へ上る茄子かな　素水
宵闇を啼き広げたり時鳥　橘井
一木づつ足をとゞめるさくら哉　楽水

文久二（一八六二）年の『俳諧画像集』に、下妻の近隣の長塚川岸の岱馬、宗道河岸の喜恵、宗道の月窓・古的（常光寺住職）・道楽、川尻の赤松桑弓（粂之助）・赤松星橋（新右衛門）、古間木の亀大、鎌庭の人見明弘・渡辺五舟らが紹介されている。

聞□より中々遠し薄はら　岱馬
酒の座をそつと外して春の月　喜恵女
うめの香の添けり開くあうぎにも　月窓
待人の足音でなし春の月　古的
河豚提げて来るや夕辺の酒の友　道楽

咲き添る花に気のせくゆふべかな　桑弓

鎌庭（下妻市）の玉柯は、江戸の柳居らが筑波登山をした折に筑波山麓の巴州宅で歌仙を巻いていることは先に述べたが、この玉柯は柳居の筑波詣遺稿を秘蔵していたという。

3 境の阿誰

利根川に沿い宿場・河岸として栄えた下総境河岸（茨城県境町）の箱島家二代目善兵衛（一七一一〜一七七二）は、関宿藩の御用商人で大名主である。阿誰《あすい》（蛙吹《あすい》・阿推）と号した俳人でもあり、与謝蕪村と親交を持ち、大いに活躍した。阿誰は江戸の俳人宋阿《そうあ》（夜半亭早野巴人《はじん》）に入門して実力をつけ、後に江戸座の馬場存義《ぞんぎ》に師事した。

宝暦二（一七五二）年の編著『反古《ほご》ぶすま』は、多く江戸の俳人たちの冬の発句と五つの歌仙を収めた句集であるが、結城の砂岡雁宕《いさおかがんとう》や阿誰の妻の曾代女《そよじょ》・息子の淅江《せっこう》・娘の満津女《まつじょ》の句も見えて興味深い。蕪村の作は二句。他に蕪村の〈柳ちり清水かれ石ところどころ〉を立句とする阿誰らとの四吟歌仙が収められている。「蕪村」号を使い始めたころである。

うかれ越せ鎌倉山を夕千鳥　釈蕪村
凩や富士と居並ぶ峯の寺　阿誰
埋火のおぼろに酒の匂ひかな　〃

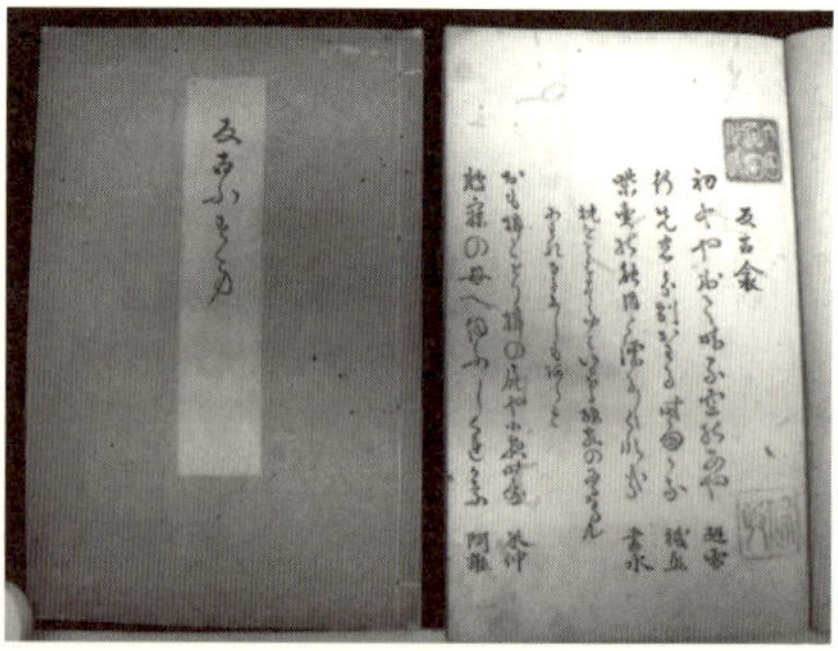

雁阿・誰編『反古ぶすま』（境町歴史民俗資料館蔵）

老僧の咳には余る霜夜かな　〃

宝暦四（一七五四）年の阿誰編『なるべし』は、存義門の図大《ずだい》を迎えての句会帖で、図大と地元の俳人文楼・麦堂・招竹・班浪らとの句会作品を収める。

梅さくや老木の我も頼りあり　阿誰
　従者うち込に霞くむ宿　図大
盤台の白魚に鯛のいろはへて　文楼
　鳶の目はしも只鳥でなし　斑浪
溝川へしばし下弦の残る影　麦堂
　晩田の出来を誉はやす也　得雨
約束のかた瀬参りも御婆ゝ連　招竹
　ひとつはあま《少女》かウミ習ひ臍　蒼坡
封付の葛籠はたしか直宿物　乾堂
　中さぬ事歟尺を越す雪　盛徳
冬枯の中の町にも或日又　鸞尾
　かゝる美男の喧嘩せずとも　素外
（以下略）

そして、巻末には存義・図大・阿誰の句が置かれている。

寒月や須磨の寝覚も餅の音　古来庵　存義
案じ置く辞世もをかし年の暮　新樹叟　図大
孔明も大骨折やとし仕舞　郢月泉　阿誰

境連の活躍は、宝暦十（一七六〇）年の徳雨編『千鳥墳』でも知ることができる。文楼・岱呂・阿誰・徳雨による歌仙である。

境連

青梅や犢駈行向ふ岨　文楼
　傘もち眠るかげろふの中　岱呂
曲水は間のおさへの苦もなくて　阿誰
　かならず四ッにたゝむふろしき　徳雨
月なればこそ町裏も訪れ　岱
　虫籠々々に軒端かぞえる　文
ゆふ霧に同行ふたり化されて　徳
　目なら口なら罪つくる顔　阿

（以下略）

さらに同書には、境連として、阿誰の息淅江・盛徳・錦谷・徳雨・花好らによる歌仙、同じく麦堂・徳雨・淅江・蒼坡・桑卜・班浪らによる歌仙も収められている。

安永元（一七七二）年に阿誰は世を去り、淅江が、安永五年に阿誰追善句集『その人』を編んでいる。序文は江戸座の宗匠存義、初めに阿誰の辞世の句を置く。

兼ねてなき身けふぞ花見に死出の旅　　阿誰

同書には蕪村や几董《ききん》・蓼太ら江戸の有力歌人が悼句を寄せ、結城の雁宕《がんとう》・晋我《しんが》、下館の風篁《ふうこう》らの句もある。

耳さむし其もち月の頃溜り　　蕪村
雪きえて冬しらぬ樹も涙かな　　几董
滴せぬ袖こそなけれ友鵆《ちどり》　　蓼太
寒いたみ梅にも鎖す門戸かな　　雁宕
寒中も消ゆるものかは雪の友　　晋我
見し夜半の夢今さらの雪佛　　風篁

さらに親族の句も収められていて、阿誰追悼の思いのこもる句集となっている。

在すかと障子あくれば火桶かな　　男　淅江
雪や花や見え隠れなるあみだ笠　　孫　志寧

行春にしまひもやらぬ頭巾かな　　女　花好

花好は『俳諧小伝』に、〈下総猿島郡関宿場町箱島氏妻　寛延二辰年嫁セシ人ナリ　蕪村門人九十六歳ニテ死〉とある。

安永四（一七七五）年に淅江は、閑鵞《かんが》と改号し、その記念集『果報冠者《かほうかじゃ》』を刊行した。箱島家に伝わる芭蕉・曽良らの連句も紹介され、蕪村・蓼太・雁宕・晋我・子の文路らの句も収める。境の横崎・横塚連の歌仙は、徳雨編『千鳥墳』にも見える。

青麦の穂にかゝりけりはるのさゐ　素兄
　藪かうばしく桜散る里　徳雨
遠かたの雁の羽風や霞らん　艸叟
　湯気に延たる洗濯の布　祇陽
川止に咄尽して宵の月　志翠
　角をはづしそ芋煮へる内　執筆
又六か門の椙の葉青々と　徳
　雛をつれたる鶏の羽かゝき　艸
いたづらの文は和巾に忍ぶ也　祇
　悋気によせて坐頭なふられ　志

（以下略）

猿島地方では、嘉永五（一八五二）年の『沓掛《くつかけ》村香取社奉額発句集』（『猿島町史・資料編』）の存在が注目される。催主は、同村の鳳尾《ほうび》で、評者は江戸の卓郎・伴鶴・一具・由誓、馬場の雪窓、向石下の素柳、鴻野山の麗水などの著名俳人が名を連ねる他、猿島地方の多くの俳人が参加している。沓掛では、群芳・花枝・川鳥など十人ほどの名が見え、この地方の俳諧の盛んであったことを物語る。

茶畠の笑止みけりほとゝぎす　群芳
青柳の窓うつ音に寝入りけり　花枝
身にしむや氷の上の月と星　川鳥
坂ひとつ超て山あり初桜　鳳尾
手枕に風のアラサヤ涼台　連城

4 古河の俳諧

古河の俳人としては早く元禄八（一六九五）年刊の東湖編『俳諧渡鳥』に皆可・丈水・无水《ぶすい》・根星らが、同十年（一六九七）年刊の東湖編『枝うつり』に皆可・可堂らの句が確認できる。

秋の暮誰にむかふや露地草履　皆可
鶏頭や家は野道の行当り　丈水
蜩や灯を打家は藪の中　可堂

宝暦三（一七五三）年刊の竹阿編『松の答へ』に鳳山・鳳騰・丈雪らが見える。

涼風の松を離れて音もなし　鳳山
名は雲に止メて消し時鳥　鳳騰
はかなさをたとへて泣くや芥子の花　丈雪

久能（旧総和町）の医師梅田徳雨（一七〇二〜八一）は、造化庵と号した俳人で、師は江戸浅草の一世祇徳《ぎとく》である。

徳雨宅には鴻巣の俳人柳田柳几《りゅうき》も立ち寄っていて、その紀行文『古

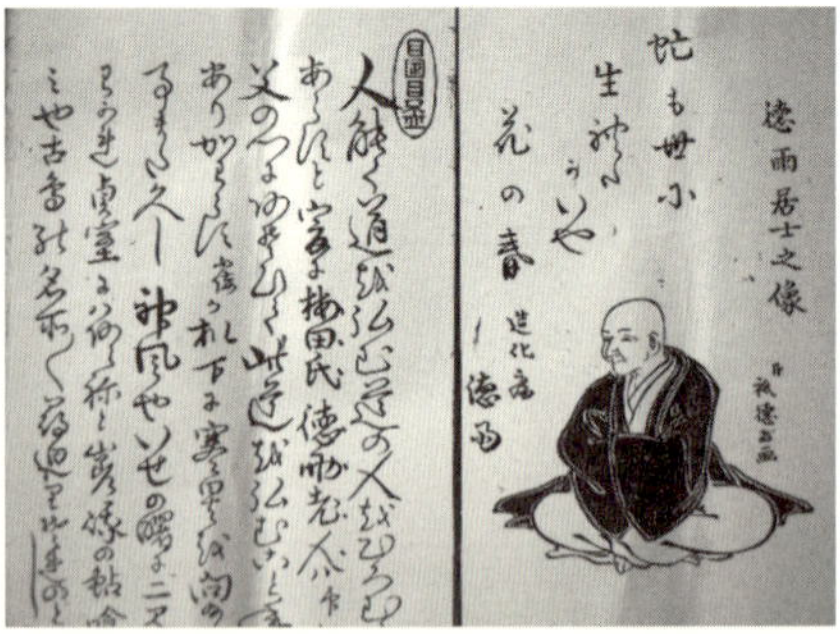

梅田徳雨像（『松島遊記』）

河のわたり』には、次のような記述がある。

此造化庵のあるじハ先江都祇徳の高弟也（中略）、社内（野木神社）念仏堂の側に徳雨子が建てられし祖翁（芭蕉）の川千鳥塚あり

この野木神社（栃木県野木町）の芭蕉句碑は、徳雨が宝暦十（一七六〇）年に、境・古河連中と建てたもので、碑面中央に「芭蕉墳」とあり、徳雨所蔵の芭蕉の真蹟とされる〈一疋《いっぴき》のはね馬もなし川千鳥〉の句を刻む。この建碑に因んで編まれたのが、『千鳥墳』で、そこには、古河連・境連・五ヶ村連・塚崎横塚連はじめ水海道・筑波の社中の連句も収められている。親交のあった境の阿誰《あすい》が序文を寄せている。

（前略）こゝに此集編るは造化と心を等うする造化庵のあるじ徳雨房也。虚実に遊んで我医業を滑稽にさとり蕉風を尊みひとつの墳を築きて千載の後に施し（後略）

古河連としては、春窓・徳雨・楓夕・歌扇・千海・可也・連雪・亀江らが歌仙を巻いている。

野木神社境内の芭蕉句碑［栃木県野木町］

古河連

猶ゐませ枯野ゝ夢の置所　釈春窓
　百代隔て千鳥聞庭　徳雨
状一ッ八重の汐路や届らん　楓夕
　寄ていたゞく吹替の金　歌扇
村長の朝寝に月の噂あり　千海
　隣でねめる軒のつま梨子　可也
取あへず手桶へ貰ふおみなへし　連雪
　娵といふ間のすぐに七ッ目　亀江
仙人もかゝる時をや風の裾　孤帆
　酒の匂ひの残る舟底　都柳
筑波から日和定るけふの空　青樹
　小寺の入院借もので済　錦谷
（以下略）

淅江編『その人』に錦谷の句、惟草編『俳諧人名録』には古河藩士の河村八蜂と杉浦有雪の句が収められている。

猶かなし湯婆の肌のあたゝかさ　錦谷
月をりをりぬれて出けりむら時雨　八蜂
水仙やむしろにかたす芋頭　有雪

また、若斯《じゃくし》・梨仲《りちゅう》ら、久能の清雨・志鳳・祇一らの句も見える。

風に行く落葉や和歌の道しるべ　古河　若斯
初霜やまた鵲の瀬は知らず　梨仲
降うつを命や雪の花盛　盛徳
芝の戸の奥にも二軒紅葉哉　久能　清雨
既に散る比を紅葉の盛かな　志鳳
花に実に奢り尽して梅紅葉　祇一

五ヶ村連も歌仙を巻いている。

張肘もよしや老木の梅の花　徳雨
　月額光る春の雪掃　古園
雁がねの羽音も軽く帰るらん　枝行
　胯ほどでも川は川也　江魚

有明に座敷は石の互先　桃町
新酒の匂ひうつる吹竹　隣中
（以下略）

宝暦十三（一七六三）年の徳雨の東北紀行記『松島游記』にも常陸各地の俳人たちとの歌仙が収められている。徳雨のこの旅は、宝暦八（一七五八）年の夏の出羽三山、山寺、松島を巡るものであった。紀行記といっても短いものであるが、それを冒頭に置き、続いて地元の古河の俳人たちと折々に巻いた歌仙、江戸と近隣の俳人の句を収め、最後に二世祇徳の描く徳雨の肖像を収めるものである。

先《まづ》ほつとつく息長し秋一夜　徳雨
虻も世に生まれたかいや花の春　〃

明和九（一七七二）年ごろ武蔵鴻巣の柳几が古河・境あたりを巡り、阿誰宅に寄り、芭蕉の書簡などを一見している。その紀行句集が『古河のわたり』である。

古河の俳人として、釣月《ちょうげつ》・桃考・吾子・巴水・千海・梨仲・連雪・如猿らの句が収められている。

芋売は亭主に成て月見かな　釣月
蕣や土圭の狂ふ日はあれど　桃考
七夕やまだ売物の娘市　吾子

有明にたなぬ名残や後の月　巴水
川上の紅葉にすはる入り日かな　千海

安永三（一七七四）年の雪下庵編『歳旦』に総州古河連として呑山《どんざん》・午涼・一路・以久・季石・女羅らが見える。

若水や手に掬すれば春の色　呑山
屠蘇の香の薫や窓に鳥の影　午涼
寝て語れ一富士二鷹三の暮　一路

猿島郡栗橋の俳人たち三十六人も栗橋連として歌仙を巻いている。歌鳥・素人・蓬戸・吾友・鷺汀・坐泉・夜鳥らであるが、〈少女　とせ〉も加わっている。

安永四（一七七五）年に、徳雨は古河の古学門の俳諧の再興を期して、『古学要談』を編んで意欲を示している。

文化年間の古河の俳人たちの句は、次のような俳書に多く見ることができる。

文化二（一八〇五）年刊の午心編『葎雪芳春帖』に、

藪入やはなし半に人の来る　古河柳下連　雀中
乙鳥や身をかはし行水の上　春闌

やり羽根や母を相手に庭の内　　古河藩柳下連　午遊
弦音や暫くありて梅のちる　　遠霞
春いまだ柳に色はなかりけり　　古河　千丈
棹引てふね流けり春の月　　普記

同四（一八〇七）年刊の了輔編『発句類聚』に、

覚て降る寝て降り春の雨楽し　　分手
朝風の紙帳の貌の覗かる、　　普記

同七（一八一〇）年刊の完来編『歳旦歳暮』に、

初桜駕を釣らせて戻りけり　　釈時暁

同一二（一八一五）年刊の完来編『歳旦帖』に、

さくらには桜の名あり花の春　　雪洗楼千丈
日の暮を知つた人なし大三十一日　　〃

同年刊の宥隣編『うきおり集』に、

おもむきの世を遁れた紙衣好　知静
扇折る膝に旭の昇けり　四舟

文政十一（一八二八）年刊の対山編『旦暮帖』に、

けしきだつ田伏の上の柳かな　千丈
おとらじとことしの空にはつがらす　亀鶴

天保元（一八三〇）年刊の何丸編『俳諧男さうし』に、

月と我と斗に成りぬ門すゞみ　舟月
鐘のなき寺も暮けりちる桜　花外
仮初に柴折敷てけふの月　白鵞

天保七（一八三六）年の惟草編『俳諧人名録』にはな南崖が〈どこで聞音もよく似て散る木の葉〉の句と共に紹介されている。

同十（一八三九）年刊の『俳諧人名録』に、

鴬やまだゆきのある小坂みち　柳姿

同十三・四（一八四二・三）年刊の『桃花春帖』に、

明けにけり海から早く春の色　　　　　　　　　井蛙

長刀のじやまにされたる師走哉　　　　　　　　花菱

嘉永元（一八四八）年刊の雪窓編『梅の雫』に見える秀江・一長も古河の俳人である。

流れ行船にはなれず夏の月　　　　　　　　　　秀江

川風の軽うさはるや藤の花　　　　　　　　　　一長

嘉永四（一八五一）年刊の『俳諧人名録』第三編に、

水仙やむしろにかたす芋頭　　　　　　古河藩　有雪

安政二（一八五五）年刊の鳥吟編『古今墨蹟後集』に、延年の句が収められている。

春の海高嶺のかげをひたしけり　　　　　　　　延年

大堤（古河市）の熊沢蕃山《ばんざん》の墓所として知られる鮭延寺《けいえんじ》に島津南厓《なんがい》の墓碑がある。古河藩士の家に生まれたが目が不自由なため弟に家督を譲り、梅室に俳諧を学び、松島など各地を行脚した。安政三（一八五六）年に亡くなったが、『巨鹿硒和多里《こがのわたり》』乾《けん》と『巨鹿乃和多里《こがのわたり》』坤《こん》の二冊の俳書を編んだ。二書の冒頭にはそれぞれ梅室との連句が置かれ、諸国俳人の句が並ぶ。

墓碑には「獨遊南厓居士　手賀の浦舟中の吟」として、次の一句が刻まれている。

まつ島やたゞうつぶいて時鳥　　　　　南厓

万延元（一八六〇）年の『俳諧海内人名録』に、士明が紹介されている。

士明　下総古河藩　一号思無垢斉　高津三左衛門

みそさゞいよい日当りを過にけり

5 下館の風篁

特に木綿の生産・加工と流通によって栄えた下館地方は、有力な商人を輩出したが、彼らはまた、文芸の熱心な担い手でもあった。

下館の俳人では早く元禄七（一六九四）年の不角編『底なし瓢』に松青らの句が見える。

するすると螽《いなご》這ひけり草の露　松青

散る花は風に逃か風迎ふか　柳水

面白し草に降る露登る露　東松

籠のうちや哀世界と舞ふ雲雀　嘯晦

〈ひたちのくに下館といふところに中村兵左衛門といへる有。古夜半亭の門人にて俳諧を好み風篁と呼ぶ。並びなき福者にて〉、と与謝蕪村が、その句文集『新花摘《しんはなつみ》』（一七九七）に記している中村兵左衛門《ひょうざえもん》家は、代々木綿問屋で町名主を務める豪商で、醸造業も営んだ。

その九代目兵左衛門（一七〇九〜一七七九）が、風篁《ふうこう》と号する俳人で、寛保二（一七四二）年から宝暦元（一七五一）年までの十年間に及ぶ蕪村の結城・下館在住期間に、たびたび蕪村を逗留させた。特に中村家に伝わる中国明の時代の文徴明《ぶんちょうめい》の画を蕪村が模写した「文徴明八勝図模写」などが残されていて、画人蕪村の修業時代を支えた意味でも風篁の存在は大きい。

『俳諧小伝』は風篁を次のように紹介している。

常陸国真壁郡下館人　姓藤原氏中村俗称平左衛門　夜半亭宗阿門司ナリ

蕪村・風篁、そして結城の砂岡雁宕《いさおかがんとう》、古河の箱島阿誰らは、ともに下野国烏山出身の江戸の俳人早野巴人《はじん》（宋阿《そうあ》・宗阿）の門人であった。宋阿もしばしばこの地を訪れて、門人たちと歌仙を巻いていて、元文三（一七三八）の高峨亭会、同五年の東都風篁亭臨席会の句会資料が残る。高峨亭は下館の板谷高峨《こうが》宅で、宋阿・風篁・高峨をはじめ、月下・酔月・貞府・巴牛らが出席した。東都風篁亭臨席会とは、風篁の江戸の別邸での句会で、師の宋阿・結城の雁宕や風篁・松洗・巴牛・小我らの顔ぶれである。

中村家には、蕪村が宇都宮で編んだ『寛保四年宇都宮歳旦帖』が現存する。この俳書の表紙裏に、〈寛保四甲子歳旦歳暮吟追加春興句野州宇都宮渓霜蕪村輯〉と記されているが、これが、これまで宰町《さいちょう》（宰鳥）としていた蕪村が「蕪村」と名乗った最初であるとされる。また、この歳旦帖の版下は、蕪村自筆のものであるという。

下館の俳人としては、風篁・大済《たいさい》・高峨・呉言・十城らの句が見える。

梅さくや膳所の家中の迎駕　　風篁
逃水に羽をこく雉子の光哉　　大済
古庭に鶯啼きぬ日もすがら　　蕪村

中村大済は、風篁家の分家筋にあたり、風篁共々活躍をしたが、この大済の妻が、結城の俳人砂岡我尚《がしょう》（雁宕の父）の妹稲《いね》である。
中村家の邸内には蕪村と風篁の句一句ずつを刻んだ句碑が立つ。

古庭に鶯啼きぬ日もすがら　蕪村
野の人の餔《うたげ》のうへやほとゝぎす　風篁

文化十三（一八一六）年刊の梅丸編『歳旦帖』に下館連の句が収められている。編者の梅丸は梅人門で、上総下総の寺を転住した日藻という日蓮宗の僧である。

年に一度見らるる鳥や初烏　筑良
橘もさくらもいはず松かざり　文雄
初空の塵とやいはむ村烏　梅月
歯固や数の子宝おやこ竹　如圭
としの瀬や小判小粒のさゞれ石　麻中

下館の俳人らが嘉永元（一八四八）年の雪窓編『梅の雫』にも見える。

どこ迄も筋付て行田螺かな　松羅

下館市の中村兵左衛門氏邸内の蕪村・風篁句碑

松杉の間に際立さくらかな　源哉
雨雲に届てきゆる花火かな　其石
長ぶりや時上りして鳴水鶏　文人
足元に日は暮にけり花の山　蟻道

万延元（一八六〇）年刊の『俳諧海内人名録』に下舘の李郷女が紹介されている。

李郷女　一号縞堂　常陸下舘奥山氏
さるにても散をしみけり遅ざくら

さらに、得水編『花実集』にも紹介されている下舘の著名な俳人であった。

李郷女　常陸下舘石川侯息女　奥山勘解由母　逸濤門人
初雪に冬の嬉しさおぼへけり

文久二（一八六二）年刊の山許編『花の名残り』にも次の下舘の俳人が見える。

うつむいて淋し余寒の手向哉　一二
月ならで心細くもおぼろげに　羅月
足跡に手を洗ふては田打かな　松林

6　結城の俳諧――晋我・雁宕・蕪村

結城は元禄期に養蚕業で栄えたが、鬼怒川の洪水は時にその桑園に大きな打撃を与えもした。会津の領主葦名氏の支族である猪苗代兼載は宗祇のあとを次いで耕閑斎と号して連歌師として活躍したが、晩年に古河公方足利成氏に招かれて古河に移り、永正七（一五一〇）年世を去ったという。

結城の俳諧の歴史は古く、延宝二（一六七四）年刊の風虎編『桜川』に関根井柳子の句〈ふりぬればはきすてゝけり草履雪〉がある。

また、天和二（一六八二）年刊の三千風編『松島眺望集』に柳睡の句が、元禄一六（一七〇三）年刊の渭北編『安達太郎根なしかつら』に不順と早見晋我《しんが》の句が見える。

初鏡に裏はあるかも貌よ鳥　　不順
鶏の毛に癖つくや片時雨　　晋我

さらに下って、正徳三（一七一三）年刊の周竹編『きくいただき』には四人の結城の俳人が載っている。

挑灯の片はら痛むしぐれかな　　我尚
行あたる塵をも乗せぬ千鳥かな　　晋我
うづみ火に子は子なりけり夜着一つ　　介我

一時のふとんはかるし草の門　　息耕

砂岡我尚《がしょう》は其角《きかく》門から介我《かいが》門に移った結城の俳人で、父は立志門の立幸《りっこう》。息は雁宕《がんとう》である。介我は芭蕉の門に学び、其角と親しかったが享保三（一七一八）年に亡くなった。享保年間（一七一六～一七三五）の沾涼の俳書に晋我・我尚を始め結城の俳人の句が多く見られる。我尚は『俳林小伝』に「砂岡氏　下総結城の人　介我門人」とある。このような早い時期の結城・下館の俳諧の隆盛は常陸の俳諧のさきがけをなすものと言ってよいだろう。

糊売や山の手かくれ雲の峰　　晋我　　沾涼編『誹林絵文匣』
客船の折ふし白しあはせ菊　　我尚　　〃
木綿無垢いくつ重ねて寒山寺　　撫泉　　〃
鵠の枝蟻といふたら明易し　　釈手吹　　沾涼編『百福寿』
はつ霜やはや橋の上鼻ばしら　　晋我　　〃
うぐいすや持越茶壺口はとけ　　一雅　　〃
その匂ひ野武士にあらずわさびかな　　柏舟　　〃
畠でも儒者は尊し桃の花　　周午　　沾涼編『百華実』
水すむや鷺になりふり夏衣　　智十　　〃
岩のうへ帆を産んで来るかすみかな　　長吟　　〃

紙雛や二月の寒さおし移り　我尚　沾涼編『綾錦』
十ウとこそ折から開く蓮の指　周午　〃

享保七（一七二二）年刊の潭北編『今の月日』に我尚の独吟歌仙と我尚追悼句が載る。

砂の上をぬりひろげたる牡丹哉　我尚
　若葉ぬけ来る鳥の足音
川中へ川をやるには門立て
　一緒にをろす荷のつゝがなく
雨後に又更行く用は棚の月
　重陽過の脇さしの留
（以下略）

山坊のひろき垣根や花の雲　晋我
名物の菓子へも覗く椿かな　周午

蕪村が結城・下館地方に、寛保二年（一七四二）から宝暦元（一七五一）年までの十年間も滞在したのは、蕪村の師である宋阿（巴人）の有力門人である結城の砂岡雁宕《いさおかがんとう》、息子の沖翼《ちゅうよく》・進歩・両蛇、弟の周午ら、早見晋我と息の桃彦、下館の中村風篁《ふうこう》、中村大済、板谷高峨、境の箱島阿誰《あすい》と息の淅江らをはじめとする

弘経寺《ぐぎょうじ》の蕪村句碑［結城市結城］

蕪村の同門の豪商たちの庇護があったからである。

蕪村は、著書『新花摘』に、〈いささか故《ゆえ》ありて、余は江戸を退きて、下総結城の雁宕がもとをあるじとして、日夜俳諧に遊び〉と記している。「いささかの故」とは、寛保二年六月、蕪村二十六歳の時に師の宋阿が亡くなったこと、江戸の俳壇になじめなかったことなどと言われる。この地方が、蕪村の俳諧・絵画の才能を育んだというべきであろう。

結城の弘経寺《ぐぎょうじ》には蕪村の句碑〈肌寒し己が毛を噛《かむ》木葉経〉が立つ。蕪村が寄寓したことのある寺で、蕪村は『木の葉経』（宝暦元年）にこの寺の狸が経を書写したという伝承を書き留めている。

雁宕は、四良左衛門（三右衛門とも）と称し結城の豪商であった。父の我尚とともに介我の門に入り、のちに巴人（宗阿）門の高弟として活躍した。雁宕の祖父宗春《そうしゅん》も俳諧を好んだ。正徳三（一七一三）年刊の周竹編『きくいただき』、享保元（一七一六）年の立詠編『俳諧絵文匣《えぶんこう》』などの俳書に我尚の句が収められている。

雁宕は、生年不明で安永二（一七七三）年に没した。編著に阿誰との共編『反古ぶすま』『夜半亭発句帖』『雫の森』などがある。

師の宋阿が、亡くなる一年前の元文六（一七四一）年（寛保元年）の『辛酉《しんゆう》歳旦』には、雁宕をはじめとして素順・丈羽・安十・田洪・東宇ら結城の俳人たちの句があり、それらに交じって蕪村（宰鳥《さいちょう》）の句も収められている。

年内立春
木くらげの縁より雪は解《とけ》にけり　雁宕
頭巾きて鳴明《なくあけ》のうぐひす　宰鳥（蕪村）

つくばの山本に春を待
行年や芥流るゝさくら川　宰鳥

二年後の寛保三（一七四三）年刊の富鈴編『俳諧西の奥』には、師の宗阿追善の雁宕の句が見える。
とし比此翁に風流せしも夢と消日数経て旧庵を問へばぬしなく世中げにこころさびしく
秋の日やおもひもよらず暮の鐘　雁宕
宝暦六（一七五六）年の春来（二世青峨）編『東風流』には、延享年中の宗阿の句を前句として、春来・大済・蕪村・雁宕・存義らの歌仙が載っている。豪華なメンバーといえる。
おもふことありや月見る細工人　宗阿
声は満たり一寸の虫　春来
行く水に秋の三葉を引捨て　大済
朝日夕日に森の八棟　蕪村

居眠て和漢の才を息ふらん　雁宕
　出るかと待ば今米を炊　存義
椽はなの立小便に海すこし　来
　ゆふくれなゐをしたむ雷　済
魁ん恩賞うすき老の身を　村
　すゝりあげたる下手の長泣　宕
そのゝちの野上は颪の音ばかり　義
　いくとせ兀て鼯鼠に毛もなし　来
（以下略）

各俳書の雁宕の句をあげておこう。

鶯二羽物取かはすすがたかな　雁宕　大祇・嘯山編『俳諧新選』
垣なくて妹が住居や白つゝじ　〃　〃
侘禅師関も咎めぬ頭巾哉　〃　几董編『其雪影』
垣なくて妹が住居や白つゝじ　〃　雁宕編『俳諧新選』
蝸牛君がかたへともゝすじり　〃　維駒編『五車反古』
古寺に狂言会や九月尽　〃　〃

山清水靭左りへまはりけり　〃　几董編『明がらす』
煮凍りや格子のひまを洩月夜　〃　同　『続明烏』

江戸座の湖十らの『江戸廿歌仙』を雪中庵蓼太が、『雪颪《ゆきおろし》』で批判したことに対して、二十一年後の明和八（一七七二）年に、雁宕は、『蓼《たで》すり古義《こぎ》』を著わして反論した。すると雪門の蓼太側が、『遅八刻《ちはっこく》』で批判、それについて雁宕が、『一字般若』（明和九年）で応じて、江戸座と雪門の激しい俳諧論争になったが、雁宕の強い信念が際立った。

『雪颪』の「雪」は雪門派のことで、『蓼すり古義《こぎ》』の「蓼」は蓼太を指す。「すりこぎ」とは、相手をこき下ろす意味。この論争は江戸俳壇の耳目を集めた。

結城城跡公園に建てられた蕪村句碑には〈ゆく春やむらさきさむる筑波山〉の句が彫られている。昭和四十一年十月の建立で、蕪村生誕二百五十年と市制十年の記念である。俳人山口青邨が筆を揮っている。

蕪村が結城を離れた後に、雁宕は常陸国内の旅に出た（宝暦十一年か）。この約二か月の旅は、『雫《しずく》の森』（渡部由一氏蔵・『結城市史Ⅱ資料編』）としてまとめられた。当時の俳人の旅の様子がうかがえるので、次に略記してみる。

結城を九月二十二日に出た雁宕は、下館の大済《たいさい》・稲《いね》夫妻の墓に参り、風篁《ふうこう》宅に泊まった。翌日大和村の楽法寺に入り、万葉集研究で名高い住職の恵岳《えがく》に会った。桜川を経て笠間に着くと、藩士の一我《いちが》や如意輪寺の湖月らと挨拶の句を交わし、石井家などに滞在した。やがて、水戸城を望みながら下の町八丁目の小林清風宅を訪ねた。俳友宅での句会を重ね、中川（那珂川）や海の様子に感動しながら、那珂湊・大洗を巡り、村松虚空蔵尊に至るころは芭蕉の忌日である十月十二日になっていた。額田では楚江《そこう》宅に入り句会。瓜連では常福寺を訪ねた後、太田に入った。すぐ水戸に戻り、上の町の其堂《きどう》宅に滞在。朝比奈斜筆《しゃひつ》・鶉里《じゅんり》・沙文《さぶん》などを訪ねて句会。二十二日に祇園寺に遊び、二十三日には長翠宅で餞別の百韻の句会を開いた。

めぐり来ん道や轡《くつわ》の十文字　　雁宕

二十四日は晴れ、七里を歩き府中（石岡）に入り江戸屋に泊まる。翌日は千代田の雫《しずく》（志筑）に遊ぶ。十一月の初めに筑波山を越えて下館に戻り、数日滞在して箕連《きれん》・風篁・麦因らと句会。さらに真岡を経て宇都宮の娘婿佐藤露鳩《ろきゅう》宅に入り、長い旅を終えたのであった。

絵図板に小屋に日影の冬至哉《とうじかな》　　雁宕

寛政十二（一八〇〇）年刊の岩松編『桑の林』に結城の俳人が見える。

山蟻の付て来にけり釣り葱　　呼童
武さし野の秋を思ふや萩の花　　松叟
よしきりや船曳く人の跡を鳴　　秋雄
山畑の雲又雲や蕎麦の花　　晋羅
若鮎の淀に休て登りけ　　玉泉

他に喜笑・和暢らの句がある。

文化七（一八一〇）年刊の芳川等編『花の笠』に大牛・大道ら、文化一三（一九一六）年刊の蒼虬編『花供養』に大梁らの句がある。

唐墨や昔を今に風薫る　大牛
虫干や其俤の百歌仙　大道
水底に声ある月の蛙哉　大梁

雁宕は、宝暦五（一七五五）年に、同門の境の阿誰、下館の大済たちと師の宋阿（夜半亭巴人）の十三回忌に追善句集『夜半亭発句帖』を編んでいる。師の遺吟二八七句と雁宕・阿誰・大済・李井（存義）・百万（旨原）らの追善百韻一巻、さらに諸家の追悼吟を付す。雁宕が序文を、すでに結城を離れた蕪村が跋文《ばつぶん》を寄せている。同門の結束力を誇る一冊である。

『たま〻つり』は、天明五（一七八五）年に、雁宕の十三回忌追善集として、息子の進歩によって編まれた。雁宕の遺吟七十二句の他、追悼歌仙や諸家の追悼吟を収める。

二三反月になりゆく田うゑかな　雁宕
鹿の声ほそ身の刀まくらもと　〃
一つかみ散らして花の明がらす　〃
日や月や老の植たる若ざくら　〃
蜘の囲や蜘は居なくに葛一葉　〃

雁宕の同郷・同門の先輩であり、蕪村の庇護者であった早見晋我《しんが》は、本名次良左衛門、隠居号は北寿。結城で酒造業を営む名家であった。はじめ其角門であったが、後に嵐雪・介我門に移っている。巴人・蕪村とも交遊があったが、蕪村より四十五歳も年上であった。

延享二（一七四五）年の正月に七十五歳で亡くなったが、その時下館の中村風篁《ふうこう》宅にいたとされる蕪村は、その死を深く悲しみ、「北寿老仙《ほくじゅろうせん》をいたむ」と題する句詩を作った。

これは日本近代自由詩のさきがけともいうべきものとされる。

寛政五（一七九三）年に晋我の長子桃彦（二世晋我）が、父の五十回忌追善句集として編んだ『いそのはな』に、それは収められた。

北寿老仙をいたむ

君あしたに去《さり》ぬゆふべのこゝろ千々《ちぢ》に／何ぞはるかなる／君をおもふて岡のべに行《ゆき》つ遊ぶ／をかのべ何ぞかくかなしき／蒲公《たんぽぽ》の黄に薺《なづな》のしろう咲《さき》たる／見る人ぞなき／雉子《きぎす》のあるかひたなきに鳴《なく》を聞《きけ》ば／友ありき河をへだてゝ住《すみ》にき／へげ《（変化）》のけぶりのぱと打《うち》ちれば西吹風《にしふくかぜ》の／はげしくて小竹原《おざさはら》真すげはら／のがるべきかたぞなき友ありき河をへだてゝ住にきけふは／ほろゝともなかぬ／君あしたに去ぬゆふべのこゝろ千々に／何ぞはるかなる／我庵《わがいほ》のあみだ仏ともし火もものせず／花もまゐらせずすご〱と彳《たたず》める今宵は／こ

妙国寺にある蕪村の〈北寿老仙をいたむ〉詩碑［結城市結城］

とにたふとき

釈蕪村百拝書

同書には他に早見家一族の句が収められている。

早けつく矢走の舟やさくら狩　古晋我
このもかのも透間白土遠若葉　〃
雲か水か雪か砂糖か白牡丹　〃
世やふるし桜の親に梅の兄　今晋我
五十回過ぎてもあとの若みどり　晋我男子　幸
植られし花も古木の五むかし　古晋我孫娘　桃女
枯残る枝の手向やはなの兄　古晋我彦女　桃郷

さらに結城の俳人としては湘波・馬六などの句が見える。

花の影きえても花のすがた哉　湘波
五むかし同じく花をおしむ人　馬六

また、孤月の年刊句集『桃花春帖』には松秀、希水編『俳諧画像集』には子来《こらい》（根本伯明）・文女《ふみじょ》（伯明妻）・花遊（花輪遊一郎）らの句が、

海山の春やつくゑの右左　　松秀
種おろす日や小流のさゝ濁り　　子来
元日やよごれのつかぬ起ごころ　　文女

『桃花春帖』の弘化四（一八四七）年版に帆風、嘉永三（一八五〇）年版に松秀・青娥の句が見える。

家々の形や雑煮のはし包　　帆風
流るゝをこらへて水のぬるみけり　　松秀
四五人に見らるゝうちやうめの花　　青娥

万延元（一八六〇）年刊の『俳諧海内人名録』には、結城の得老が次のように紹介されている。

得老　下総結城藩　一号白日庵　青山平橘
枯際やまたひとつ咲くきくの花

7　真壁の俳諧

真壁の俳人としては、早く天和三（一六八三）年刊の『俳諧題林一句』に正安《しょうあん》の名が確認される。

結跏趺坐しても山杜宇有物　　正安

さらに、宝暦十三（一七六三）年刊の涼袋編『古今俳諧明題集』に秀橋が見える。

舟呼ンで柳へたまるあつさかな　　秀橋

旧真壁郡本木村（桜川市）の笠倉家史料（吉成英文氏蔵）の中に、雨引山奉燈句集がいくつかある。明治初年のものと思われる稿本『雨引山四万六千日奉燈句集』は、伴花亭旭旦《きょくたん》宗匠の選で、催主の本木村の蘿月《らげつ》・旭渓《きょくけい》のほか同村の曙月・朝園・曙渓・蒼露・光月・湖月・正旭、阿部田《あべた》村の末研・前岳・如青・末光、金敷《かなしき》村の柳景、高久《たかく》村の如竹・大国玉《おおくにたま》村の英正らが、「妻越船」「秋津虫」「文珠会」「秋海棠」「蓮乃飯」の各題で吐いた三九七句を収める。

秋津虫空は真赤に暮《くれ》にけり　　羅月

『雨引山四万六千日奉燈句集』と『雨引山春燈句合』（吉成英文氏蔵）

清浄に心尽して蓮の飯　　　　　　旭渓

また、稿本『雨引山春燈句合』には、晴窓《せいそう》・花月・如聞・曙山・季花・冬扇らの二十首が収められている。晴窓は、本木村笠倉家の当主で、笠倉庵晴窓（誠窓）と号して当地方の俳諧活動を支えた。

樹々の芽も育《そだつ》に連《つれ》て蚕《かいこ》かな　　　　晴窓

天保六（一八三五）年の孤月編『桃花春帖』にも晴窓の句が四船の句と共に見える。

春の水たもとの下を流れけり　　　　雨引　晴窓
みなとからしらむ声あり初烏　　　　真壁　四船

他に、旭旦を選者として未研・誠窓が催主の『雨引山開扉奉燈句合』、晴窓の『雨引山奉燈俳諧連歌独吟』、「雨引山奉燈俳諧之連歌」（折紙）などの資料もあり、雨引山信仰に関わるこの地方の俳諧の熱気を伝えている。

これらの資料には、笠間の藩士を含めた俳人たちも多く登場する。この地方の村々は多く笠間藩領であった。

雨引山信仰、あるいは雨引山文化の中心といえる雨引山楽法寺《らくほうじ》（桜川市）は、雨引観音として今も人々の信仰を集める名刹である。

江戸中期の第二十代住職は、『万葉集旁註《ぼうちゅう》』を著した恵岳《えがく》であった。結城の雁宕が常陸国内の旅の初めにここに立ち寄り、恵岳に会った様子をその著『雫の森』に、次のように記している。

恵岳僧都に拝謁《はいえつ》す。武州染井の産にて、初瀬山に登り学業なりて、此識《(知)》たりときこゆ。きはめて詩画を好みたまふよしにて、しいて留められければ、いなみがたくて、またひとよ爰《ここ》にやどりす。　法師恵岳　よしあしもその身からなり寝ざめ月

その道はいささかもわきまへずとの給ひながら、さすがにくち惜しくて有《あり》ける

寛政十二（一八〇〇）年の翠兄編の歳旦帖に関本連の句が載る。

門々やひと夜明ければ磯馴松　　巴堂
暁おしむ人こそなけれ初烏　　梅香
雀から聞初にけり千代の春　　柳角
元日や人のこゝろの美しき　　一子
除夜の鐘きく時年の名残哉　　春晴

文政三（一八二〇）年刊の菊雄編『現存名家山海集』に、芹雅《きんが》（真壁紺屋町の煙草屋儀平次）の句がある。

壁をもる日影さゝへて釣干菜　　芹雅

天保七（一八三六）年の惟草編『俳諧人名録』には真壁郡堀籠の細泉（淀縄建次郎）・柳姿（国府田茂兵衛）・

竹春（相原藤左衛門）・樫姿（同明寺住職）・菁我（淀縄藤一郎）、真壁の丈路（飯泉徳兵衛）、ら六人の句が見える。

朝起の隣もちけりうめのはな　細泉
鶯やまだ雪のある小坂道　柳姿
噂した人の来にけりすゞみ台　竹春
散りながら風にはそはぬ椿かな　樫姿
万歳の足あらひ居る小ばし哉　菁我
椽へ出て膝を伸すや春の雨　丈路

嘉永元（一八四八）年の雪窓編『梅の雫』に見える奇哉《きさい》も真壁の俳人である。

鮓の重石利間を庭の掃除哉　奇哉

また、希水編『俳諧画像集』には関本の友々（浜名兵左衛門）・春田（箱守貞庵）・枕石《ちんいし》（栗原小左衛門）らが紹介されている。

秋風やますます白き水の色　友々
しぐるゝや舟の柱のみな裸　春田
草におく露も匂ふやけさの秋　枕石

（四）県央編

1　笠間の俳諧

笠間の芭蕉句碑は、五台山玄勝寺と笠間稲荷神社にある。玄勝寺の句碑は天保十二（一八四二）年の建立で、〈古池や蛙飛び込む水の音〉の句を刻む。稲荷神社の句碑は、芭蕉二百回忌（明治二十六年十一月）に建立さたもので、句は〈しばらくは花のうへなる月夜哉〉である。

佐白山の旧笠間城天主曲輪《くるわ》入口に立つ句碑（明治十九年建立）は、笠間藩主であった牧野貞喜《さだはる》の句、〈ふりむくは啼く児の親か田植ゑ笠〉を

笠間藩主牧野貞喜（金英）の句碑［笠間市佐白山笠間城址］

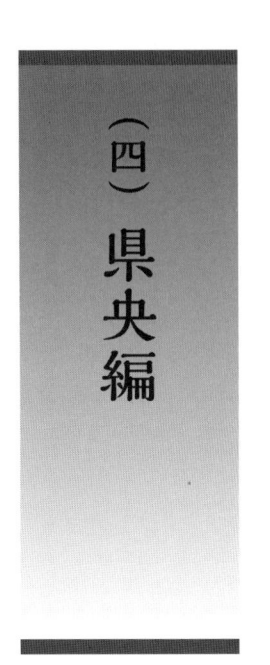

刻む。延享四年（一七四七）に牧野氏五代目の貞通《さだみち》が延岡から移って笠間八万石（笠間領五万石、奥州領三万石）を領して以来、牧野氏は明治維新まで続いた。

貞通は、京都所司代の重職を務め、六代貞長《さだなが》は老中として松平定信とともに国政に当たったが、文化・文政期の七代貞喜《さだはる》・八代貞幹《さだもと》は、藩政改革に成果をあげた。藩校時習館の創設は貞喜の時である。その貞喜は諷詠堂金英《きんえい》と号して俳諧にも熱心であったので、おのずと家臣間にも広がっていったようである。金英の師は馬場存義《ぞんぎ》・司馬可因《かいん》と言われている。

金英の句集には、文政元（一八一八）年の『菊畑《きくばたけ》』と、天保五（一八三四）年の貞喜十三回忌・貞幹七回忌追善集『大《だい》』がある。

一鍬に音の添ひけりおとし水　　金英　『菊畑』
玄関から昼寝の見ゆる暑さ哉
藪入りや姨《おば》とは見へぬ若づくり
あたるたび猫追ひおろす炬燵哉

『菊畑』に収められたこのような句は、藩主とは思えないほどの庶民的な味わいを出している。『菊苗』及び、『大』を編んだのは、家臣の村上其漣《きれん》で、貞喜の俳諧を〈同好の輩にもあまねく伝へて、正風の意味

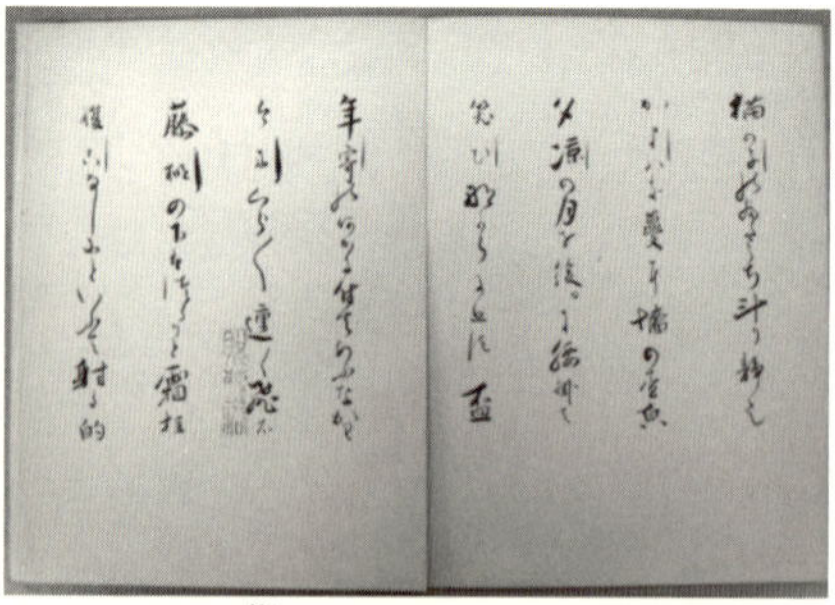

金英の句集『大《だい》』稿本復刻本（石塚光男氏蔵）

をもしらしめたき〉(『菊苗』序文)という強い願いによる。

我われもお供の数に花見かな　　　其漣

家臣の俳人としては、他に平井当車・太田桃里・太田桃二・竹原梅史・丹澤鬼子彦・滝川旭蝶など数多い。

幕末から明治にかけては、『常陽集』『雨引山奉燈句集』などから、藩士山本正芳が伴花亭旭旦《きょくたん》と号して活躍したことがわかる。

旭旦は笠間稲荷社境内に立つ芭蕉句碑建立の発願者でもある。それには旭旦門の坂部旭淵・鈴木旭春・滝川旭蝶・堀越旭簾・豊田旭山らの働きがあった。旭旦は大正元年に八十四歳で没した。墓地は玄勝院にあり、〈いざさらば十万億土旅涼し〉の辞世の句が刻まれている。

早い時期の寛文六(一六六六)年刊の一雪編『俳諧洗濯物』に、笠間の志幸の句(うすうする油煙を吹て吉事哉)が見える。

常陸の中村光久が嘉永五(一八五二)年に著した『俳林小伝』に、〈加藤氏号猩々庵常陸笠間ノ産宝井其角門人伊賀上野ニ住シ後京師ニ住シ虎翼居士ト云〉と記されている加藤原松《げんしょう》は、『誹諧家書』『近世畸人伝』『随斎諧話』『俳諧奇人伝』などにも取り上げられており、著名な俳人であったことがわかる。また、自らの履歴を、その著書『正風論』付録「並星月夜集弁難」に記してもいる。

これらを考証した志田義秀著『芭蕉前後』によれば、原松は、笠間の士分《しぶん》か町人以外の身分で、宝永・正徳期に江戸に住み、やがて伊勢に移り阿濃津に二年ほど滞在し、享保三(一七一八)年夏に伊賀の執事藤堂氏の招きで上野の城下に居住。三十四歳の時に落髪し、ここで猩々庵《しょうじょうあん》を結び宗匠(点者)になった。元文元（一七三六）年に伊賀上野を去り、京に出て小倉山を望む住庵に移り、寛保二（一七四二）年に五十八歳で没した。其角門人とする記述については、砂岡雁宕が、『蓼《たで》すり古義』で、「原松もとより其角の真弟に非ず」という推断を可としている。編著には、元文四（一七三九）年の其角三十三回忌追善集『俳諧星月夜集』、翌年の俳論『正風論《しょうふうろん》』がある。

墓原や秋の螢のふたつみつ　　原松

元文四（一七三九）年秋の成立とされる白兎園《はくとえん》中川宗瑞の中山道紀行『木々の夕日』には笠間の得秀《とくしゅう》の句が収められている。

高師秩父山のもみぢを詠めんと菊月のはじめかの地におもむきたまふよし其地の門葉筆を染めかへ今正風にあそび給はむ事幸なるかな

染足して幅ある山の紅葉かな　　常州笠間　得秀

その翌年か翌々年刊とされる武蔵国塚越の梅富編『稲筏』は、梅富が鳥酔・宗瑞を自宅に招いた時の唱和を基に各地の俳人の句を収めたものだが、そこに境の阿誰と共に得秀と嵐筍《らんじゅん》の句も見える。

梅もはやほのかにひらく二日月　　笠間　得秀
玉川や痩ても玉のかきつばた　　笠間　嵐筍

寛保元（一七四一）年刊の『旅の日数《ひかず》』は、その年の四月に宗瑞が従兄の岑水を誘って日光に参拝しての帰りに常陸国内を巡歴した時の紀行である。笠間にも立ち寄り、得秀・古淳・嵐筍・春水・秀梁・蘭室らと会い、歌仙を巻いている。

同書には、宗瑞を迎えた得秀ら笠間の俳人たちの興奮ぶりが記されている。

我師白兎園のぬし吟行の序而に蝸廬に旅笠を脱て暫く杖をとゞめたまふ事門下の幸ひ俳諧の潤ひをおもひて悦びのあまりに

露こぼす気しきもみえて桐の花　　得秀

此暁茅屋にしばらく旅労をなぐさめ侍り障ることありて一夜の休みもこゝろに任せざりければ

せめてもに蚊帳釣らぬこそ本意なけれ　　古淳

雨の日俳談を聞んと詞友野亭にあつまりて

折もよし卯花くたし降くらす　　嵐筍

叟の吟行をよろこびて各旅宿の塵を払ひ俳談いまだ半ばならざるに予喘息におこられて其席の交りすくなし程なく水府へおもむかれぬると聞て

蚊屋あけて無事を尋ねん戻り馬　　春水

孫門に入て道を学も此時の幸ひ也

紫蘇漬や御手添られて下紅葉　　秀梁

短歌行

我はぬぐ陰やわか葉の笠間山　宗瑞
ほとゝぎす行方に夕虹　嵐筍
隠れ家に金蔵のぞく窓ありて　古淳
うらなはせたる重箱のうち　春水
名月の雪はそのまゝ膝の上　蘭室
淋しがらせに鹿の一声　得秀
弟子坊の鼾は疝気打ながら　筍
茶の口切の多いやくそく　室
音はして傘に及ばぬ村しぐれ　秀
すだれに掛た鍔の掘出し　瑞
奥嵯峨はあそこあたり歟花の雲　水
筏に添ふて鮎のきらめき　淳
（以下略）

やがて笠間の俳人たちは真壁に向かう宗瑞を磯部あたりまで見送ったのである。その餞別の句である。

葉ざくらに影もとらるゝ別れ哉　得秀
拾はるゝ数にはならじ桜の実　嵐筍

宗瑞追善句集『翌《あす》のたのむ』にも句（文月や果はにしきの山に入）の見える得秀は、宗瑞門の有力な俳人であったろう。笠間の俳人たちは他に、寛延三（一七五〇）年刊の富天編『民歌行』に玉川、寛政十一（一七九九）年刊の浮木編『百葉盃』に池考、文化十三（一八一六）年刊の梅丸編『歳旦帖』に笠間連として、瓢谷・素文らの名が見える。

家土産に紅葉や声や岨づたひ　女玉川
瀧落とす庭のひかりや夏の月　〃
麦飯のむまさは斯よ大晦日　瓢谷
ちよを祝ふ春の用意や松の春　素文

孤月編の年刊句集『桃家春帖』の天保年間の各編に見える桃隣・魚鱗・晴鮮・兎月・巍英・得魚ら、嘉永期の孤村《こそん》・柳月・旭丸・旭照・戯蝶（岩間）らは笠間の俳人たちである。

天保七（一八三六）年の『桃花春帖』に見える笠間の俳人たちと句は次の通りである。

月朧笛の音水に浮しつつ　鱗路
よい年ぞ年始仕廻へば雨になる　魚鱗
船に出て見ても真上ぞいかのぼり　晴鱗
切株を俎板にして春の山　兎月
春の日の何処迄伸す亀の道　富人

用のなき手紙とゞきぬ春の宵　山魏
霞む野に捨て置けり駕と馬　桜雲
手のとゞきかゝればゆるゝやなぎかな　青蛾
かすむなり駕を吊らせてゆく人も　桃鮮
春の鐘撞度低う成りにけり　菰村
松影を窓にうつしてはつ日の出　旭丸
大箸やくひそめすまぬ子のまでも　旭照

また、天保五（一八三四）年に三所神社に奉納された句額には、笠間藩士の其漣・当車らと町衆の月好・天彦らの句が並び、身分にこだわらない俳諧の様子を伝える。

希水編『俳諧画像集』に、笠間の平井当車・佳宴・井鶴女・芽束、福原の竹馬（中島藤兵衛）・小田川松花（治右衛門）・石山理暁（三右衛門）らが紹介されている。

寒月や湖の夜明を鳥の飛　當車
としどしやかわらぬ顔のわか菜うり　井鶴女
和た日は匂ひにくもる野梅哉　芽束
白露に草履の重き山路かな　竹馬
木の間から雫こぼれて春の雪　松花

火を消して草に昼寝の螢かな　理暁

岩間下郷の小沼戯蝶《ぎちょう》（幸右衛門・太映堂）は、年間句集『桃花春帖』を発行し続けた太白堂孤月門で、この地方の俳諧をリードした有力俳人である。

鍬よりも土筆臥やゆふ霞　戯蝶
麗や鍬をまくらにしたところ　〃
土をふむほどうららかはなかりけり　〃
鍬初やうしろの笑ふ雀かな　〃

その他の岩間の俳人たちも『桃花春帖』に多出する。

産声は男也けり梅華　稲月
うめさくや無理に草履で歩む道　山雪
懸物のあたりごころや初日の出　茂民
我里や垣に結ふ木も梅の咲　柳吾
うぐひすに書きのこしけり状のはし　戯鶴
初鶴や先日の出からよい天気　山猿
久しぶりらしう言合う御慶哉　得泉

梅にする雨か静に降しきる　月良
初てふの道一ぱいに舞ゆきぬ　花翠

2　涸沼川沿いの俳諧――野曽の青郊

愛宕山頂の愛宕神社（笠間市）にある芭蕉句碑は、寛政七（一七九五）年四月の建立で、曾山青郊《そざんせいこう》の筆による〈夏来ても只一つ葉の一つかな〉を刻む。境内には他に、青郊の〈着《ちゃく》すもあらず着《き》もせぬ春の雨具かな〉の句碑、安居《あご》村の亀齢《きれい》・竹茂、水戸の青淵、土浦の眠巻らの句碑が立つ。青郊は、野曽《のそ》村（茨城町）の佐久間次郎兵衛で、享保四（一七一九）年の生まれ。水戸の松籟庵秋瓜《しゅうか》を師とし、遅月《ちげつ》とも親交を持ち、芭蕉百回忌句会を開くなど活動した。

『旭村の歴史』及び二村博氏による青郊の『三百六十日々記』（寛政五年元旦～十二月十九日）の紹介と考察（「芭蕉百回忌と常陸茨城郡の俳諧（上）」）が生き生きと青郊の俳諧活動を伝えている。

青郊の交友関係は広く東は波崎、北は平潟に及んでいる。『三百六十日々記』には、寛政五（一七九三）年一月七日の長時間の連句会の様子は次のように記されている。

七日　晴。吏践宅で連句会。参加者は柳下、東枝、南栲、巨石、竹臥、文嘉、羽白、好隣、玉水、巴水、素成、莫指、其涼、招我、子衿、四隣、柏舟。

青郊建立の芭蕉句碑［笠間市愛宕神社境内］

文台を二つに分けて営む。朝八ツ半（三時頃）より夜四ツ（二十二時頃）に及ぶ。初心者を助け、皆で快く実施。この日、大地震、数刻揺れがあった。夜、ほとんどの者は帰る。宿泊者は柳下、桃花、青郊、東枝。

また、青郊は四月の十八日には遅月を訪ねている。

晴　遅月上人を訪問するために出発。春季の句を書き並べる。又や見ん暁ざくら散風情（中略）神崎笠原の遅月上人の仮の庵へ着く。上人はまだ帰錫せず。留守居の者と話す。夕暮過て上人帰錫有り。発句を六句準備したうち涅槃の句に難あり。哀霞夜半や仏の雲がくれ「五文字上下同じ心にや『月高き』と有たし。」と言う。（後略）　　（作品以外現代仮名遣い）

野曾の青郊の家から水戸は近い。青郊はこの日記のようにしばしば遅月を訪ねて指導を受けていたと思われる。

遅月が青郊について記した句文が、二世青郊編『青郊襲号記念集』に見える。

古人青郊此道に於て名を東海に震ふ。余に会せし時齢已に古稀にして尚此道の奥を探らんとす。謂つべし其心高く志厚くして今の青郊（二世）道に志の厚と又先人にゆづらずこたび一集を梓して句請ふに応ず。

其あとの空を捨さるひばりかな　　遅月庵

水戸には青郊の俳友が多くいて交わったが、特に文江や東川（鉄砲町）とは親しかったようである。寛政六（一七九四）年の蝶夢編『祖翁百回忌』には彼らの百韻が収められている。

芭蕉忌や世を百返り帰花　　青郊
　道は千すぢに芝の朝霜　　文江
餞別の酒さめやらず夜をこして　　沾緑
　賦し忘れたる唐詩一篇　　東川
さらさらと簾捲せる楼の風　　両五
　遠山ひとつ雪見ゆる秋　　波長
（以下略）

後を継いだ二世青郊は、秋瓜門の水戸の山芝《さんし》である。その襲名披露集が、享和元（一八〇一）年（序）の『青郊襲号記念集』で、磯の此橋《しきょう》・木端《もくたん》・湖柳・亀明、大貫の素船、平戸の棄瓢《きひょう》、湊の梅王・鏡水・左裏らが参加している。

雉子鳴きて匍匐野とはなりにけり　　此橋
はる風に手元の軽し縄枢　　木端

松に通ふこゝろ忍びつ汐干潟　湖柳
桐板に鉋のかろし春の風　亀明
春雨やちらほら見ゆる蜑小舟　素船
友摺もなき青柳の手筋かな　棄瓢
鴬や未だ世に合ぬ藪の風　梅王
伏歯朶や蛙にしるゝ陰水　鏡水
長閑さや岸の水泡のよらずすぐ　左裏

さらに銚子連・江戸浅草連・水府連や成美・道彦・乱竿・湖中・遅月・翠兄など著名俳人の句も見える。同じ野曾の俳人に医者の鈴木青雅（一八一〇～一八九四）がいた。邸内に句碑が立つ。

　草庵より見えわたる千町田の豊穣なりけるを
稲並吹く日毎の風や稲いろむ　八十一翁　青雅

辞世の句は〈あともどりしたき心や年の坂〉である。
茨城町小幡の愛宕神社にある芭蕉句碑には〈蝶の飛ばかり野中の日蔭かな〉の句が彫られている。建碑者は明らかでない。碑裏は削られていて〈眼に付てとびしもとらず初蛍〉〈名月もまた霞なり筑波山〉、〈文久二年八月四日〉と辛うじて読める。この小幡には石漱・野逸という兄弟俳人が出ており、石漱は溝口素丸の曇華斉を継承し、編書に『春の銘』がある。野逸は江戸に出て素丸の其日庵四世を継いだという。この兄弟によって芭蕉句碑は建てられたという説もあるが定かではない。

また、鳥羽田の円福寺にある弘化四（一八四七）年建立の芭蕉句碑には〈庭掃きて出ばや寺に折る柳〉の句が彫られている。催主は昨日庵三世傘車《さんしゃ》である。碑裏には傘車の句〈世を今にはらふ雲有ほと、ぎす〉がある。傘車は昨日庵碓嶺《たいれい》の系統に連なる俳人だろう。

笠間の国見山麓から茨城町に入り、涸沼に注ぎ、大洗町に沿って海門橋の西で那珂川に注ぐ全長約63キロの涸沼川に沿う広い地域は水戸に近く、そこの松籟庵系の俳諧の影響を特に受けて、多くの俳人を輩出したのであった。

大洗地方の俳人では買風編『茶の花見』に、磯の五雲、夏海の万路らの句が収められている。

制札はまた花おしむ落葉哉　　五雲
若草へ来てすゑなしや雪解川　　万路

安永から寛政にかけての秋瓜の歳旦帖には、夏海（大洗町）の東湖、涸沼川連の鳳栖《ほうせい》・丹鳳・柳如ら、磯蜃気館連の花友・洗耳・三花ら、磯湊連の洗耳《せんじ》・落葉らの句が認められる。

明和三（一七六六）年の太無（秋瓜）編『不言集』には、夏海咫尺《しせき》連中の句が見える。

海士の家の硯見る日や潮干狩　　東湖
鉢うへは雛の左近や桃の花　　奇芳
拾ふたる物で酒呑むしおひかな　　項雪

咲もせで盛久しき柳かな　里鶴
挨拶はしらぬあるじや雛まつり　万路
頓て咲く桃をいもとや梅の花　可休
斧しまふ杣の工夫やはつ桜　五雲
我影は水の隈なり朧月　買風

寛政二（一七九〇）年には霜後によって『太無発句集』が編まれたが、同時に編まれた霜後編『両師句選附録』には、磯浜（大洗町）の疎桐、祝町（同）の鳥仙の名がある。

見せてよい顔も包んでおどり哉　疎桐
さし引の汐に風情の千鳥哉　鳥仙

また、『桃花春帖』に祝町の紀伊国屋亀友の句が見える。

うつも惜し揃ひにもらふなゝくさを　亀友

希水編『俳諧画像集』に湊の一輝・生一・松風・魁々、磯浜の乙良が紹介されている。

元日やあまるしづかを雪に降□　一輝
注連張りし心でいるやいつもかも　生一

花の咲白うかさなりぬ春の海　松風
かね聞きてそれから軽き布とん哉　魁々
印籠の不二霞みけり薄羽折　乙良

安永九（一七八〇）年の多少庵秋瓜編『ふた木の春』に祝町松花亭連の如柳・鳥仙ら、松風編『月のむしろ』に平磯の東汀《とうてい》・東波、湊の可夕ら、『俳諧人名録』に湊一丁目の生也《しょうや》（紙屋新七）、文化六（一八〇九）年刊の白芹編『俳諧はる霞』に磯浜の丸之《がんし》、嘉永六（一八五三）年の『桃花春帖』に大貫の左乙が見える。生也は、『俳諧小伝』に、〈菊池氏　別号寸松堂又幽松　俗称新七　住常陽水戸湊　ものかゝぬこゝろの高き扇かな〉と紹介されている俳人である。

梅咲くや余所へ行香は戻らねど　如柳
掃々て花塚ひとつ椿かな　鳥仙
春をまつ心は老いもせざりけり　生也
年の関かさゝぎの巣を守りけり　丸之
獅子舞や手をふきさする梅の幹　左乙

3 小川の俳諧――松江・よし香

小美玉市小川の天聖寺《てんしょうじ》には、本間家の墓地がある。江戸で芭蕉と親交のあった医師の本間道悦（俳号松江《しょうこう》）は、二代目道因（友五）にあとを譲り、晩年常陸の潮来に移住した。道仙（画江）が三代目を継ぎ、四代目の道意の時に小川に移った。五代目玄琢（松江）は、芭蕉の『鹿島詣』を復刻して世に出した。六代目は玄有。七代目は道偉（一七八七～一八六六）で義香・よし香・美香と号した。道偉は水戸藩校弘道館医学館教授、八代目玄調は蘭医シーボルトや華岡青洲に学んで名医の誉れが高かった。

本間家墓地には、松江（五代玄琢）の句碑があり、〈つゝがなく実をもつけしの一重かな〉の句が刻まれている。揮毫は松江の師の江戸の桜井梅室である。松江は文政七（一八二四）年に七十歳で世を去っていたが、松江門人が嘉永元（一八四八）年に建立したものである。碑側の〈閑古鳥こゝろとむれば風が吹く〉の句は松江の辞世の句で、孫のよし香の筆になるものである。

初代松江は、『俳諧小伝』に次のように紹介されている。

松江　号自準常陸潮来ノ人　医ヲ業トス　本間道悦ト称ス　蕉翁シバシバ江ガ家ニ宿ル　依テ翁書アマタ蔵ス　ソノ子孫世々俳諧ヲ好メリ

五十五歳になった一茶は、文化十四（一八一七）年の五月に松江（五代）宅を訪れ、『七番日記』に次のように記している。

廿三　晴　高浜本間松江ニ入　氏神画馬
　シドケナク振袖ひたす杜若
　禿が露を書習ひ男茶屋
　西光寺に親鸞上人爪書御正作堂有
　小川　今出屋惣八泊
廿四　晴　本間ニ入

〈高浜本間松江ニ入〉は、高浜を通って小川の本間松江宅を訪れたということである。また、「西光寺」は高浜にある寺で、そこで親鸞の書を見たということであろう。別に常陸太田市の親鸞開基の西光寺とする説があるが、行程上無理がある。

五月二十二日に布川を発ち土浦に留まらず稲吉に一泊して小川を目指したのには理由があった。本間家に代々伝わる芭蕉の遺墨・什器を見るためである。実見できた感激を記した一茶真筆を井上脩之介氏が紹介している（『一茶漂泊　房総の山河』）。

　けふといふけふ、久しくねがひける本間の家を訪ひて、ばせを翁の書のかずかずニ目を覚しけるが、其外ニ又手をふれ給ひし一品有。
　したはしやむかしししのぶの翁椀

長斎編『万家人名録』における松江の紹介文は、他の昭眉・よし香・木公・随和らと比べてやや詳しく〈五十賀餞別、深川俳諧、阿弥陀坊吟、残菊之遊等之墨蹟今猶存矣〉、とある。

それは江戸で芭蕉と交友のあった初代松江所蔵の芭蕉の『鹿島詣』その他の墨蹟が伝わっているということを記すものである。

小川で二泊した一茶は、松江の用意した馬に乗って帆津倉の涼谷宅に向かい、さらに鹿島路を辿り、さらに潮来、銚子に足を延ばしたことは、県東編で述べた。

一茶と松江の交友が深まって、『隋斎筆紀』に収められた松江、その孫よし香(義香・美香)の句は少なくない。

花咲て哀に成ぬ名なし草　松江
とぶ鷺の海へもち出すしぐれ哉　〃
霜掃て雀もまつや仏の日　〃
春心我にもかせよ鳴雀　〃
春風や塵におさるゝ都鳥　〃
刈草の音から涼し庵の陰　よし香
入梅《つゆ》明けや莚《むしろ》投込舟の中　〃
夜半の雲梅によればや離ればや　〃

湖を手水《てうづ》にするや花の宿　〃
橋の雪芋などちりて年果る　〃

『万家人名録』には小川のよし香と木公（松坂屋正兵衛）が画像付きで紹介されている。

尾花吹て雉子の老かほみゆるなり　美香
うぐひすにあけしよ柴の三尺戸　木公

小川の俳諧は早くは享保十五（一七三〇）年の不角編『正風集』に今泉硫水の独吟歌仙が見える。小川の俳諧は松江、さらによし香を中心に栄えたのであったが、それは湖口庵連という名の下に結束していて、多くの俳書に見ることができる。明和三（一七六六）年刊の太無編『不言集』には、湖口庵連中として左右・静河・亀峰・艸牛《そうぎゅう》らの句が並ぶ。

暮かねる空へ最一度ひばり哉　左右
飛つけば咲ぬ枝なり梅の花　静河
明かゝる空青うして柳かな　亀峰
藤さくや花の尺買茶屋の門　艸牛
摘に出る人行あふや若菜買　蘇秋
若草や草履わすれて行ところ　故園

空へ遣る物の重たしいかのぼり　玉柯
外トへ出て見る気になりぬ朧月　蘭戸
磯くさき軒にも梅のかほり哉　蓬壺
仰向た鼻へ雫やむめの花　遊之
他

更に小川在住の遊之《ゆうし》が、安永五（一七七六）年に故郷の紀伊の湯浅に帰る際に編んだ『春の首途』には常陸南部の俳人らと共に小川の俳人たちが餞別の句を寄せている。

名所の雪解くめよ旅硯　左右
月花の一ト夜一ト夜や旅まくら　艸牛
立どまれ井出の蛙に暮るるとも　静河
花に汚す笠うらやまし春の旅　仙枝
此花の帰り咲くまで別れかな　蘭戸
送らばや歌よみ鳥を和歌の浦　故薗
蛤のしろ御覧ぜよ東海道　沙鷗
入ものにはづかしいほどわかな哉　幾久
雪解や苔あらはるゝ岩の鼻　亀峰

行雁やわれは南へ杖と笠　　遊之

安永九（一七八〇）年刊の秋瓜編『ふた木の春』にも小川湖口庵連の句が載る。

咲くものの合ぬ囃しや氷室守　　左右
はつ汐や月へ這込む松の影　　亀峰
養父入や機織曲て笑るる　　遊之

さらに文久二（一八六二）年の希水編『俳諧画像集』には小川天聖寺住職龍雨らの俳人が見える。

散る中へ挑灯の来る桜かな　　龍雨
苫船のはなれ過たりかれ尾花　　清山
鳥の巣の無事に日をへる梢かな　　貞人

買風編『茶の花見』にも、小川湖口庵連の沙鷗・亀峰・左右・遊之・蘭戸・仙枝・伴霍ら十九人の句が載る。

稲つまや夜田刈鎌も光る時　　沙鷗
居眠に着た袖たゝく礁かな　　遊之
休む時清水にひたす氷室かな　　女幾久

追出してみれば一羽ぞ行々子　蘭戸
菊さくやあたりの草の痩てから　伴霍
他

他に天明四（一七八四）年刊の五山編『朱紫』に遊之・左右の句、

いねぶりに着た袖たゝく砧哉　遊之
小夜更て火さへ露けき鵜舟かな　左右

二世青郊（山芝）編『青郊襲号記念集』にも小川の俳人が認められる。

心には庵工めり山さくら　釣雪
青柳や江に添ふ風の友東　聊雨
羨し花まつ宿に冬こもり　易言

寛政二（一七九〇）年刊の『両師句選附録』に小川の波澄、吉影の倍情、羽生の春江の句が見える。
文化二（一八〇五）年刊の鏡裏庵編『乙丑歳旦』に、下吉影の昭眉・倍情らの句、同十三（一八一六）年刊の一瓢編『俳諧西歌仙』に松江、同年刊の松風編『月のむしろ』に聴雨ら小川の俳人たちの句が載り、その活動ぶりをうかがわせる。

野柳やきせるくはへてわたし守　昭眉
野の風や筑波も萩の花ぐもり　倍情
春うれし茶水捨ても草になる　松江
紫陽花の咲き初る日は忘れたり　聴雨
漣の夜明けに見たり虫の秋　よし香
よき春といふさへ梅のこと葉哉　松江

下吉影の昭眉（江幡康次郎）は、麦門・鶴声・雷羽・孤山ら地元の俳人たちの中心的存在であった。文化十三（一八一六）年刊の長斉編『万家人名録』には、〈江幡氏号健斎俗称康次郎常陸国茨城郡吉影人〉と紹介されて、松江・よし香と共に一家の評価を受けている。

くれたれば五丈余りの桜哉　昭眉

この昭眉が中心となって建てた芭蕉句碑が下吉影の修善院にあり、芭蕉の句〈春もやゝけしきとゝのふ月と梅〉が彫られている。天保三（一八三二）年三月の建碑である。主催として昭眉・麦門・雀声・雷羽・孤山・保水・春嘉・陸波の六人、補助として、近隣の芹沢の呼友・玉葉・陸歩・石遊、青柳の雅柳・秀魚・柳美、石八戸の厩宣《きゅうせん》・温圃、飯田の青鼠・上合の甫月・甫石・

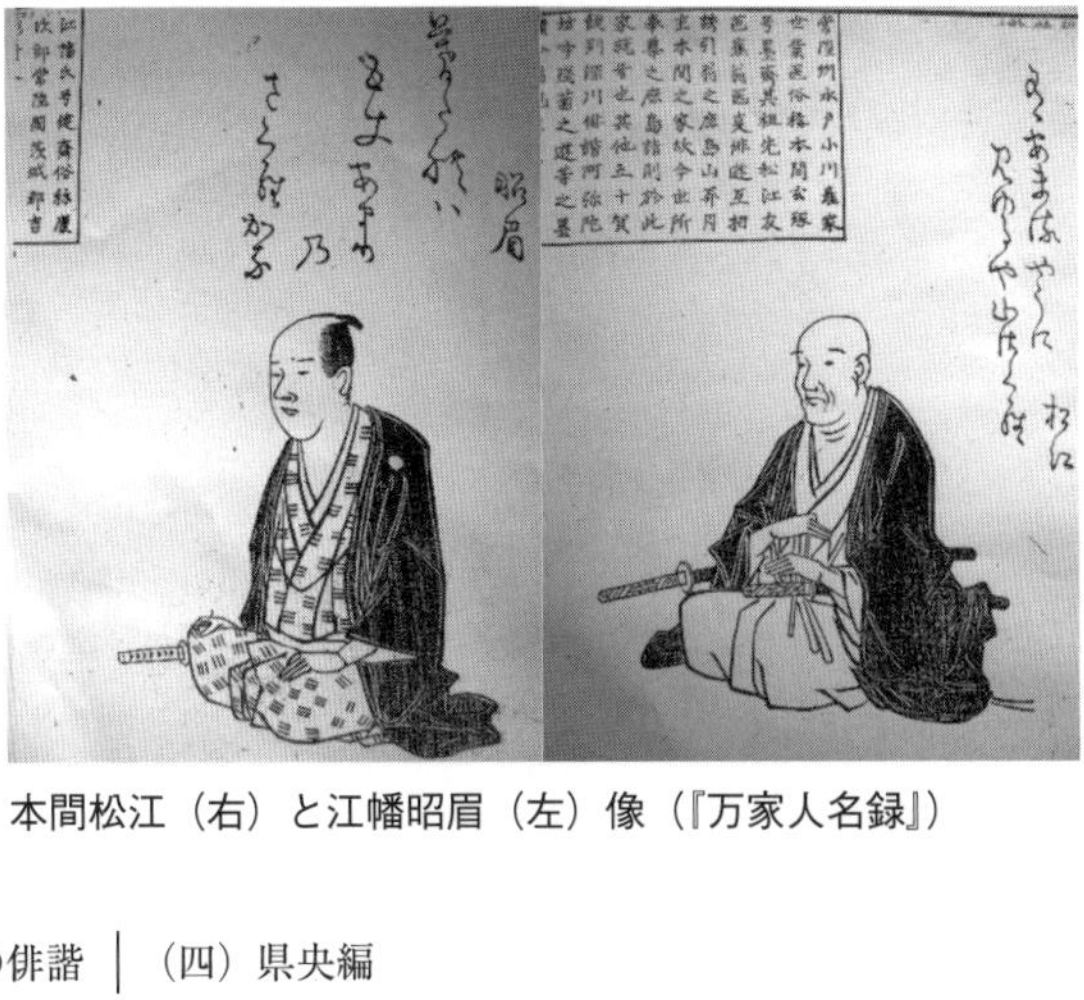
本間松江（右）と江幡昭眉（左）像（『万家人名録』）

巴人、柴高の柳至の十四人が名を連ねている。

この中の柳至《りゅうし》は燕堂とも号した柴高村（小美玉市）の名主井坂嘉衛門英集である。江戸の月院社何丸《なにまる》に師事し、大宗匠を許された有力者である。天保十六《ママ》年三月に門人中によって建てられた「故大宗匠燕堂柳至之墓」には柳至の句〈朧なる月は墨絵に似たりけり〉が彫られている。その三回忌も盛大に営まれたようで、門下・友人達の短冊が残っている。

柳至に限らず墓に辞世の和歌・発句を刻むことは当時広く行われていたことであった。柴高は岩間の愛宕山の麓から東流して鉾田を通り北浦に至る巴川の流域にあたる。柳至はこの地域の何丸の俳系の拡大に大いに貢献したと思われる。

文化十三（一八一六）年刊の松風編『月のむしろ』に、柳至の句があり、

月の露竹にさやけき夜なりけり　　柳至

さらに文政五（一八二二）年刊の何丸編『男さうし』にも見ることができる。

野は枯れて見るものにせむ凪の糸　　柳至

また、園部川沿いの竹原中郷の名主花間亭正語《しょうご》は、天保期に活躍したが、宍戸藩領の羽鳥にも牛乳・美松・湖帆・南涯・清客などの俳人がいた。

4　水戸の岡野湖中

水戸の俳諧においては、早く延宝七（一六七九）年刊の宗臣編『詞林金玉集』に山県不競・茨木友武・一凹らが認められる。さらに、享保十五（一七三〇）年刊の不角編『正風集』に不角門の水戸の種角・野角・呉角らの句が見える。

立羽不角（一六六二〜一七五三）は、不卜《ふぼく》門で、初期には浮世草子を執筆し散文への関心が高かったが、後に前句付の月並興行を始め、蕉門圏外で地位を築いた。師の十三回忌を期に剃髪し、のち法橋、法印となる。月並興行による門人は全国に三千人いたとされる。

平明な浮世調で俳諧の庶民化に貢献したとされるが、奇矯な題材を好んで批評も受けた俳人であったという。

また、延享元（一七四四）年に至芳が編んだ宗瑞追善句集『翌《あす》のたのむ』にも水戸の俳人たちの句が見える。

まことかよ花野を陰の行きどまり　　其峰
うき秋や月なき松の声ひとり　　華仙
改名の箔や漆の新しき　　余香
月にむかふ旅とや捨る桧木笠　　和吟

間もなくの寛延元（一七四八）年刊の白尼編『三秋句会』には水戸の魚白・知程の句が収められている。

煤掃や石臺の梅も頬かぶり　魚白
梅さくや乳母もその香に痩たがり　知程

文化・文政期に水戸で活躍した俳人に岡野湖中《こちゅう》（一七七六〜一八三一）がいる。水戸藩士岡野重員（重寿）の二男として、安永五（一七七六）年三月に生まれた。本名重成、庄八（平五郎）とも称した。俳号は野雀・寥窓《りょうそう》・幻窓《げんそう》。身体が不自由であったため藩に出仕せず、水戸の二世湖中近藤助五郎に入門し俳諧の才能を開花させた。

一世太田湖中（資胤）は其角系の深川湖十の門下として活躍した。岩城棚倉藩主太田資晴の二男に生まれたが、水戸藩家老太田資真の養子になって、享保十六（一七三一）年に家督を継いだのである。湖十への入門はその頃と言われる。やがて師湖十から「湖中」号を与えられて、水戸の湖中の俳系が続くことになるのである。

この一世太田湖中を継いだのがやはり水戸藩士の近藤助五郎敬恵であった。天明二（一七八二）年のことである。この二世湖中はそれ以降十七年にわたって水戸藩の武士の俳諧を牽引してきて、寛政十一（一七九九）年に、水戸藩士の岡野重成庄八に点印を譲ったのである。当時野雀・寥窓と号していた二十四歳の若い三世湖中の登場であった。

この三世岡野湖中は芭蕉を敬慕し、その俳風の復興と普及に専念し、交友関係も広い優れた俳人であった。特に水戸の銀河寺の僧仏兮《ぶっけい》に師事して芭蕉の研究を進展させた功績は大きい。

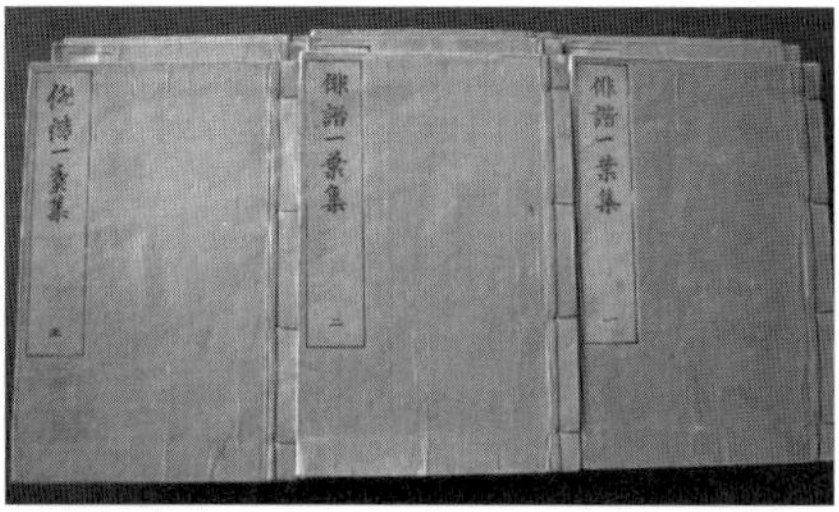

仏兮・湖中編『俳諧一葉集』文政10年版全九巻（筆者蔵）

湖中の履歴については、小宮山楓軒の『楓軒遺稿』の中の「湖中岡野君墓誌」があり、有馬徳氏が紹介している（『幻窓湖中』）。

湖中は芭蕉研究書としては、文政十（一八二七）年に『俳諧鳶羽集《とびのはしゅう》』と『俳諧一葉集《いちようしゅう》』を刊行し、弘化二（一八四四）年に野巣《やそう》によって刊行された『芭蕉翁略伝』を残す。特に芭蕉の作品を発句（前編一・二）・付合（連句）（前編三・四・五）・紀行・文（後編六）・消息・句合評（後編七）・遺語（後八・九）に分類した最初の芭蕉全集といわれる『俳諧一葉集』前後編九巻の編纂は、画期的な業績と評価されている。発句の部には四季別編集で一〇八三句が収録され、紀行の部には『甲子紀行』『野ざらし紀行』『鹿島紀行』『卯辰紀行』『笈の小文』『更級紀行』『おくのほそ道』が収められている。これは文政十（一八二七）年に万笈堂《ばんきゅうどう》から刊行され、続いて同十二年にも青雲堂から刊行されていて、その評価の高さを示している。

この書の共編者として記されている古学庵仏兮《ぶつけい》は、当時水戸の笠原山銀河寺にいた俳僧である。湖中はこの仏兮の指導を受けて、『俳諧一葉集』編纂を進めたのであるが、仏兮の不慮の死によって滞ったらしく、刊行は仏兮の死の二十三年後であった。『俳諧一葉集』の校合者は、坎窩《かんか》（豊嶋）久蔵と記されている。仏兮亡き後に、この大部の芭蕉全集の正確さを期すためには江戸の俳友久蔵の協力が必要だったのである。

湖中は『俳諧一葉集』の序文（文政十年仲秋）に編纂の動機を次のように記している。

（前略）馬夫もはせを、知棹郎も桃青を称す。門弟国々にみちみちて其の風を唱ふる人幾千といふ数をしらず。然れども灰を呑て胃をあらひ大意に通じたるはおほからず。予斗筲の量殊に辺土に生れ師友にともしく此うれい明くれ止ず。ひと日古学庵とはかりて祖翁の一世にくちずさまれし物を座右にして常にしたしくをしへを受けばやと発句より消息遺語のしげきの至るまであみ集めて只ひとつ葉の一といふにならひて俳諧一葉集と題し都て九巻となす。（後略）

また、水戸出身の秋瓜は、江戸俳壇で力のあった佐久間柳居の松籟庵を継いだ俳人で、芭蕉の自筆とされる『鹿島詣』を出版するなど、蕉風を尊んだのであったが、それは門下の二世多少庵秋瓜と水戸の松籟庵霜後にも引き継がれた。

この二世秋瓜と霜後の時代は、湖中の活躍期と重なり、湖中の句は松籟庵系の俳書に多く収められている。この俳系の存在も芭蕉全集編纂の刺激となったろう。また、『大日本史』の編纂などを進めていた水戸藩の文化的背景も考えられる。

『俳諧一葉集』の他に、岡野湖中の芭蕉研究書として、『俳諧鳶羽集《とびのはしゅう》』と『芭蕉翁略伝』があるが、これは『俳諧一葉集』の編纂の過程で編まれたもので、前者は芭蕉の連句を、『猿蓑集《さるみのしゅう》』や『炭俵集』などから選んで解説を加えて、『俳諧一葉集』と同年に刊行したもの。後者は湖中の原稿を常陸太田の野巣が、後に校合して弘化二（一八四五）年に刊行したものである。

湖中の句集は、『きさらぎ（四壁堂発句抄《しへきどうほっくしょう》）』、稿本『四季発句百口』、同『湖中連句集』などがある。江戸の由誓《ゆうせい》（久蔵）の嘉永二（一八四九）年の跋文《ばつぶん》のある『きさらぎ』は、湖中の死後十八年後に門人によって編まれたもので、湖中の発句一九八句を収める。

湖中

春之部

元朝となしたも人のしわざかな

海を出る初日にむかふ常陸かな

うぐいすに覗かるゝまで侘にけり

夏之部

さす時に折るなと頼む菖蒲かな

作り人になりて青田は見たかりし

夏の夜やたゞもんもりと隣の木

秋之部

こまかなる蜆売けり今朝の秋

里の灯や盆の過ぎたる宵の闇

こゝろ細く思ふか雁の啼きかはす

冬之部

戸をさして人の入けり冬の雨

有明のさぶさや鶴の影ぼうし

霜の戸や猫ぬすまれて隙になる

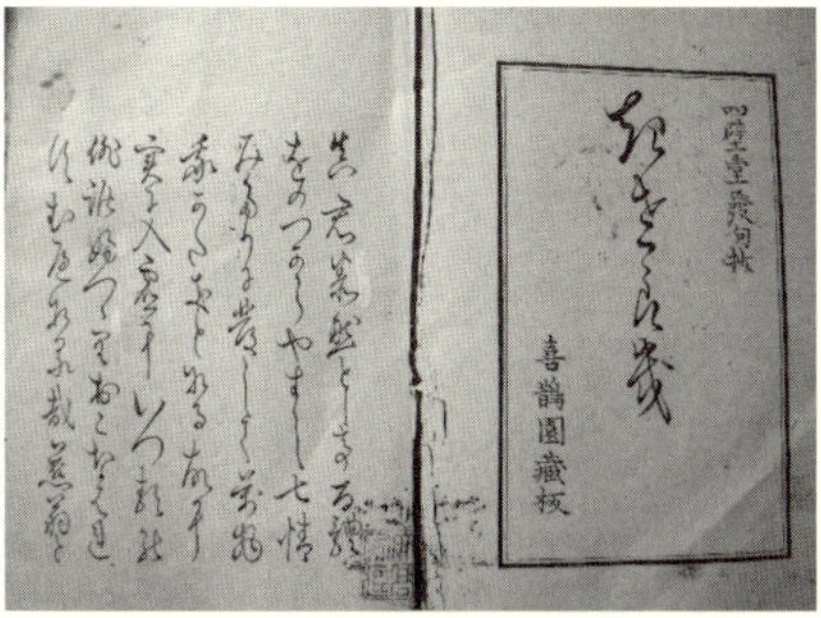

岡野湖中の句集『きさらぎ』（松宇文庫蔵）

『湖中連句集』は、文化十三（一八一六）年から文政三（一八二〇）年までの、杜年《とねん》・芷芬《しぶん》・再可《さいか》・三思・未成・一坡・祇三・西木・麦秋・松風・菊畝・伍生・可麿・文来（米中）らとの連句四十一編を収め、意欲的な俳諧活動を伝えている。
湖中の門人たちの確かな数は不明だが、この連句集に残る多くが一門と見てよいだろう。次は文化十三年の再可・一坡・未成・杜年との半歌仙である。

咲ぬ梅もさびし二月の半過　湖中
　春を寒がる山蔭の家　再可
うその声とがめもやらぬ風吹て　一坡
　秋の支度に萩を掘うえ　中
ひやゝかな月の草笛籟習ひ　未成
　菱わる槌を又かりに来る　杜年
蚊の弱る寮をけふから守つもり　可
　病ひのぬけし那須の温泉煙　坡
涼風の母の昼寝をさし覗き　中
　はじめてきりし裏の小茄子　可
扶持米の初穂をつまむ朔日に　成
　雪の気ざしを囃す舟人　年

友鴎はなれ鴎も啼さかり　　可
一月も見たき恋わすれ草　　中
其原や伏屋に物を思ひそめ　　年
月に濡れたる蝶の不機嫌　　成
山桝つむ季吟が花の朝催ひ　　坡
雛を流した川へ乗出す　　可

岡野湖中は、不自由な身体ながら文化十（一八一三）年の四月から六月にかけて奥羽地方を旅行している。『俳諧鳶羽集』を一月に刊行し、『俳諧一葉集』の原稿を書肆に入れて八月の刊行を待つばかりのほっとした時期であったろうが、芭蕉の『奥の細道』を意識した熱い思いも感じさせる。当時は、諸国名所風景発句集や名所案内書の類が多く発刊された「情報化」の時代を迎えていたので、業俳・遊俳ともにその刺激を受けたものと思われる。

その『奥羽日記』は資料編に翻刻して収めたが、大筋を記すと次のようである。

湖中は四月十九日に規外《きがい》と太民《たいみん》を伴って水戸を出発し、那珂川の岸で見送りの杜年らと別れた。額田を経て太田に入り、二十七日に太田の尾花庵を出て東館から須賀川に至り、ここの市原たよ女を訪ねる。六五月一日に須賀川を出立、二本松から福島、米沢を経て仙台に入り、十八日に松島・塩釜を訪ねる。六月一日に仙台を発ち岩沼・相馬・原町・浪江を経て、七日に湯本に入った。十五日に勿来の関、二十日に小木津、太田を経て二十二日に水戸の庵四壁堂に帰った。各地の俳友との交遊を深めた二か月余の旅であった。

芭蕉俳諧への湖中の信頼は一貫していた。有馬徳氏が湖中の資料からまとめた門人たちのための詳細な「秘伝書」ともいうべき事項からは、湖中の信念が伝わってくる。

次に簡略してその一部を記す。

一　俳諧者としての修行について

イ　広く人情につうじること

ロ　度量を広く信義を厚くすること

ハ　心を高尚に保つこと

ニ　清貧に甘んじること　　他

二　俳諧観について

イ　遊芸にあらず万葉の心なること

ロ　詩歌と意は同じきこと

ハ　正風（蕉風）を手本とすること

三　句作の態度について

イ　格に入り格を出ること

ロ　己の位に則すること
ハ　初心者は句数を求めること

（有馬徳『幻窓湖中』筑波書林）

湖中は天保二（一八三一）年二月に五十六歳で没し、水戸の薬王院内明静院（のち酒門の水戸藩共同墓地に移葬）に葬られた。点印は三十年来の門下の尺巣杜年（矢野勇蔵）に引き継がれた。この杜年は長斉編『万家人名録』に前号の〈規外〉として紹介されている。

規外　姓矢野号尺巣通称勇蔵常州水戸藩中下街人
花のあと薺膾はつくりたき

同じ句は、文化十二（一八一五）年刊の野楊編『あくら日記』にも収められている。杜年の間もなくの死によって点印は岡野家の子孫に引き継がれることとなり、庄太郎から弟の本郷金衛門（幻窓美彦）、精一郎と続いた。その間社中の鵜殿平太衛門が幻窓杜年の号を名乗り、水戸を離れて南酒出（那珂市）の片岡家に寄寓して活動したのであった。

5 古学庵仏兮

岡野湖中の『俳諧一葉集』の共編者であり、およそ九年間湖中の俳諧と芭蕉研究の指導的立場にあったのが古学庵仏兮《ぶつけい》（一七六八〜一八〇四）という俳僧であった。

寛政十二（一八〇〇）年中の湖中の句を集めた「四季発句百口」は、幻窓湖中が仏兮に評点を乞うたものである。三世湖中となった翌年のことである。百句の中で甲一点が八句、甲二点が十五句ある。次はその八句。

枯草は冬より悲し春の風　　湖中
春の月ひそかに松の匂ひ哉
春の川やさしう成て夜明たり
風薫る世に哀なり油煙かき
恋々や雨もふるはぬ夜の鹿
草原や夕べに替る秋の風
冬雨の油断を風の走り哉

湖中は、『俳諧一葉集』の序文〈文政十年仲秋〉において古学庵仏兮について、〈ひと日古学庵とはかりて〉芭蕉全集と言うべき『俳諧一葉集』の編纂を決意したと記していることは先に述べた。

古学庵仏兮の供養碑［水戸市笠原町］

しかし、仏兮という人物のおおよそのことが分かったのは、有馬徳氏が、昭和三十一年に水戸市笠原の笠原山不動院墓地（銀河寺跡か）において確認した仏兮供養碑（湖中撰文）によってである。それによると、仏兮は京都の源良範という人で、芷山《しざん》・祇悳《ぎとく》と称したが、のち仏兮に改めた。温和な性格で俳諧を嗜み諸国の名所に遊んだという。寛政七、八年頃に水戸に来て、笠原山銀河寺に住み、京都から母を呼び寄せて共に暮らしていたが、文化元（一八〇四）年九月に本山の比叡山に母を伴って向かう途中、甲斐の鰍沢《かじかさわ》に出て富士河を渡るときに船が転覆して母と共に溺死した。享年三十六であった。社友はこれを深く悲しみ、十三回忌の文化十三（一八一六）年十一月二十六日に、〈笠原山の水源〉に湖中が中心になって供養碑を建てたのであった。仏兮の句を立句としたこのときの湖中社中の連句が、『湖中連句集』に収められている。

水あれば氷あるなり草の庵　古学庵仏兮
　十三回の霜の有明《ありあけ》　湖中
松風にふつふとはしる馬かりて　丞山
　きのふの発句の尻を忘るゝ　杜年

樟脳を薫へるまでに夏たけて　　松風
あたりし笹に村雨をまつ　　再可
おもて家の彌一が男をきあて、　　菊畝
子を守給ふ神もある哉　　芷芬
旅衣先ヅしらぬひに着古さん　　三思
鵜が啼きて秋のさだまる　　未成
辻的のもくろみをする月かけて　　伍生
ぬかごこぼる丶山伏の軒　　一坡
（以下略）

また、建碑の事情を湖中は、その連句集の中に記している。

濺《せん》々と行水の音は絶ずして、しかも元のにはあらず。実にことし丙子の秋仏兮尊者の遠芳忌にあたり侍れば、碑をたてて供養せばやとそこらきそいたちて、其功既なり侍るけるに、故ありてしばらくもだしをはんぬ。さて止むべきにあらねば、霜降月の末の六日、かの銀河寺のほとりにいとなみしが、其精舎は頽廃にちかく、誠に狐狸の処えがおに住なしたる哀さ、涙こぼれて中々わりごやうな物した丶むるもむつかしと、其結縁につらなり給ふ人々四壁堂に音づれしかば、やがて碑面を路草にうつして追福の事をす丶め侍る。

水あれば氷あるなり草の庵　　　古学庵　仏兮

十三回の霜の有明　　　　　　　湖中

この一文が後年の有馬徳氏による仏兮供養碑発見につながったのである。

6　遅月の勢力

寛政・亨和期に水戸に在住して湖中系の俳諧の指導的立場にあったのが古学庵仏兮であったが、ほぼ同時期に江戸から水戸に移住して活躍したのが遅月庵《ちげつあん》遅月（空阿）（一七五〇～一八一二）という俳僧であった。長斎編『万家人名録』には、浪華《なにわ》の人で京都の空也堂（天台宗光勝寺）に住み、のち四方に遊ぶ、とある。空阿という俳号は空也に関わるものか。また、漂泊の俳人であったこともわかる。日蓮宗の僧で如日・照雲と号し、また空阿上人と称し、一時大阪に住んだとも伝えられる。

水戸の神崎寺（真言宗豊山派）に建てられた「遅月上人分骨瘞蔵《えいぞう》之碑」（立原翠軒撰文）によれば、名は丸山幸之介、備中（岡山県）小田郡笠岡村の富農丸山安左衛門守喜の子として、寛延三（一七五〇）年に生まれた。不二庵二柳に俳諧を学び、大阪では生駒山の麓に盧を結び、遅月庵空阿と号した。旅を好み伊賀・備後・長崎・仙台・塩竈・岩城・平潟・水戸等の地を巡ったという。翠軒父子と親交があったが、子の任が江戸詰めとなったため、一家移住することになり、遅月も後を追って江戸に上ったが、間もなく病を得て、文化九（一八一二）年に江戸深川の寓居で亡くなった。六十五歳であった。

翠軒は人を遣わして火葬をし、骨を深川閻魔堂子院の不動院に葬り、分骨して水戸神崎寺中実相院の側に収めたのであった。

遅月は、寛政元（一七九八）年に水戸に来て先ず天王町の神崎寺に寄寓し、次いで田野の不動院、青柳の長福寺、飯富の竜光院に寄寓した。竜光院には、文化二（一八〇五）年に遅月が建立した芭蕉句碑がある。

遅月一派は「雅言堂」と称して勢力を広げた。同門句集に『俳諧常陸千題集』乾・坤がある。また遅月編著としては、『俳諧水滸伝』『遅月庵文集』『遅月庵発句集』『俳諧年代記』『一夜流行』などがある。

遅月の著作で有名なのが、『俳諧水滸伝』十巻（寛政元年ごろ刊）で、俳諧連歌史上の俳人数十人を梁山泊《りょうざんぱく》の豪傑に擬した通俗的人物伝である。

『一夜流行』巻末広告には、

この書は俳諧の濫觴《らんしょう》より古風檀林諸流の興廃諸先達の事実正風の流行芭蕉翁並書門弟の事跡近くは当時の変化に至る迄凡そ三百年来の俳諧の故事を集て多く発句の出所をあらはす。

とその趣旨内容を記している。

広告から、その他に遅月・随斎《ずいさい》撰『麻かり』『是ら人』、遅月上人筆戯『呼子のとまり』『百花物語』などの著書があったことがわかる。文才に富んだ俳人であったのだろう。書肆はすべて山金堂である。

漂泊の俳人遅月は、江戸の札差《ふださし》（米穀・金融業）で俳人の随斎夏目成美《せいび》宅にも寄寓することが多かった。その成美と巻いた歌仙三巻が『遅月菴《あん》・随斎両吟一夜流行』として、天明八（一七八八）年に刊行されている。

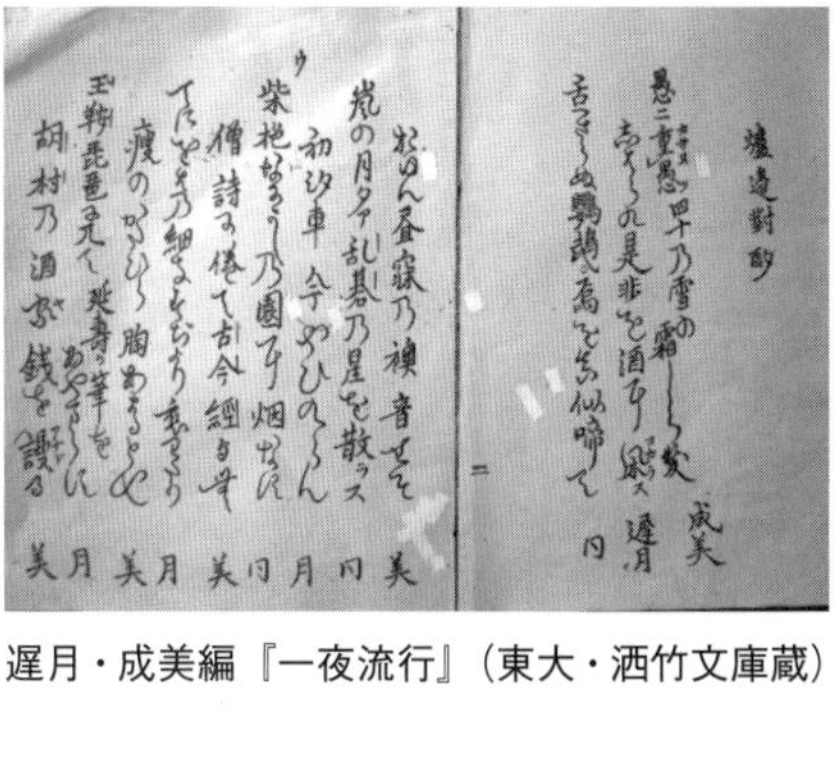

遅月・成美編『一夜流行』（東大・洒竹文庫蔵）

炉辺対酌

愚《ぐ》ニ愚ヲ重《カサヌ》四十の雪の霜しら髪《が》　成美

しばらく是非を酒に凩《コガラ》ス　遅月

舌きらぬ鸚鵡《おうむ》鳥を真似啼て　同

おまん昼寝の襖音せそ　美

嵐の月夕べ乱碁の星を散ラス　同

初汐車今やひくらん　月

柴栬《もみぢ》なにがしの国に畑なす　同

憎語に倦て古今経よむ　美

てにをはの細きすぢより恋わたり　月

痩せのかたびら胸あまるとや　美

（以下略）

天明八（一七八八）年の十月に江戸の著名な俳人夏目成美《せいび》宅に草鞋《わらじ》を脱いだ遅月は、成美と共に隅田川の凩を聞き、根岸の里に鶯を訪ね、葛飾の梅、上野浅草・大井品川の桜を楽しみ、成美・重厚・麦宇・園長ら江戸の俳友たちと歌仙を巻きながら、寛政元（一七八九）年四月まで滞在し、松島を目指して旅立った。

成美はその別れを惜しみ長文の送別の辞をしたためている。

梢の雨かしまの里を過て、朝よさを松島の浦にあそばむと、卯のはなの雪をふみ、ほと、ぎすに笠かたむけて出たつ人は、浪花の遅月上人なり。（中略）上人名と利とのさかひにをらず。ひとへに西行・宗祇の見残しをたづね、ばせをの翁の跡をしたひて、貞亨元禄のむかしにかへさむといふを心とせり。

（成美文集『四山藁《しざんこう》』）

遅月の俳諧への真摯な姿勢を伝える文である。

こうして、遅月は四月十四日に柳橋のほとりから舟に乗り、十六日に八幡に出て鎌ヶ谷の原を過ぎ、潮来のまこもを漕ぎ分けて延方に上がった。

青さゝや夏鶯のかくれさと　遅月

鹿島の躑躅を見るなどしてしばらく滞在し、北浦を渡り串挽に上がり、水戸に入って大河内龍尾《りゅうび》宅に宿る。やがて枝川を渡り市毛坂を登り太田の千比呂亭に泊る。西山の黄門の旧庁を訪ねる頃には五月半ばになっていた。石名坂・河原子の塩浜・助川・滑川の坂・川尻・手綱・赤浜矢刺と過ぎ、礒原の渡しを越えて平潟に出た。二十二日に湯本を発ち、北上して仙台領に入ったのは六月二十六日。松島・塩釜を中心に遊び、一か月ほど滞在した。ここまでの旅を記

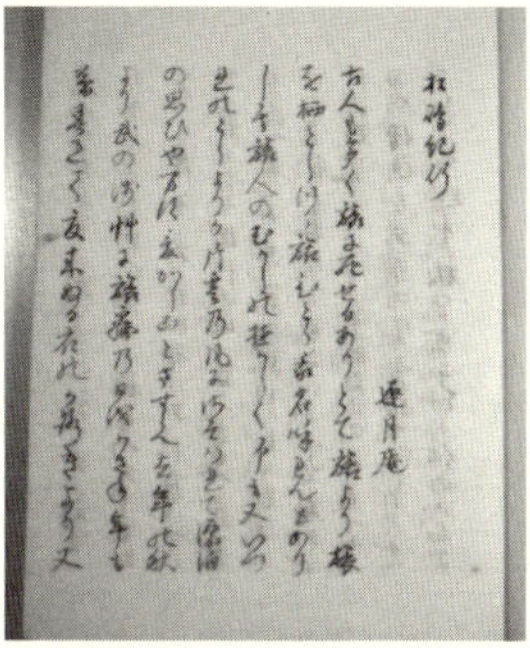

遅月著『松嶋紀行』（茨城県立歴史館蔵）

したものが、遅月の『松嶋紀行』である。
遅月の水戸での活動は、神崎寺をはじめとする寺院や龍尾・悟井《ごせい》・雅言堂瀧江《ろうこう》らの支援を受けて、勢いを得ていった。
瀧江が、遅月の晩年にあたる文化六（一八〇九）年に編んだ『俳諧常陸千題集』乾坤《けんこん》二巻（序文は杜年）は、水戸を中心とした遅月系の俳人の句千七百余を収めるが、その三分の一ほどが瀧江の句であるところが特徴的である。

正月や日は暮安く明安き　　瀧江
何をして遊び始めん今朝の春　　〃
吹寄る鳥のむく毛やあしの角　　〃
しらうめの白さに月の丸さかな　　遅月
初空や心の玉も光りさす　　湖中
元朝となしたも人のしわざかな　　杜年
御降にぬれぬ草木もなかりけり

江戸の成美を介してであろうが、青野太笻・護物・一瓢ら当時の有力俳人との交友も深く、文化・文政期の彼らの編書の多くに遅月の句が収められている。

藻のはなに捨てゝは拾ふ命かな　　遅月　　乙二編『はたけせり』

夜の音ほどはみだれず門の萩　〃　護物編『俳諧新五百題』

うぐひすの寝所見しか茶筌売　〃　太笻編『犬古今』

鶯も嘴あらためよ薺粥　〃　一瓢編『物見塚集』

声あはす妻もゝたでやかんこ鳥　〃　太笻編『俳諧発句題叢』

駒鳥に大黒舞を見せうもの　〃　〃

鹿の目に二日の月のかゝるべし　〃　成美・一茶著『随斉筆紀』

7 白兎園二世広岡宗瑞

享保十六（一七三一）年に刊行された『五色墨《ごしきずみ》』は、俳諧が点取に流れる状況を憂い、勝負にこだわらず俳諧に遊ぶべきことを述べ、宗瑞《そうずい》・蓮之《れんし》（珪琳《けいりん》）・咫尺《しじゃく》（寥和《りょうわ》）・素丸《そまる》（馬光《ばこう》）・長水《ちょうすい》（柳居《りゅうきょ》）の五人の結集による中興期の蕉風復古運動の契機となった俳諧選集である。

この宗瑞は、一世白兎園《はくとえん》中川宗瑞で、江戸で両替・為替商を営む有力な俳人であった。『五色墨』参加以後に宗匠として立ち、活躍の場を広げて、諸国行脚にも意欲的であった。

安永九（一七八〇）年刊の一叟編『白兎句集』に、次のような句が見える。

春雨や十日十日の草の色　中川宗瑞
稀に来た結ぶ日嬉し水葵（水府にて）　〃
立ちよれば雪も流れてさくら川（桜川）　〃
雲の果てか波のはじめか八重霞（常州湊）　〃

宗瑞の日光参拝日記である、寛保元（一七四二）年刊の『旅の日数《ひかず》』によれば、帰途に笠間の得秀・晴水らを訪ね、さらに水戸の露白《ろはく》の旭錦堂連中と歌仙を巻いてもいる。

白兎園二世広岡宗瑞（加藤定彦・外村展子編『関東俳諧叢書』二十二巻より）

宗瑞を迎える水戸の旭錦堂連の喜びの大きさが、『旅の日数』に収められた千峰・見竜・片泉の句から読み取れる。

白兎園が息災をほめられありく年々の田舎わたらひことしも卯月の比日光山へ詣で帰るとて我水府へ立よりしまことに年比の因みよろこばしく茅屋の淋しきに旅労をやすめよと申送るとて

水鶏さへたゝかぬ門ぞ柴の庵　千峰

白兎のぬしに初て対す

まつ抜て是ぞ扇子のはじめかな　見竜

茅舎に暫く旅行の笠をぬがれしは誠に時至りて師弟の面を合せしことを悦びて

藪椿こと葉の花もひらけ時　片泉

そして、露白らとの歌仙の座に至るのである。

旭錦堂の連中一院の静なることに景色の見はらしもありて爰に会莚を敷わたさる

稀に来て結ぶはうれし水葵　宗瑞
照りのつよさにあま蛙鳴く　露白
将棋より昼寝の相手したがりて　銀涛
はなれ座敷の庭も静けき　撫竹

笹の月そよがれながら暮かゝり　　余香
　網は最中鱸どきなり　　玉佩
請うりの軒も杉葉のあたらしき　　方舟
　たつ旅なれば馬の鈴さへ　　雨夕
横雲を帯て朝日の出らるゝ　　片雨
　東海寺とて海も目の前　　瑞
付々も揃ふて殿のわかざかり　　竹
　風がにほへば祭近よる　　香
（以下略）

その宗瑞が、延享元（一七四四）年に亡くなると、白兎門は至芳《しほう》と竹道の対立を生むことになる。追悼集『翌《あす》のたのむ』を編み、柳居門に依った至芳に対して、白兎園正統を任じる竹道らは反発し、葛飾派の馬光の支援を受けた。柳居門と葛飾派は、この至芳と二世宗瑞の代理戦争によって溝を深めていった。

竹道は、『五色墨』から二十年後の寛延四（一七五一）年の『続五色墨』刊行のときに、馬光のすすめで宗瑞号を継承したという。『続五色墨』は、素丸らの葛飾派と蓼太《りょうた》・班象《はんぞう》らの雪門派の提携によって編まれたとされるが、二世宗瑞は、葛飾派の傘下にあった。

宝暦四（一七五四）年刊行の『甲戌《こうじゅつ》歳旦』は、白兎園二世宗瑞の編で、その意欲を示したものである。集中には水戸の露白の句も見える。

宝暦四　歳首

書始や雪間にあそぶ鳥の恩　　二代宗瑞
書ぞめや琵琶湖の硯加茂の水　　〃
爪にある星まだ幾つ衣くばり　　〃
かぞへ日の内を盗むやとし忘　　水府　露白

結局、至芳は柳居門に吸収され、二世宗瑞が、葛飾派に身をおいて白兎門を守り切ることになったのである。

二世宗瑞は、水戸藩士の広岡戸大夫則道《のりみち》（一七二〇～一七七二）という人物で、水戸藩主松平宗翰の弟飛騨守頼順《よりゆき》の用人であった。

『水府系纂《けいさん》』の広岡家の条に、次のように記されている。

戸大夫則道、初名友之助、又太吉。寛延元年戊辰十一月二十三日、初符ヲ賜テ飛騨守頼順《よりゆき》臣附属ノ近習役格式肴奉行次座。二年己巳十一月二十一日、格式馬廻組トナリ、三年庚午正月十三日、同附属ノ通事格式近習役上座。明和五年戊子五月四日、同附属ノ用人留守居兼帯シ、更に百石ヲ賜フ。安永元（明和九）年壬辰六月三日、致仕シテ一叟ト号ス。八月十一日死ス。五十二歳。浅田氏女一男ヲ生ム。戸大夫則見ト云。〉（句読点筆者）

また、明治の蔦翁編『白兎園家系』によれば、白眼台・柳門・竹道とも号し、法号は正容院辞順宗瑞一叟日義居士。明和九年八月九日卒、音羽丁一丁目本浄寺に埋葬されたとある。

父（則盛）・祖父（則勝）ともに団四郎を名乗ったが、則道以降は代々戸大夫を継いだ。『新五色墨』に参加して、〈初声に伝受もいらず郭公〉の句を記している。

広岡宗瑞の編著書には、『賦玉』『白兎余稿《はくとよこう》』『白兎茶話《はくとさわ》』『鼎足集《ていそく》』『杉家俳則』、門弟編と思われる『白兎文集』『白兎語類』などがある。

明和元（一七六四）年の『白兎余稿下』は、一世宗瑞の二十回忌追善集で、同門俳人の四季の句、三回忌・七回忌・十三回忌の折の句、結びに葛飾派の素丸の句を置く。「常州連」として、浦雲《ほうん》・鶴十《かくじゅう》・露秀・露白ら四十人の句が収められている。多くは水戸の露白系の俳人であろう。

常州連

蜩も声を添てや法の庭　浦雲
手向べき花の分限も秋野哉　鶴十
俤の月や晦日の袖の露　露秀
笈はおろし猪と寝替る花野哉　嘉雪
今は名に残る根生や菊の花　窓外
曼荼羅の紐解く蓮の巻葉かな　三枝

壇特の念珠に花の咲日哉　後竹道

月と共に消入けふや高灯炉　露白
むし聞や如意輪の像も又ひとり　亀文
蕣や今朝は手向の皿に咲く　之六
立ながら手向や塚の艸の花　錦波
送り火の丈はとゞかず松の月　猪睡
うつむいて見るや真如の塚の月　完斗
萩ならで塚にこぼすや袖の露　将雨
同連
（以下略）

他の常陸の俳人は、山鳥・単厚・穿石・梅素・律為・千節・処人・胡蝶・秋浦・左人・十丈・如簀・九穂・百畝・対葉・千回・対夕・百尋・蘭茂・湖斎・鍼水・山口・畳鱗・加翠・沾橋である。

明和三（一七六六）年刊の『不言集』にはこの時期の水戸の少語庵連の活動があったことを伝えている。

朝起の戸に入かはるつばめ哉　孫枝
爪さきも二つ葉にする茶摘かな　坡長

爰からは枝売茶屋ぞはつ桜　両五
また折も散た枝なり朧月　沾緑
戻りには辷る草履や梅の花　文江

広岡宗瑞の句集には『甲戌歳旦《こうじゅつ》』や『竹の友』がある。『竹の友』は、安房国の医師鏡湖庵瑞石《ずいせき》が天明七（一七八七）年に刊行したもの。瑞石が江戸にいた頃、鏡裏庵梅年から広岡宗瑞の「尺牘《せきとく》数章百ものがたりの草稿」、つまり書状や俳論の原稿を譲り受けたのだが、自分だけ知っているのは惜しいということで、それに関東の俳人たちの句を加えて編んだものである。広岡宗瑞の没後十五年のことである。

猿引や朝四ツ暮は三日の月　二世宗瑞居士
夜雪の解るをとあり朧月　〃
卯の刻の雨の中より霞哉　〃
一日に千里の駒やすき返し　〃
しら魚や柳は青しすみだ川　〃

門人の梅人《ばいじん》が、天明四（一七八四）年に著した『白兎園余稿《よこう》』は、二世宗瑞の十七回忌追善集で、その語録を収めたものである。梅人はまた、『杉風《さんぷう》句集』を編み、二世宗瑞の杉風への思いを具体化した。
享和元（一八〇一）年刊の一叟《いっそう》編『飛鳥集』に

散る柳けふの為とてさしたるか　　水戸　沾雅

文政五（一八二二）年刊の白兎園竹通編『俳諧四季発句集』に、水府長短房連の句が見える。

音立てぬ春の風知る柳哉　　蛙哉
横雲のきしはなれけりはるの山　　守月
春の月松の雫を振らせけり　　乙言
遁こみし笹原も鳥が囀日　　長短房蝸牛

その後、白兎園号は三世松居（井）宗瑞・四世浅井宗瑞・五世新倉宗瑞・六世中島竹道・七世相原衰翁・八世木村宗瑞・九世青木宗瑞・十世堀宗瑞と受け継がれて十一世に及んだという（蔦翁編『白兎園家系』）。

陽炎《かげろう》の翦《きり》つとゞきつ糸柳　　三代松居宗瑞

五世宗瑞は桂山と号した水戸松平大炊頭家来の新倉左内で、江戸の目白に住み、寛政十二（一八〇〇）年に白兎園を継いだ。

8　松籟庵秋瓜の俳諧

湖中・遅月より早く二世宗瑞と同じ時期に活躍した水戸出身の俳人に松籟庵秋瓜《しょうらいあんしゅうか》（太無《たいむ》）がいた。若海編『俳諧人物便覧』には、〈松籟庵義斉、初吐花《とか》、秋瓜、柳居門。常州水戸人。安永三年十月二十二卒。葬深川森下町長慶寺。戒名松籟庵太無。多少庵秋瓜ト同人也。本墓入谷正洞寺。戒名多少庵無畏秋瓜居士〉と紹介されているが、〈多少庵秋瓜ト同人也〉は誤りであろう。

また、安永九（一七八〇）年の二世秋瓜編『ふた木の春』には、〈古川氏、常州の産。元文五、初めて柳先師の門に入て三斛庵《さんこくあん》に住し〉とある。秋瓜は、安永三（一七七四）に亡くなったが、生年は不明。『水府系纂』にある古川氏に「義斉」を見ることはできない。『鹿島詣』の自序には、「松籟庵秋瓜日高氏謹書」とあり、旌信・麦雅房という印が押されている。

秋瓜の師は、一世宗瑞らと『五色墨』を刊行し、俳諧革新の運動を起こした佐久間柳居《りゅうきょ》である。柳居は多くの号を持ったが、そのうちの「三斛庵」「松籟庵」が秋瓜に譲られた。柳居の門下には鳥酔・門瑟ら有力俳人が多いが、秋瓜はその一人であった。

その松籟庵秋瓜は、延享四（一七四七）年の晩春に遠州浜松辺りまで七十日余りを遊歴したことがあって、その時の俳書が『俳諧帰る日』である。

江戸の俳友たち、各地の柳居門の常陸・上野・下総・相模・駿河・遠江・伊勢・越後・讃岐の各連中の春・夏の句を収めたものである。常陸連中は次のような顔ぶれである。

蝶の羽も羽二重摺れに桜かな　画江
片枝は舟に積たる柳哉　蘿径
年礼の云いわけもなし初桜　李香
行雁も空に出会ふや鳳巾　鷺洲
滝の糸を中から染て柳かな　青郊
花の波立てまはるや山おろし　一鵝
青ぞらに降もの見たり花の雪　牧吹
先縁起聞てあふむく桜かな　青牛

画江から鷺洲までの四人は潮来の俳人で、青郊は野曾、一鵝は鯉渕、牧吹は仁子田、青牛は小川の俳人である。

同年九月に秋瓜は『鳥の都』を刊行している。柳居の師弟九名が墨東牛渚辺に名月を賞した時の句を中心にした一冊である。湖竹の挿画が当時のこの地の風情を伝えている。

一里ほど暮ぬ川あり涼ふね　秋瓜

浮あがる鵜や名月の雪間から　秋瓜

翌年の寛延元（一七四八）年秋に秋瓜は、同門の鳥酔の序文を得て『星なゝくさ』を編んでいる。この時期に師柳居から松籟庵を譲られられた秋瓜の意欲の一冊といえる。秋瓜は、星によき手向をしようということで、朝顔・桔梗・薄・芙蓉・萩・蘭・女郎花を題にした師友の句を収める。これは歌人が玩《もてあそ》ぶ草の七色ではなく、唯まのあたりそよぐ秋草のあるにまかせて題としたもので、〈是を俳諧の即座ともいふべしなどをのをの笑ひてやまず〉と記す。いわゆる秋の七草でないところを面白がっているのである。

常陸連中として、潮来の本間画江・蘿径・李香《りこう》・鷺州《ろしゅう》の四人、野曾の青郊、鯉渕の一鵝、仁子田の野亭、鉾田の豆花《とうか》・三好、そして全牛の十人が句を寄せている。このうち六人は『俳諧帰る日』と同じである。その他の四人の句は次の通り。

稲妻を結びはづして薄かな　野亭
来て風の大事にさはる熟柿哉　全牛
綿取やみじかき袖も身だしなみ　豆花
栗の穂や露を重荷に持あぐみ　三好

さらに冬の部には下妻の東休・東枝の句が見える。

辛崎を峰に写して時雨哉　東休

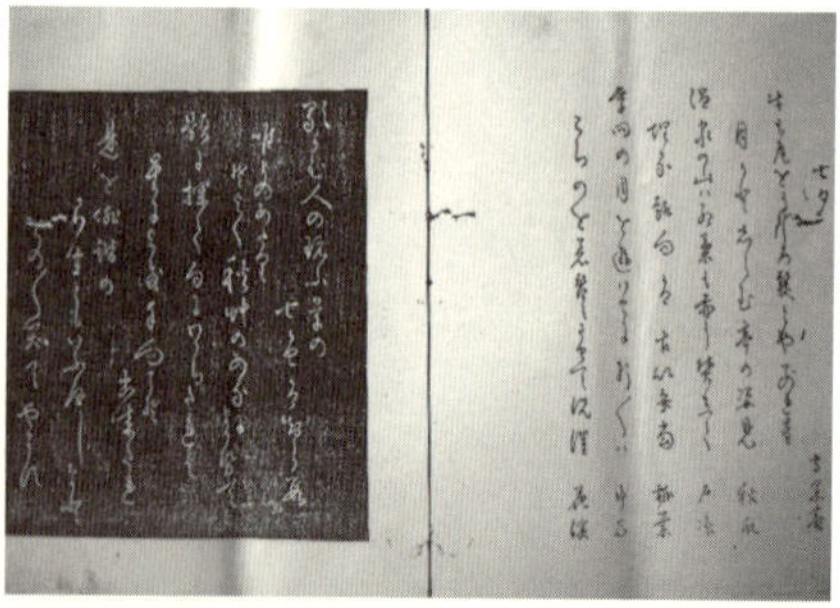
松籟庵秋瓜編『星なゝくさ』(講談社松宇文庫蔵)

はつ雪を黒木もすこし粧ひけり　東枝

大尾には柳居の三高弟の句が置かれている。

水茶屋の骨もあらはに時雨哉　鳥酔
石蕗の葉に聞くや藁屋の初時雨　門瑟
はつ雪や闇の木ずゑを振りかへる　秋瓜

松籟庵秋瓜門として、その俳書にしばしば名の出る潮来の医家本間家の三代目画江は、柳居門から秋瓜門に移ったのだが、初代松江から伝わる芭蕉自筆といわれる『鹿島詣』を所蔵していた。それを秋瓜は、門下の青郊の斡旋で、貴重な医書と交換で手に入れることができたのである。それを模写して刊行したものが、宝暦二（一七五二）年刊の『鹿島詣』である。内容は、本書刊行の事情を記した秋瓜の「記事」（序）に続いて、芭蕉の画像、そして芭蕉の「鹿島詣」の模刻があり、そのあとに、「付録」として、初めに其角・嵐雪・去来・柳居らの句が置かれ、各地の秋瓜門の句が続く。

常陸の俳人では、青郊・野亭・豆花ら『星なゝくさ』の面々の他に、露白・市中・棹雪・画水・松下・亀文ら十四人が加わり、常陸での秋瓜の勢力の拡大を思わせる。最後に秋瓜の鹿島根本寺での文と句が置かれている。

はからず良夜にこの一軸を得て画子が家を立出ぬ此邑より根本寺へは船の遊びも這ひわたる程なればそこの大船津に宿借りて清光りに立尽す鹿島が崎つくば山いづれ歟《か》奇絶ならざるはなし

出汐から見ればや月の根本寺　　秋瓜

秋瓜晩年の明和八（一七七一）年の『秋瓜旅俳諧』には、「常州連」として、小川の左右・遊之、安食《あんじき》の其白・杉月・霞石、有川の寛水、土浦の射人・石牛、花言・杜考、鉾田の素雅・霍之《かくし》、潮来の鷺洲・蘿径・籟如・臥涼・市中、竜ヶ崎の太瓠・瓠道らが見える。水運の便のある利根川・霞ヶ浦沿岸の俳人が多い。秋瓜（太無）は、安永三（一七七四）年に亡くなった。

一世秋瓜の跡を継いだのが水戸の松籟庵霜後《そうご》と江戸下谷車坂下に住んだ多少庵二世鈴木秋瓜であった。

二世秋瓜と霜後《そうご》とはともに宗匠として競い合った。二世秋瓜には、選集『ももとせ集』、句集『多少庵句巣集』などの他に、一世秋瓜の一回忌追善句集『其葉うら』、七回忌追善句集『ふた木の春』を編んでもいる。

安永五（一七七六）年刊の遊之編『春の首途』には水戸の松籟庵系と思われる俳人が多く見られる。

二世秋瓜句集『多少庵句巣集』（講談社松宇文庫蔵）

蝶々もわたらぬ先のわかれかな　東川
谷を出る鳥の跡追ふ雪解哉　文江
神垣に裾かけて置やなぎ哉　仙鼠
隠家のあかるく成ぬ山ざくら　左蝶
川留にあふて嬉しき桜かな　求古
峯の春振返る間にかすみ哉　柳淵
椽先へ坐当も出たりほとゝぎす　南枝
この花や暮ても窓の薄明り　茂葉

他に其朝・里仏・坡長らがいる。

安永九（一七八〇）年刊の多少庵秋瓜編『ふた木の春』（太蕪追善集）には水戸水府少語庵連として、沾縁《せんえん》・東川《とうせん》らの句が見える。

藤棚や日に日に低き花曇り　沾縁
うぐひすやその日生れたやうに聞　素人
曲水や落た椿も流るめり　東川
雉子なくやさとはほのぼの朝煙　文江
原中の人歩かせぬ雲雀哉　蛙夕

両派の常陸国内での勢力を、その歳旦帖によって見てみたい。

二世秋瓜の安永六（一七七七）年の『丁酉歳旦《ていゆう》』に参加した常陸の連中は、太田五々庵連（馬才ら十人）・磯辺連（古扇ら八人）・鉾田五楽庵連（素雅ら七人）・潮来梢月庵連（汝久ら七人）・小川湖口庵連（左右ら四人）・安食《あんじき》天鏡庵連（其白ら六人）・延方《のぶかた》巴江庵連（千葉ら二人）・竜ケ崎句朴亭連（麟子ら二人）那珂湊句庵連（鯨口ら六人）・土浦暮秥庵《ぼちんあん》連（石牛ら十八人）水府少語庵連（沾縁ら十人）・水府薄句庵連（石水ら八人）・水府岩根連（趙砂ら八人）の九十六人である。天明三（一七八三）年の歳旦帖を見ると、新たに涸沼川連八人、安塚緑布庵連八人、磯餍気館連八人、水戸長短庵連六人、高浜蓮七人、手賀泰霞蓮二人、飯島三瓢庵連が加わり百二十人に及ぶ。利根川・霞ヶ浦・涸沼川沿岸および水戸地方に勢力を広げたことがわかる。

山めぐる水のひとへやはつ霞　　多少庵秋瓜

一方、霜後は、天明六（一七八六）年に、秋瓜十三回忌追善集『続不言集』、寛政二（一七九〇）年に一世秋瓜の十七回忌追善句集である『太無発句集』を刊行し、さらに意欲的に歳旦集を編み一門の拡大を図った。

霜後の寛政八（一七九六）年刊の『霜後秋興』には、常州の部に、潮来（籟如ら二人）・清水（似水）・小高（滄浪ら二人）・舟子（柳水）・手賀（春江ら五人）・玉造（山好ら三人）・吉影（倍情ら二人）・大和田（水香）・小川（釣雪ら四人）・鉾田（素雅ら二人）・飯名（五鵜）・當ケ崎（為水）・野友（露石）・串挽（青峨ら二人）・安食（其白）・三村（東林）・小田（麦経）・北條（眠石ら九人）・府中（梳柳）・平澤（可句）・土浦（射人・石牛ら九人）の五十一人の句が見えて、利根川・霞ケ浦沿岸や筑波地方に浸透していることがわかる。

翌寛政九（一七九七）年の『霜後春興』では五十九人に増えているが、寛政十一（一七九九）年の歳旦帖では、舟子・吉影・大和田・安食・三村・府中の俳人たちの名が消えて三十七人に減少し、常陸での各派の勢力の浮沈の様が見えてくる。

文化五（一八〇八）年刊の雪中庵完来編『歳旦歳暮春興』、同七（一八一〇）年の『歳旦歳暮』に水戸雪燈庵連の句が見える。水戸にも雪中庵系が浸透していたのである。雪中庵は雪門とも称し、江戸蕉門の主流、其角門への対抗意識から命名されたという。服部嵐雪を祖とし、二世吏登、三世蓼太に続き四世が完来である。

初日面松にもたれる人多し　萬齢
戴てまつ一日をはつ暦　〃
鶯よ後に鳴たは弟か　楚客
きさらぎや何が降ても春の色　〃
こつそりと日の届きたる春野哉　寛兮
我里も花の都か明の春　里川
松かざり門に隔てはなかりけり　桂賀

文化十三（一八一六）年刊の梅丸編『歳旦帖』には水府連の句が載る。

門松や夫から人の賑々し　宗風
楽々と越ぞ嬉し年の坂　風扇

古例献ず鯛あらたなり君が春　　兎影
風流に年をつみけり暮の雪　　桃里
動く度伸る心よ糸柳　　芦竹

他に白萬・泉来・白杏・真砂・みどりや宗二らが見える。

我宿の幾十返りやまつ飾　　宗二
土手八丁柳桜と植よかし　　〃

石塚の青峨の句も見える。

花蕎麦に露しぐるゝか二日月　　青峨

天保六（一八三五）年刊の由誓編『乙二七部集』には水戸の故園・十中がある。

畠打や法印にとる頬かぶり　　故園
無造作に畑ものきるや后の月　　十中

天保七（一八三六）年刊の『俳諧人名録』には、この期の水戸の俳人たちが紹介されている。水戸（高倉）の蝶巣（細谷吉郎兵衛）・義得（伊勢屋五郎兵衛）・申々《しんしん》（鈴木氏）・参斎（栗田鼎介）・知翠（高橋氏妻）・広浦（豊島氏）・茌乙《しおつ》（高橋氏）らで、水戸藩士が多いようである。

うぐひすに又さまさるゝ朝茶哉　趙巣
蚊帳釣てつい出たまゝの月見かな　義得
虫なくや仏を刻む膝の上　申々
もいで来てねせて見直すふくべ哉　参斎
たてかけた傘の雫や合歓の花　知翠
ふたつなき心をさめてけさの春　広浦
つみかへるとし木の下の小草かな　芷乙

9 露沾門の俳人たち

磐城平藩七万石の三代藩主の内藤頼長（一六一九〜一六八五）、のち義概《よしむね》（晩年は義泰）は、風虎《ふうこ》と号して寛文から貞享期にかけて活躍した著名な俳人であった。早くから和歌を学んだが、俳諧は初め北村季吟に、のち西山宗因に学び、貞門・談林の高名な諸家と親交を結んだという。

その二男の義英《よしひで》（一六五五〜一七三三）も露沾《ろせん》と号して俳諧をよくした。宗因の門下であるが、芭蕉や其角との親交があり、江戸麻布六本木の屋敷には蕉門の俳人が出入りし、露沾は次第に江戸俳壇で存在感を増していった。元禄二（一六八九）年、芭蕉が奥の細道の旅に出る時には露沾邸で盛大に餞別の句座を開いてもいる。

元禄八（一六九五）年三月、四十一歳の時に江戸から磐城に移ったが、七十九歳で没するまで、この地方の俳諧の中心的存在であり、諸国の多くの俳人が立ち寄っている。風虎の跡を継いだ弟の義孝は露江、その息政樹は沾城と号して俳諧に熱心であった。

露沾には多くの門弟がいたが、特に水間沾徳《せんとく》・菊岡沾涼《せんりょう》・福田露言《ろげん》・貴志沾洲《せんしゅう》・赤萩露牛《ろぎゅう》・山野辺舞蚊《ぶぶん》などの有力な門弟を育て、江戸俳壇に存在感を示した。領内の弟子には「露」を、他国の弟子には「沾」の字を与えたというが、正確ではないようだ。

露沾門には常陸の俳人が少なくない。花麦庵《かばくあん》赤萩露牛《ろぎゅう》は、結城十人衆の一人赤萩家の二十一代市左衛門で、江戸の湖十門で活躍、初め花麦と号したが、後に露沾から露牛号を授かって師事した。天保十（一八三九）

年の露月月並集『袖扇子』に松島行脚に立つ前の句があり、その途次に磐城に立ちより露沾から露牛号を授けられたようだ。

その後、九州へ赴き豊後（大分県）の小浦に庵を結んだが、『十牛』出版のため大阪に上り急病を得て亡くなったという

小浦の小庵に残されてあった露牛の遺稿は、友人巽我《せんが》によって寛保二（一七四二）年に『合点車《がってんぐるま》』としてまとめられた。

花麦庵は総州の産にして久鋪江城に遊楽し多年の好を蕉門の誹士となり一とせ松島行脚の折から岩城山の七浜を志て月の御館に参す此時御発句有

水無月末の比赤荻花麦陸奥行脚に予がもとに杖をやすめしかば

旅蚊屋は唯長明が舎哉　露沾

影ふむ道や夕立の笠　花麦（露牛）

三ケの月鞍の前輪の山更に　沾梅

（中略）

露沾公より露の一字を賜り此時の御発句ありて花麦を改

露牛庵の額を祝して

世に誉れ庵の字訓梅の花　露沾

此句露牛庵と額字にそへて拝領す。

文月はじめ露牛法師酒興の半華の牡丹を細工して予に見せければ是を誉侍らんとてかくは

錫鉢や秋来て匂ふ二十日草　露沾

はゞからずしてひぐらしの羽　露牛

このように『合点車』には、露牛号を受けた露沾との親しい関係がうかがえる。

次はこの俳書の露牛の句の一部である。

世のなづなかくらすらくかなづなの夜　露牛

月中に杵やそらそら臼が磯　〃

鱸釣雲も目利きぞ尼法師　〃

君が為蝶眠る日の畑かな　〃

長崎は端午の日ハイロンといふ事有て小舟一艘に榜二三十立て競争

快竜や大(ママ)追ふ物は馬にして　露牛

享保五（一七二〇）年刊の菊岡沾涼編『三六番句合』に、水戸の沾橋・沾瑤が見える。

簷はれて夢を遶るや蝉の声　沾橋

笘船に筆を提るや鹿の声　沾瑶

享保十七（一七三二）年に沾涼が刊行した『綾錦《あやにしき》』は、貞徳以後の俳壇に登場した俳諧宗匠らと、その系統をまとめたものであるが、そこに「露公門水戸」として沾渡・沾瑤、「水戸住」として仲山沾橋・相田沾隣・大竹沾鱗の句が見える。彼らは水戸藩士であると思われる。

焼石に水の木陰や蝉の声　沾鱗
遊べ今地主の桜は真盛り　落霞
番禰宜とくれかぬるもの胡蝶かな　沾渡
鰹かな沖津塩たる朝?.すがた　沾鱗
功徳池のゐくぼを写す清水哉　沾瑶
木鋏に陰は来にけり薗の露　沾橋
はつ雁や気遣見たる夕廓　如水

沾涼編『綾錦』（河野信一記念文化館蔵）

享保二十（一七三五）年刊の湖十編『続花摘』や寛延（一七四八）年刊の寥和編『俳諧職人尽』にも沾鱗・沾橋ら水戸の俳人の句が見える。

草履ぬぐ橋のほとりや杜若　沾盛
明方の帆柱高し時鳥　流洗
風なくて落花動く小魚哉　千峰
釣のいとすゞしき風の姿哉　沾鱗
夕だちにほろ味噌売の秋日和　隣湍

紙すきのはたはた寒しから衣　沾橋

蛍うりをのれは闇をもどる哉　遊鱗

因みに赤穂浪士の大高源吾（子葉《しよう》）・神崎与五郎（竹平《ちくへい》）・岡野金右衛門（放水《ほうすい》）・茅野三平（涓泉《けんせん》）・富森助右衛門（春帆《しゅんぱん》）は、露沾の高弟沾徳に学んだ俳人たちでもあった。

また、水戸の露沾系の俳人一葉庵露白については次項に述べる。

舞蚊は常陸助川城主二代山野辺義達である。那珂市（旧瓜連町）の常福寺に墓碑が立つ。

（五）県北編

1　那珂地域の俳諧

那珂川沿岸の枝川村（ひたちなか市）の河岸業川嶋家は、代々五兵衛を名乗り、また一葉庵と号して、俳諧に熱心であったことが、枝川の同家の墓碑からも読み取れる。

川嶋露白《ろはく》の曽祖父と思われる享保十一（一七二六）年没の当主の墓碑には、すでに「一葉庵」と彫られている。露白は川嶋五兵衛（一七五九〜一八二七）で、前に触れた内藤露沾の常陸の有力な門人であったが、中興期の蕉風復古運動の嚆矢とされる『五色墨』の影響で享保末年から平明卑俗な俳風の伊勢派に転向している。

寛保元（一七四二）年春には、『五色墨』を刊行して勢いのあった白兎園宗瑞が日光参拝の帰路に水戸の露白邸に立ち寄り、露白の旭錦堂連中と歌仙を巻いている。宗瑞は『旅の日数《ひかず》』に、〈日高く府中下市に着此所の宗匠旭錦堂露白叟《はくそう》は旧知のしたしみあれば尋て草鞋を爰《ここ》に解く〉と記している。

これに続いて宗瑞を迎えて喜ぶ露白の句が見える。

白兎叟下向の兼言熟して蝸室をたゝき給りければうれしく夜もすがらふりにしもの語などして

待うけてことに寝られず郭公　露白

そして、水戸を去る宗瑞との別れを惜しむ露白門の俳人の句が収められている。

をのをの餞別

夏衣いよいよ軽し旅すがた　千峰

杖笠を留る香もなし藪椿　玉佩

蚊も出ねば煙さぬ迄の別れ哉　余香

近き日筑波の方へおもむかるゝと其逗留の短早なるをおしみ侍りて

夏の夜や月も山路に入いそぎ　山雨

今朝発鞍したまへると聞て

これはこれは一足遅し合歓の花　錦波

川嶋露白の墓［ひたちなか市枝川］

よい折に耳を洗ふてほと丶ぎす　桃水
さみだれや鳰の浮巣の手をはなれ　随湖
一枝も目に立られずやぶ椿　野鶯
此筋へをとづれもやと待わびけるに筑波の方へおもむかれしよし
其噂雲のいづこぞほと丶ぎす　松川　友之
先触の雨はそらごと郭公　夏海　可休
麦をさへ穂でもてなして別れ哉　露白

この他に吟嘯《ぎんしょう》・潦波《りょうは》・露祐・沾緑・西里・片泉・養和らの餞別の句が並ぶ。
寛延末年か宝暦初年刊と思われる露白の歳旦帖には露白及び一葉連や松川連の句を見ることができる。

恋せねば鈍なる鐘も花の春　露白
市跡の夜ルの箒や年の音　〃
一葉庵集会連中
松風もふりを替えけりけふの春　雅琴
留主の戸を明て誉たり初鳥　錦糸
来ル春のふれはじめあり飾藁　一雨
年玉や浜から山へさくら海苔　秀花

日の脚も鶴の畷や花の春　　露秀

常州松川連中

君が代の明ヶて勇マし鈴の音　　一丁

常陸白年の碁盤や日の始　　素水

射ごころも思ふ侭也弓始　　吾友

しなてるや空も研れて玉の春　　竹原　清旭

春立や野にもむつまじ親子草　　〃　露円

鏡裏庵編『三節』には、枝川一葉庵連として真雨・白万・真羅らの名も見える。

露白は水戸の岡野湖中との関係は密接であったが、さらに江戸の著名俳人たちと交流を深くして活躍した俳人であった。その歳旦帖には、錦波《きんぱ》・雅琴・露秀ら一葉庵連中、松川連中の他に、下総・上総の俳人四十余人の句が収められていて、水運による幅広い勢力分布を知ることができる。露白の高弟胡蝶《こちょう》は九十九里に移住して活躍したが、その松風庵を下総蕪里《かぶさと》の大木玉斧《ぎょくふ》が継いだという。

水戸の沙文《さぶん》襲名記念集『いゐのさき』にも、水戸連として、露白・沾橋らの句が見える。露白の長子は、吾八郎であるが、その弟の専衛門が一葉庵太青《たいせい》と号した俳人であった。風雅を好み、また河岸の改革に尽力し、慶応四（一八六八）年五月十日七十三歳で死去、泉蔵院墓地に葬る、と長子和豊が建てた墓碑にある。そこには、太青の句〈紅梅の実になれなれと願ふ哉《かな》〉が刻まれている。

同じ那珂川沿いの三反田《みたんだ》の打越家は代々伊衛門を名乗り、一簣《いっき》（安政五年没）・一朝《いっちょう》（慶応二年没）の親子の俳人を生んだ。三反田には他に東里がいた。さらに枝川の砂丈、高場の壺雪・孤松・瓢々、高野の松花・梅一・楽好、中根の文俉・一磋らが遅月系俳書である瀧江編『俳諧常陸千題集』に見える。

逃げ込てあられ見返る戸口かな　一朝
日よけして水の明るし心太　東里
門口の明るき雨やなしの花　沙丈
馬の尾にふりはなされて秋の蠅　壺雪
稲のはな袂ぬらして戻りけり　孤松
用意した柴の高さや冬の月　瓢々
うぐひすの音も新しき朝の雨　梅一
さみだれにとりつく家のけぶり哉　楽好
静々とのりこむ馬場の若葉かな　文俉
ゆく年を静に牛のあゆみ哉　一磋

この俳書の序文は董古幻杜年《とねん》、すなわち尺巣矢野杜年（勇蔵）である。
那珂湊の買風が編んだ『茶の花見』は、師の柳居の筑波詣遺稿に秋瓜・霜後ら同門師友の紀行吟や歌仙を編んだもので、そこには「常陸国一連」として多くの俳人の名が見えるが、那珂川連として趙砂・東車ら、「中湊」の旧芳らの句が収められている。

宿屋からうち出の浜や夕すゞみ　万事庵　買風
葉になつた桜か数寄かかんこ鳥　那珂川連　趙砂
五月雨や関の清水も茶に合ず　東車
ゆく水と戻る水ありかきつばた　南里
はつ霜にからい手もとや大根曳き　自好
正月の目立ぬ髪やわかな摘　旧芳

額田村（那珂市）は、棚倉街道が縦貫する宿場として栄えた。そこの中島佐源太は、三日坊五峰《ごほう》と号し、寛政から文化期にかけて、額田逍遥連を率いて活躍した。

五峰は、近江の義仲寺《ぎちゅうじ》における芭蕉正忌（十月十二日）の俳諧供養である時雨会《しぐれえ》に、明和三（一七六六）年に参加して、その年の記念句集『時雨会』を編んで意欲を示した。また、全国の俳人とよく交遊し、二六庵竹阿《ちくあ》や湖白庵二世諸久尼《しょきゅうに》らを自宅に招いているが、五峰自身も好んで奥州をはじめ各地への旅をしたようである。その編著には『頭陀の時雨』がある。文化八（一八一一）年二月二十九日没。墓は額田北郷の毘盧遮那寺《びるしゃなじ》にある。境内に妻の素嵐《そらん》（蘭）の句碑が立ち、〈朝顔や散るこころより咲きいそぎ　女素嵐〉、とある。安永四（一七七五）年七月廿

五峯の墓のある毘盧遮那寺［那珂市］

四日の建立である。

芭蕉忌やかれ残りたる硯水　五峰
雨だれに角打たれけりかたつむり　〃

五峰・素嵐の時代より早く、この村には浮来《ふらい》・楚江《そこう》らがいて結城の雁宕を迎え、句座を設けている。

安政四（一八五七）年の岷水《みんすい》編『卯月の雪』は、額田の岷水の母である王立女《おうりつじょ》の一周忌追悼集である。王立女の句が初めに置かれ、水戸の遅月らも悼句を寄せているが、多く近親と近隣の俳人の句が収められている。序文は五峰である。

朧月名のある星は見へにけり　王立
山の端に月置て来る納涼哉　〃
庭中の柳しほりて踊かな　〃
火をもらふ隣も遠し今朝の雪　〃
啼かすとも忘れぬものを杜鵑　岷水
枯れぬものは時も忘ず顔（皃）よはな　三日坊（五峰）
暮るかと鹿啼く雨の七ッかな　諸沢　秋水
行かたはさだまりながら春の水　〃　葵足
麓からはなる丶雲や雉子の声　金砂　鼠璞

手向には大キ過たる牡丹かな　菅谷　百之
雨の夜や俤にたつほと丶ぎす　〃　吐雲
おもひやれば忘ぬ色よ夏ごろも　石神　芦竹
卯の花のひとへころものうるみかな　田中々　帯川
手向むとおれば散りけりけしの花　舟石川　北来
合歓見てもなき人かこつ夕べかな　〃　金陵
日最中や梢しづめて蟬の声　粟野　琴左
常ならぬ空のにほひや花御堂　下圷　砆石
雪解や小溝ながる丶田螺殻　上泉　夜水
陽炎や萌出て青き草のうへ　下江戸　桃里
来ぬにして寝れば起すや杜鵑　石塚　止鳥
隠れかねて小蛇の出るすみれかな　酒出　娯閑
昼顔にくもりのか丶る日傘かな　〃　文草

明和八（一七七一）年六月には、野坡《やは》門の一人として名声のあった諸九尼が、奥州吟遊の折に額田の五峰宅に立ちよったことが、天明三（一七八三）年刊の諸九尼の紀行『秋風記』に記されている。

額田東郷《ひがしごう》の元有ケ池《ありがいけ》畔に立つ芭蕉句碑には、〈松風の落葉か水の音涼し〉の句が刻まれている。建立は寛政五（一七九三）年十月十二日とあるから、芭蕉百回忌に因んで五峰ら額田の俳人たちが建てたものであろう。
南酒出村《みなみさけいで》（那珂市）の片岡家に逗留して活動したのが幻窓鵜殿杜年《とねん》である。水戸の幻窓岡野湖中の俳系に連なり、幕末から明治にかけてこの地方の俳諧を盛りたてた俳人で、希水編『俳諧画像集』に紹介されている。門人に片岡左年《さねん》・おはまらがいた。

楪《ゆずりは》のくきほのぼのと明にけり　杜年　『俳諧画像集』
宝曳の座に投込や届け状　〃　〃
乗掛の毛氈かすむ山路哉　〃　〃
紅梅や水餅あふる比丘尼寺　〃　涼谷編『類題十万句集初編』

船石川村（東海村）には小宅吟傛《おやけぎんたい》がいた。吟傛の父は水戸藩士小宅三左衛門高矩。吟傛は医師としてこの地に五十二年間住み、夢住庵・桃花園主人とも号し俳諧をよくし、宝暦八（一七五八）年五月二日に七十四歳で没したことが、船石川共同墓地内にある、明和六（一七六九）年三月門人建立の墓碑によってわかる。墓碑には次の一句が彫られている。

五月雨や如来と我に傘壱本　吟傛

明和三（一七六六）年刊の太無編『不言集』によって村松の短長庵連の活躍を知ることができる。

山吹や小座敷ひとつ水の中　市中

雪解に水さす日なり春の雨　雨声
漏るやうに桃の雫や雛の家　芦竹
洗濯の竿かけ替んむめの花　伯英
梅がかや柳は風をまだしらず　□川
よく見れば梅の窓なり朧月　軽志

他に玉價・浮来・菊倚らの句が見える。

東海村村松の虚空蔵堂境内にある芭蕉句碑は、〈野を横に馬引きむけよ時鳥〉の句を刻む。建立年・建立者名はない。

2　太田の小林野巣

太田は、慶長七（一六〇二）年に佐竹氏の秋田への国替によって水戸藩領の郷町となった。麦・葉煙草・紅花・綿花の栽培が盛んで、棚倉街道・岩城相馬街道が通る太田は、宿場・問屋が集中して栄えた。

その紅花問屋を営んでいた小林彦次郎は、玄々《げんげん》（石聚《せきしゅう》）と号した俳人であった。玄々は天保二（一八三一）年に六十七歳で亡くなったが、後を継いだ二男の次郎太郎（次郎大夫）も俳人で野巣《やそう》と号し、水戸の岡野湖中《こちゅう》を師として大いに活躍した。

野巣は、天保七（一八三六）年刊の『俳諧人名録』に、〈水藩　小林次郎太郎　号西巷　住常陸太田　旦暮庵野巣〉、と紹介されている。文政期の中頃から各俳書に句が見え始め、文政九（一八二六）年刊の行方郡帆津倉の河野涼谷《りょうこく》編『ひさこまろ』に一句入集している。

涼谷の編書には、さらに同十一（一八二八）年刊『あづまぶり集』に十一句、同十三（一八三〇）年刊『立待集』に三句、天保四（一八三三）年刊『俳諧十万発句集』に玄々とともに多数の句が入集していて、交友の深さを思わせる。

客あればてうちんでつむ田芹かな　　野巣　　惟草編『俳諧人名録』

小林玄々・野巣父子の墓のある法然寺［常陸太田市東三町］

家越荷もとかぬに宿は蠅の声　〃　〃
川ばたや娵とる家の榾あかり　〃　〃
芋種に灰くるむ日やきじの声　〃　涼谷編『あづまぶり集』
今朝見ればたもとに残る蛍かな　〃　〃
名月や客に見せたる料理番　〃　〃
横町で出会てすます御慶哉　〃　涼谷編『俳諧十万発句集』
かげろふや小路をふさぐ植木売　〃　〃
雨だれや孑孑しずみ又浮ぬ　〃　〃
狼の来ぬ夜と成て梅の花　玄々　〃
初午や子を抱て来相撲取　〃　〃
日の洩て滝の若葉の光かな　〃　〃

距離の離れた二人を結びつけたものは、水戸の岡野湖中と江戸の一具庵高橋一具《いちぐ》であったろう。涼谷の多くの俳書に湖中の句が採られ、湖中編の芭蕉全集『俳諧一葉集』の序文を涼谷が書いているほどの関係であり、野巣は湖中門の有力な俳人であった。一具は、常陸国内の遊俳たちと広く交わり、指導と歳旦集等の刊行の斡旋などを意欲的に行った業俳で、涼谷と野巣の師として俳書出版にも深く関わっていたのである。

野巣は、父玄々の死の翌年の天保三（一八三二）年にその追善句集『朝顔集』上下二冊を刊行した。序文は一具である。梅室・大梅・久臧・護物・惟草・蒼虬《そうきゅう》・たよ女・閑斎ら当代の著名俳人をはじめ全国各地の俳人から句が寄せられ、玄々・野巣親子の交友の広さを示している。

木々の葉や落ても凮をはなれかね　玄々
名月の一夜草木も眠るまじ　野巣

野巣編『朝顔集』に見える地元太田の俳人は、尺葉《しゃくよう》・古諺《こげん》・与秋《よしゅう》・方居《ほうきょ》・一径《いっけい》（亡人）・菊民・駒凮・左言・蕉窓・次峰（少年）・満喜子《まきこ》（野巣母）・みよし女（野巣姉）ら二十数名に及ぶ。野巣の母や姉、少年の句もあり、俳諧が広い層に好まれたことがわかる。また、方居や一径は太田に大きな勢力を持った尾花庵《おばなあん》系の俳人である。

貧しさに誠見せけり魂祭　みよし女
厩まで箒を入て月見かな　尺葉
何になるしぐれぞ我は茶三昧　古諺
炮烙の棚に出張や神無月　与秋
鎌釣す産屋の屋根や冬木立　方居
明るいが取得なうちや水仙花　菊民
霜きらきら森の甍薄明り　駒凮
柔術《やはらとり》取城下はづれや冬の月　越川

月よりも中々星のさむさかな　亡人一径
工夫して年をわするゝ独かな　左言
遊ぶ子の心かさぬかとしのくれ　蕉窓
すはつても立ても秋の寒さかな　満喜子
七種の稽古おかしや律儀者　少年次峰
画にかいたやうに降けり春の雨　竹宇
種芋の中へ飛こむ蛙かな　東畝
迷ひ来て畑打つ中や神参り　夏蕉
藪寺に駕二挺たつ桜かな　一鷺
山吹の付た傘干す小寺かな　十中
今一夜置て切せん初茄子　少年秋香
植木屋の簾しかへる五月かな　孤牛
蜘の子や日むきのあしき神楽堂　湖仙
誰もいふことしの蚤の多き哉　かつら
竹植て先づぬかづくや藁祠　陸亀
応対の手尓葉にならす扇子哉　桃河

集中には野巣が太田の勝村方居、江戸の久蔵（由誓）と巻いた歌仙が収められている。

日暮庵興行

蜱や団扇でもどす庭の隅　野巣
　月に草履のしめる明がた　久蔵
霧はるゝ舟の畳を敷かへて　方居
　むな算用ですます取遣り　巣
梅の木を煤はく中へ持こまれ　蔵
　きす子の外は鮒ばかりなり　居
操をもくろむ禰宜の代がはり　巣
　小者も居ぬに産の近付く　蔵
手づくねの竈のむきの気にかゝり　居
　俗に落るがいやで世に出ぬ　巣
（以下略）

また、野巣は江戸の梅室、一具とも歌仙を巻いている。梅室は金沢の刀研師の家を継いだが、十代で俳諧を志して馬来、蘭更に師事した。三十代半ばで隠居して京に上り、やがて文政・天保にかけて十年間を江戸に住んで勢力を広げた。一具は前述した通り夢南とも称して天保期江戸俳壇に勢力を持った俳人で、梅室とも親しい俳人である。

榾焚やうしろに細き仏の灯　梅室
　門の槻に残る木がらし　野巣
折かへし伝馬の口の廻り来て　一具
　笑ひは落る腮のめし粒　室
拝まるゝ人も寝ころぶ宿の月　巣
　あき地の鳴子からりころりと　具
もくろんだ角力も出来ぬ浦のあれ　室
　分判くづして買ふた蒟蒻《こんにやく》　巣
跡とりにせうといはるゝ伯父坊主　具
　大晦日《おほつごもり》に越る白川　室

常陸では、水戸の湖中（古人）・規外・鬼年・素南ら、小川のよし香、帆津倉の涼谷、笠間の半仙、潮来の孤米、枝川の太青らが追悼の句を寄せている。

天保の飢饉といわれる全国的な窮状は、太田も例外ではなかった。このとき野巣は家財を投じて窮民の救済にあたった。また、天保七（一八三六）年に『済急記聞《さいきゆうきぶん》』（序文一具）という本を著して、心ある者に配り救済の心を喚起している。「衣服を売尽して餓人を救う」話など、伝聞した諸国の個人の救済事業十三例を記したものである。豪商・俳人としての野巣の別の面を見せている。

天保期は、野巣の最も活動した時期で、水竹編『竹春』・庚年《こうねん》編『俳諧今七部集』・友甫《ゆうほ》編『たつき集』・

氷壺《ひょうこ》編『今人発句明題集』など多くの選集に句が収められている。

この時期の野巣の仕事として注目されるのは、弘化二（一八四五）年の『芭蕉翁略伝』と『略伝附録』の刊行である。

前者は、師の湖中の遺稿で、芭蕉の生涯を発句を付して詳述したもので、芭蕉全集『俳諧一葉集』の著者としての力量を見せている。『略伝附録』は野巣のもとに寄せられた常陸、山城・丹波・丹後・大和・河内・和泉・紀伊・摂津・播磨・伊予・土佐・阿波・讃岐・淡路・備前・因幡・出雲・安芸・長門・筑前・筑後・肥前・肥後・豊前・豊後・日向・薩摩・伊賀・近江・伊勢・尾張・三河・遠江・駿河・伊豆・相模・甲斐・信濃・越中・加賀・能登・越後・出羽・陸奥・上野・下野・武蔵・上総・下総の全国各地の俳人の九十四句と、野巣・卓池・一具・流芝、蒼虬・一具・野巣、一具・野巣の歌仙三編を編集したものである。常陸の俳人は、よし香・友甫・方居ら三十六人である。これは、芭蕉百五十回忌に因んで刊行したものである。

いつのまに浮雲かれて后の月　よし香
貝売のしろきひさしや桃の花　友甫
立てする用はもうなし十三夜　方居
渡り来る鳥の屯《たむろ》や丘の柿　野巣

野巣が編集し刊行した『略伝附録』（筆者蔵）

3 太田の五々庵連

太田では五々庵連の伝統があるが、明和・安永期にその中心となって活動したのが、小沢芝六《こざわしろく》である。その芝六と親交を持った太田出身の曲直庵亀文《まなあんきぶん》にまず触れておきたい。

武弓家《たきゅう》の出身である亀文は宗匠として江戸で活躍したが、常陸においては水戸の川嶋露白の門下であった。露白は内藤露沾の俳系に連なる有力な俳人であったが、享保十六（一七三一）年の宗瑞・柳居らの『五色墨』の刊行以後、水戸連中と共にその蕉風復古運動に共鳴して、五色墨連中の歳旦帖に句を寄せるようになった。

亀文も同調したようで、延享三（一七四六）年の柳居編『芭蕉翁同光忌《どうこうき》』（芭蕉五十回忌）や、宝暦四（一七五四）年の温故編『木槿塚《むくげづか》』下巻などに句が収められている。また、亀文は露白・胡蝶門の下総蕪里の大木玉斧《ぎょくふ》の編書『矢さしが浦』の跋文も記していて、この地方の同門の展開を支えたようである。水戸出身の白兎園二世広岡宗瑞著『白兎余稿』にも〈むし聞くや如意輪の像も又ひとつ〉の句が見える。

亀文は、安永五（一七七六）年に『名家句選』を刊行した。蕉風復興の流れに沿うもので、芭蕉・嵐雪・丈草・涼兎・去来・其角らの三百八十余句を収めている。

江戸では夏目成美との交遊が深かった。成美・亀文らは、安永九（一七八〇）年には、七月・十月・十二月に亀文亭（曲直庵）で句会を催している。続いて天明六（一七八六）年ごろまで成美を迎えて頻繁に句会を開いている。

天明二（一七八二）年の成美の句日記『いかにいかに』（序文は亀文）の中に、天明元年夏に東海道へ旅立つ亀文を送る成美の一文がある。

送亀文子

あやめぐさ足にむすび、さみだれに笠をかたぶけてゆく人は、曲直老人なり。門下のまねきにあひて、ところ〴〵風雅をとかんとす。なを杜宇の残夢をやぶれる箱根山の夏木立、ゆり輪に昼餉いたゞく、駿河路の田植歌も風流いかならん、とあらましごとにおもひやりて新麦に旅うらやまし
二十日ほど

亀文の生没年は不明だが、天明七（一七八七）年の『一陽集』で、成美は、〈曲直翁、俳諧の変化を見る事既七十年、ことし寿大工の指図に家をつくりて、年賀の筵を新居にまうく〉、と亀文の老境と新居住まいに触れる。

安政元（一七八九）年に一草が潮来に建てた芭蕉句碑の碑裏には、〈東部浅草曲直庵亀文謹書〉とあるから、当時亀文は浅草の新居に住んでいたことがわかる。

文化七（一八一〇）年刊の宗瑞編「歳旦帖」に太田の明石の句が見える。

俳諧式会定めの図『諸国名所風景発句集』（講談社松宇文庫蔵）

海士は手に穂俵提て歳暮哉　明石

春雨や傘で出て来る豆腐売　〃

潮来の長勝寺にある亀文の筆になる芭蕉句碑建立の十年前に小沢芝六（一七一七〜一七七九）が江戸で亡くなっている。芝六は、太田東中の豪商小沢九郎兵衛で草湖庵《そうこあん》とも号した遊俳であった。

芝六が江戸に出たのは後年のことであろうが、亀文とは太田時代の俳諧仲間であったろう。芝六は亀文に文台を贈ったり家を建てたりしたといわれ、深い交友を思わせる。

安永五（一七七六）年に『月の野道《のみち》』を刊行しているが、芝六は、その序に芭蕉崇拝の思いを述べ、続いて、霜後（柳居）・秋瓜《しゅうか》・鶏口《けいこう》・泰里《たいり》・葵足《きそく》・楼川《ろうせん》・波静《はじょう》らの著名俳人の句を立句として江戸の亀文亭などで巻かれた芝六・亀文らの六歌仙を収める。

芝六は、太田の五々庵連の中心となって活躍したが、明和三（一七六六）年の秋瓜編『不言集《ふげん》』には、太田五々庵連として芝六・馬才《ばさい》・仙雪《せんせつ》・桑尾《そうび》の十人の句が見える。

春雨や雲井に月も失はず　芝六

舟板を繋にのぼる雪解かな　馬才

八九間闇遠のけて梅の花　仙雪

枝ぶりはその日その日のやなぎ哉　桑尾

梅さくや雪さへ置ぬ其あたり　高秋

巣を置て思ひ切たるひばり哉　止伊
仮名といふ絵にもうき名の柳哉　小口　百尋
狂ふては水もうごかず柳まな　星斗
待かねて早い御祓や苗代田　大岩　梅後
春の日の尺護に咲や藤の花　檜沢　酔菊

多少庵秋瓜（二世秋瓜）の安永六（一七七七）年の歳旦帖には太田五々庵連として、馬才・桑尾・守中・一鷺・大鷺・芦竹ら十人、磯部連として、古扇・古道・求山・遊之・一秀ら八人の句が見える。翌年の歳旦帖では少し減っているが、磯部連などを含めた太田五々庵連の、この時期の松籟庵系における活動が確認できる。

同九（一七八〇）年刊の秋瓜編『ふた木の春』には、五々庵連として、馬才・古扇・以長・起蝶・茂桃・燕支・南江ら十一人が確認できる。

脛細く鹿の立たる枯野かな　馬才
苗代や朧の月の澄処　茂桃
声は空影は湖水や郭公　南江

芝六の養子の公平（含章）は、水戸史館に勤め山東《さんとう》と号した俳人であったが、芝六の死の一年後の安永九（一七八〇）年に亡くなった。この父子の業績を惜しみ、五々庵門下の伴蝶《ばんちょう》が、含章の筆になる芭蕉の句〈冬籠りまたよりそはむ此のはしら〉を刻んだ句碑を、天明三（一七八三）年に太田の梅照院境内に建てたのであった。

亀文から芝六に送られた文台は、山東を経て立川一径《いっけい》に伝わった。一径は、豪農立川次郎左衛門で岡野湖中の門下である。師の『俳諧一葉集』の刊行に年齢の離れた後輩野巣と共に尽力し、その序文を記している。受け継いだ文台に書かれた芭蕉の枯れ尾花の句に因んで尾花庵と号した。

五々庵社中の伴蝶建立の芭蕉句碑［常陸太田市梅照院］

4 太田尾花庵の系統

立川一径は、実質初代尾花庵であるが、文台の継承順を重く見て初世は芝六《しろく》、二世は山東《さんとう》としたようである。

鶺鴒《せきれい》の尾先に見ゆる余寒哉　一径

文政十二（一八二九）年に一径は六十九歳で没したが、その後、尾花庵を継いだ太田東中の勝村方居《ほうきょ》は、太田俳壇を牽引しながら一層活躍の範囲を広げた。希水編『俳諧画像集』には、〈方居　号尾花庵　同州（常陸）水府人〉として、〈折角ととし寄たれど花の春〉の句とともに紹介されている。

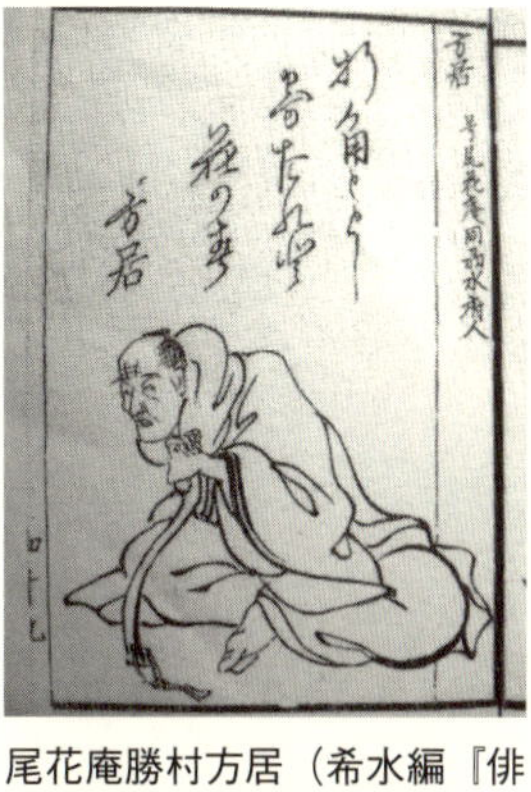

尾花庵勝村方居（希水編『俳諧画像集』芭蕉記念館蔵）

常陸国内では、河野涼谷の歳旦帖『もゝ鼓』に文政三（一八二〇）年から天保初年まで、野巣《やそう》と共に句を寄せている。また、涼谷編『俳諧発句ひたちぶり集』にも方居の句が見える。この方居と涼谷との交流は一具の仲介によるものと思われる。

冬の夜はとりあつめたる寒かな　方居　『もゝ鼓』二編
もの忘れするも手柄ぞ帰花　〃　〃　三編
水仙や月に泣たる人の門　〃　〃　四編

山茶花をおしまげて置木馬かな　　　　　　『ひたちぶり集』
稲こきの扉をとりけり門徒寺　　　　　〃　　『俳諧人名録』

方居は大子地方の俳人とも交流があったようで、常陸国内外に名の通っていた俳人であったが、文久二（一八六二）年に没した。

尾花庵は、石川右遷《うせん》の記録にあるように一世芝六、二世山東、三世一径、四世方居、五世矢吹一長、六世沼尻可昇《かしょう》、七世中郡陸雄、八世石川右遷、九世川上東里、十世長谷部如風という系統となるようである。

尾花庵六世可昇（会津屋茂兵衛）は、『一夏万吟集《いっかまんぎん》』を編んで刊行している。可昇がまだ沼映舎《しょうえいしゃ》を名乗っていたころで、方居の全盛期であった。同書の文久二（一八六二）年の方居の序文（方居はこの年十一月没）、同四年の可昇の跋文によれば、この俳書は、文久元（一八六一）年に亡くなった可昇の妻の菩提のための一夏百句の試みを収めたものである。

文久二年の夏四月から六月までの毎日、方居・可昇・一長・雪城・晴湖・自耕・尺葉・東々らが、時に訪れた江戸・伊勢・尾張・鹿島の俳人らを交えて作った句を方居の選を経て収録したものである。

可昇は太田若宮八幡神社に芭蕉二百回忌に因んで芭蕉句碑〈子規《ほととぎす》招くか麦のむら尾花〉を明治二十七（一八九四）年に建てた。これは尾花庵代々に継承された文台に書かれている句である。碑裏には、可昇の〈親しみの颪には深き尾花哉〉の句が彫られている。

5 大子の俳諧

大子《だいご》地方の寺社には、多くの奉納句額が残されていて、二基の芭蕉句碑の存在と共にこの地方の江戸後期の俳諧熱の高さを示している。

上岡《うわおか》の八竜《はちりゅう》神社には、寛政二年（一七九〇）六月の柳塚奉納句額が残る。芭蕉の〈八九間空で雨降る柳かな〉の句碑を境内に建立する時に奉納されたことが、藤田昌信《しょうしん》の序文でわかる。

昌信は上岡の遊俳で、他に同村の昌次、高岡の曲爪《きょくそう》らが中心となっている。塙・下野宮・小生瀬《こなませ》・金沢・浅川・大子・冥賀《みょうが》などの地元各村の俳人の他に、額田の五峰、太田出身の江戸の亀文《きぶん》らの著名俳人の句も見える。

過去未来現在墳の柳かな　　　願主　高岡　曲爪
横竪の風を力のやなぎかな　　　当邑　昌信
折々は風の綰《わがね》るやなぎかな　　　昌次
手向けとて植たでもなし言の花　　　額田　五峰

八竜神社の芭蕉句碑［大子町上岡］

藤高う山鳥の尾も下りけり　東武　亀文

その他に、青霞・乙之・旦夕・燕子・帆隣ら大子の俳人十五人、瀧水・玉秋ら上岡の二人、さらに水戸・塙・下野宮・冥加・小生瀬・金沢・浅川・高岡の俳人たち四十二人の句が記されている。

不如帰墳に一夜の草枕　当邑　瀧水
来る人の肩撫てやる柳かな　〃　玉秋

芭蕉句碑の裏面には、願主の上岡の昌信・同村の露蝉・高岡の曲爪の他に、杜由・五鳩・勝誠・依永・渓鼠・市東・素考・孤月・柳糸・文露・青露・冬湖・微中・漱石・湖白・乙之・梅雪・帆隣・可友・玉秋・蛙河・青梧・旦夕・魚光・古径・燕子・東井・露扇・瀧水・有琴ら地元の三十三人の名が刻まれている。この上岡に近い下金沢の性徳寺《しょうとくじ》観音堂や上金沢の羽黒神社にも句額がある。また、内大野の十二所《じゅうにしょ》神社の安政四（一八五七）年の句額には、地元内大野の玉水らが催主となった句座の作品が見える。内大野・小生瀬などの地元の俳人たちの他に、須賀川の市原多代女・岩城の桜哉《おうさい》・江戸の竹雪・北越の亀幸ら遠方の俳人や当時勢力のあった太田の方居《ほうきょ》らが句を寄せていて注目される。

大子の町中を流れる久慈川に架かる池田橋の近くの金町の観音堂にも芭蕉句碑がある。「月川塚」とあるそれには、〈川上とこの川しもや月の友〉の句が彫られている。これは、元禄五（一六九二）年秋に芭蕉が江戸深川の五本松という所に船を止めて、川上に住む山口素堂《そどう》や杉山杉風《さんぷう》を思って吟じた句であるという。句碑の建立年は不明だが、建碑者は、碑面左隅に、〈花咲くや達者も老のひとかせぎ　七十歳　魚淵〉とあるのでそれとわかる。ただし、信州に住む魚淵《なぶち》の碑がなぜこの地に建てられたかを知る手掛かりはない。魚淵は一茶を俳諧の師とする漢方医で、『木槿集』や『あとまつり』などの編著がある。宝暦五（一七五五）年に生まれ、八十歳で亡くなっているから、大子の建碑は魚淵の古希の年の文政七（一八二四）年ということになる。これは芭蕉百三十年忌に当たる。

なお、水戸鏡裏庵編『乙丑歳旦』に西野内（常陸大宮市）の秀和の句が見える。

天の戸を開く心地ぞ初日の出　秀和
筑波根のほのぼの霞む日和哉　〃

6　平潟の隋和と素英

平潟《ひらかた》（北茨城市）の敬五亭大友隋和《ずいわ》（一七四四〜一八三四）は、文化十（一八一三）年刊の長斎編『万家人名録』に、その句〈秋の日のくるゝともなく暮にけり〉と共に、〈隋和、姓大友、号敬王（五）亭、通称有尚、常陽平潟人、家在于勿来関東〉と紹介されている。

隋和は、文政三（一八二〇）年に、『多賀の浦集』を編んでいる。序文は酒井素英《そえい》、跋文は江戸の豊島久蔵が記す。それらによると、隋和は芭蕉を崇拝し、ひたすら俳諧に精進したが、平潟の風光が支考編『笈日記《おいにっき》』中の芭蕉の「十八楼の記」の記述に似ていることから、やがて奇石を得て芭蕉の句碑を平潟八幡神社境内に建てると共に『多賀の浦集』を編んだのだという。この選集には、芭蕉の〈此あたりめに見ゆるものみなすゞし〉を立句とした隋和・素英・洞月《どうげつ》らによる歌仙二巻と江戸の成美・門瑟・巣兆・道彦・蕉雨ら二十九人、下総の李峰・桂丸・月船・鶴老・雨塘《うとう》ら一二人、陸奥の乙二・多代女ら三十人、信濃の一茶、越中の可笛ら三人、常陸の湖中・規外（杜年）・遅月・李尺（涼谷）・眠石・野巣・よし香・素英ら百二人が句を寄せている。これらは当時の常陸国内外の有力な俳人たちであり、隋和の交友の広さと力を示すものである。

此あたりめに見ゆるものみなすゞし　　芭蕉翁
世はうつりゆく藻の花の露　　随和

藪ふかく鞠のそれたる声のして　素英
　染絎かわく竿のみじかさ　洞月
一群にわかれし椋鳥のむかふ月　馬蹄
　毛見のすみたる橋をこぎけり　涼哉
親と子□□の竹筒をもりはじめ　洞舎
　月日のたつにはてぬ風土記　亀息
言ふ事のふたゝびちがふ鏡山　遅鶴
　肩をひらひら麦の秋かぜ　筠斉
（以下略）

また、随和が江戸の久蔵を迎えて地元の素英・秋耳《しゅうじ》らと巻いた歌仙も見える。

星の夜のあくるや露の有ばかり　随和
　こゝろうごかす月の藪竹　心非
鳴のこえ家ふるしとも啼そめて　仙骨
　旅にすれたる麻の風呂敷　素英
魚のふね時雨の中へなげて見し　久蔵

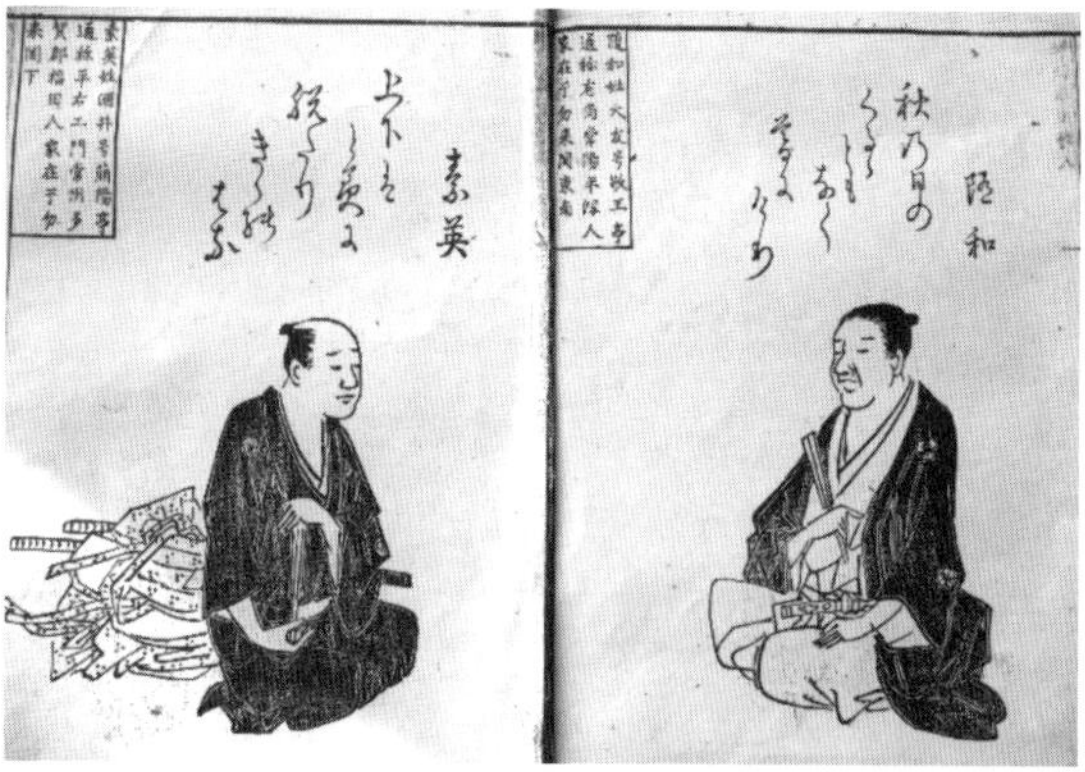

酒井素英（左）と大友隋和（右）（長斎編『万家人名録』東大・洒竹文庫蔵）

芒の枯るゝ音もわするゝ　車雨
貫之を送りし船は帰りけり　秋耳
湯けぶりのたつ北の大木戸　和
桑の実を箕に嬉しくも掻あつめ　非
すこしの紅を二三日とく　骨
みちのくの信夫の弟絹くれて　英
埋めりし池に桔梗花さく　臧
（以下略）

この『多賀の浦集』については、一茶・成美編『随斎筆紀』に、〈同（文政）三年十二月七日出『多賀浦』一冊入〉とあり、この一冊が一茶・成美の元に届けられたことがわかる。
隋和の句は諸家の選集に多く入集している。

人中を出ぬけて寒し年の市　随和　蝶夢編『新類題発句集』
いろいろによみ尽されて枯れ尾花　〃　一峨編『何袋』
仮初に見て行人や花すゝき　〃　白老編『世美塚』
けふも暮翌も柳にすむ人か　〃　随和編『多賀の浦集』
しづかなる日の暮やうや冬の雨　〃　桂丸編『椎柴』

見るからに海はあやうし飛ほたる　〃　李峰編『比止理多智』
つめたさに我をわすれて心太　〃　茶彦編『魚房居士追善集』
刈頃やすぐり立たる麻の風　〃　洞々編『的中集』
梅が香や詠し雪の枝ながら　〃　素英・随和編『俳諧吹寄』
我人のこゝろに似たる花見かな　〃　〃
初雁やそこらの田にはおりもせず　〃　〃
鶯の日はくれにけり時鳥　〃　〃
菜の花や紫麦にちりかゝる　〃　百二編『反故さかし』
山鳥の思ひ過しぬ小夜時雨　〃　松風編『月のむしろ』

文政四（一八二一）年刊の桂丸編『俳諧蚤のあと』は、佐原の恒丸の十三回忌・素月三回忌追善集であるが、そこにも一句収められている。

鶏の餌を蒔て人去る時雨哉　随和

多賀郡福田の名主である一眺舎《いっちょうしゃ》酒井素英《そえい》も『万家人名録』に、〈姓酒井号萌陽亭通称右エ門常州多賀福田人家在于勿来関下　上下はとみに脱たりきくのはな〉、と紹介されている有力歌人で、『俳諧吹寄《ふきよせ》』（文政年間刊か）乾《けん》の巻の編者である。坤《こん》の巻は素英が亡くなったため、その追福のために随和が編集したものである。集中には江戸の成美・久蔵らの句が多く、彼らとの連句もあり、素英と成美との関係の深さを思わせる。
文政十一（一八二八）年に久蔵は『俳諧木の葉集』を編んでいるが、これは素英編『俳諧吹寄』に江戸の成美十三回忌追善の句を合わせて上梓したもので、その序文は素英が記している。
素英の句も各俳書に見える。

鰯さしてしはしは年を名残かな　素英　桂丸編『椎柴』
髪つみて下り居る窗や鹿の声　〃　洞々編『的中集』
うぐひすの小舟みてゐる入江哉　〃　太笻編『寂砂子集』
夕かげを淋しく出ても梅の花　〃　素英・随和編『俳諧吹寄』
いとゆふや船うつぶせる道のはた　〃　〃
燕のかへりおくれて秋の雨　〃　〃
から家を覗きかゝるや草の雉　〃　百二編『反故さかし』
鎌かけた草やたふれて月光る　〃　桂丸編『俳諧蚕のあと』

小野洞月も同地で活躍した。

松かげを汲やいそ根の春の人　洞月　『多賀の浦集』
眠気づくこゝろか春の最中なり　〃

平潟には暹月が、寛政元（一七八九）年の松島紀行の折に立ち寄っていたし、草庵を結んだ所でもあるので、地元俳人は暹月の影響を受けたであろう。寛政七（一七九七）年七月には平潟港に暹月の心佛塔が俳人有志によって建てられた。また、暹月が文化九（一八一二）年九月に江戸で亡くなると、洞月は平潟海徳寺の共同墓地に五輪塔の暹月上人分骨塚を建てたのであった。

享和元（一八〇二）年刊の史公編『新題林発句集』に平潟の茂木の一句が見える。

　柿の葉のほろほろ落て夕じめり　　茂木

常陸北部の寛政から文政期にかけての俳諧は、この隋和・素英・洞月らを中心に隆盛を見たのであった。

明和八（一七七一）年刊の素丸編『笑ひつゞけ』には多賀の俳人たち、曲阜《きょくふ》・山郭・鷹遊《ようゆう》・曲江《きょくこう》・素雲・魚水らの句が見える。

　はつ日影雛も餌馴し門田哉　　曲阜

　松青く梅はかほりて明の春　　山郭

花園神社（北茨城市）の安永年間の二つの奉納句額には、選者として大島蓼太の名が見られ、この地方への雪中庵系の進出が認められる。

文政二（一八一九）年刊の北元編『玉田集』に高萩の一鼠の句が、さらに高萩の俳人では金波・遊翁らの句が、弘化三（一八四六）年刊の孤月編『桃花春帖』に収められている。

　夕月に梅見直して帰りけり　　一鼠

大道もせましと年始戻り哉　金波
二見にもおとらず門の松かざり　遊翁
うぐひすをちいさくなりて聞にけり　一風
古木まで若々しさよはなのはる　萩女

東河内《ひがしごうど》（日立市）の玉簾寺《ぎょくれんじ》の芭蕉句碑〈松風のおち葉か水の音すゞし〉は、文政九（一八二六）年に水戸の陶々《とうとう》、小菅の磨牛、東河内の梅廬らによって建てられた。

陶々は、水戸の加藤寛斉（一七八二～一八六六）である。寛斉は文政期に太田郡奉行所の役人であったから、この地の俳人たちとの交流があったのだろう。『寛斉随筆』『常陸北郡里程間数記』などの著作がある。妻は千尋と号する俳人であった。

同寺境内には地元の松風の句碑〈手習にこゆるも花の山路かな〉が立つ。そこには松風門の俳人と思われる庭風ら九名の句が刻まれている。最後に〈東里寛書〉とある。東里は、太田の尾花庵九世の東里（川上寛）である。

居残りは誰やら床《ゆか》し花の山　庭風
山姫の化はへしなるか花の雲　五風
嬉しさや親の白髪も年の花　美松
世の塵を除けて涼しや瀧の音　旭松

白兎園の俳系については先に触れたが、その五世宗瑞は、大久保村（日立市）の鈴木家の出身で若くして江戸に出て学問に励み宍戸藩の家老となり、退いてから江戸で宗匠として活躍した人である。文政二（一八一九）年三月に死去。六十八歳であったという。大塚の日蓮宗善心寺に埋葬された（『白兎園家系』）。

山をぬく力かくして春の水　　五代新倉宗瑞

句碑は常陸多賀駅前にあり、その裏側に蝸牛・窈廬・香楽・白萬らの句が彫られている。地元の門人たちであろう。

三　資料編

一　奥羽日記

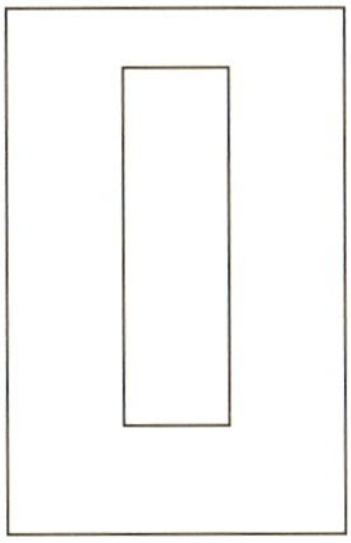

（常陸太田市立図書館蔵・題簽欠）

『奥羽日記』（自筆稿本）解題

（1）題　名　奥羽日記
（2）書　型　半紙本　縦三五cm×横二三・五cm
（3）冊　数　一冊
（4）紙　数　八三丁
（5）序跋文　なし
（6）編著者　幻窓岡野湖中
（7）刊　行　稿本（文政十年六月記）
（8）内　容　水戸の湖中の奥羽紀行文。

湖中は水戸藩士岡野重寿の二男として安永五年に生まれたが、病弱のため仕えず、俳諧の道に精進した。蕉風の復興を目指し、芭蕉研究と句作に励み、屋敷内に造営した四壁堂は活動の中心点であった。

五十歳を過ぎて松島への旅を思い立ち、文政十年四月十九日に水戸を発ち、各地の俳人たちと交流しながら、六月二十二日に帰着した。その旅の自筆稿本である。

本文には適宜ふりがなと句読点をつけた。

本文下の（一オ）（一ウ）は、それぞれ一頁表、一頁裏の意味である。

一　奥羽日記

三月越　奥羽日記

はせをは四十六のとしの春の末、奥羽の旅寝思ひ立給ひしと聞へけるに、予も其齢《よわ》ひ越る頃より、しきりに松嶋の仮枕《かりまくら》といふものせまほしと、おもひつれど、道の神のうけひき給はざるにや、貧とほだしとに、つながれて五十《とイ》せに余る月花を過したり。そもそも西行上人の御身の軽き事（一オ）ハ是に似るべくもなしと、終《つひ》に狂者の挙動をかりて卯月十九日といふ老茅屋をもぬけ出《いで》ぬ。

　子を寝せぬほどはたゝきそやよ水鶏《くいな》

規外、太民を伴ふ。那珂河の岸上にて、見送りの人々に別る。

　松嶋の蚊に喰はるゝぞうらやまし　杜年

送別の句あり。一里ばかり往て漸旅の上とかて心付ぬ

　けふからは己が山なりほとゝぎす（一ウ）

左祝は、此行にもれたる事を、うれひ、田彦迄道おくりして袂をわかつ。

道橋のつくろひすむや時鳥、と云句を駕籠に投入て去《さる》。あはれさしばらくやまざりけり。（二オ）

澤、堤などいふ田野を過る。

　子に痩た鳥はねありく若葉かな

　むら雨を願ひ過たる若葉かな

額田駅に至。祖翁の　しいけて其かげに干鱈《ひだら》さく女、と口すさび給ひし。今目の前に有茶店のありさま、藤の花の軒よりたれ、若楓の袖垣に余りて狭き見世《みせ》の曲突《へっつい》のあたり綺麗に、うつわものあざやかに洗ひ立て打ならべたる。いづち（二ウ）もかはる所なき。

　昼過の長き卯月の日ざしかな

太田に至る。往昔、佐竹氏の墟《あと》也。山岳こゝには

まりて陸奥の果までつゞくといへり。尾花庵に
着《つく》。日いまた七はかりなり。
　蕗の葉に菓子もる庵の奢かな
（三オ）
廿日より廿六日までとゞまり侍る。北条の石翁
予が跡を追来りて倶《とも》に仮寝す。其間俳諧及
題を探て遊ぶ。
　うの花に隣の杵のひゞきかな
　浜ものゝ仰山ほめるあやめかな
　蕗売の城下かせぎやほとゝぎす
　ほとゝぎす大寺の屋敷明てある
（三ウ）
　田から来てうつとしかるや若楓
　　俳諧二巻あり。略す。
方居句帖をつくりてこれに序あらん事を
乞。其詞、
　乾坤の風狂人よし野、松嶋に杖を曳《ひき》、
しばらくもとゞまらざる。しかも元の人にあらず。
白河に□なりをつくろひ、勿来の浪に裾

（四オ）
ぬらし、山館野亭のくるしび、たつしひ寒来
暑往の旅店に結び捨たる句を一冊子にこひ
うけて長く窓下《ながくまどしたの(イ)》にたまものとなし、千里の風
光をまのあたりに備へ置て騒客の心をく
ミしり遊び事のはたはりを広うせんとねが
ふものハ、太田の街に家居する尺窓方居の（也㋑）。
此事のなかたちしてはし作るものハ水府の隠
（四ウ）
士幻窓湖中也。
　　丁亥初夏下弦
廿七日、尾花庵を出て、みちのくに趣《おもむ》く。道、里
川に臨《のぞ》む事あまたゝび。
　家作るもくろミいくつ夏の麦
町屋駅より西にある山は、いにしへこがねをほり
しと云。里川の底より通て宿の下まで堀通
（五オ）
したる処といへり。

玉だれの瀑布は、道の東にあり。木立のひまより
落て音寒く聞へ精舎は、見へずなから、興深
くおもはれ侍る。

　夏ありて僧も住やら玉簾寺

此ほとりより北、大方雑役馬をつかふ。

　馬の子はかはゆきものよけしの花

（五ウ）

折橋に至る。駅の長が向ひにある家のあるじ、心
優しかりけるにや、燕に巣を作らすとてちい
さき板うち付たる処いくらといふ数をしらず
拵置り。さて、其萱家のおもてに向《むかひ》たる扇の間
とやらいふ所を、雀のおのれと孔をあけ巣作《つくる》
るさま十五、六ばかりあり。家のめぐりなべて斯《か》くの如
しとおもはる。玄鳥をあはれに思はれ侍る。燕雀《えんじゃく》

（六オ）

の声々其ほとりかまひすきまで聞ゆ。其主の
心かへすがへすもなつかしかりける。

　鳥の巣に空をしまるゝ四月かな

大中、小中、徳田を過、境の明神の坂を越て
直《すぐ》陸奥の地に入。夕暮の空すミわたり何とは
なしに心細く思はれたるうつり、ふと我宿の事こ
まやかにおもひ出《いで》られ侍りて

（六ウ）

　見かへらじ麦の穂まねく坂の下

都も遠くなるミかたとよみ給ひしこと、旅せ
ぬ身に、さも有なんなど、おふよそにのミ
聞なし侍るぞ口《くち》をしき。
大洪《おおぬかり》の駅米屋に舎る。かの松窓のいひし鴨の羽
色なる水蜘蛛手になかれさる。

　鹿垣の里やうの花かんこ鳥
　つとぬいて見らるゝ麦の黒穂《くろほ》かな

（七オ）

　又
　去年からかゝりて麦の黒穂かな

麦のべし苗代の畔、いかめしき木をもて結廻《ゆひまは》し、
猪鹿を防ぐと見へたり。此《この》ほとり三里はかりの
間斯《かく》の如し。
廿八日　大ぬかりのやどりを出《いで》て、下関に至る。其

間一里ばかり東西の山かさなりて朝日いまだ
道を照さず。露置余《おきあま》したる小草旅人の跡
も見へず。しづかなりしを、時鳥の初声斗《ばかり》をお
どろかし侍る。か丶る処にして旅の情のわすれ
がたき処なり。　（七ウ）

遠里の鶏の朝声ほと丶ぎす

田野にか丶る。

十ばかり代《しろ》かく馬やほと丶ぎす

戸塚の駅を出て伊香川有《あり》。わが常陸にながれ来
る久慈川の水上にして、常に歩行《かち》渡り也。いさ丶か
なる雨にもとまると云。　（八オ）

時鳥雨翌降れ伊香川

東館といふ宿《しゆく》を過て、野原の道にか丶る。

むら雨や河原柴胡の花の跡

一雨晴過ぬ夏野の放し馬

橋も渡り坂を登りて棚倉の街に入る。一堆　（八ウ）

の山をならして四方の崖を要害になしたる
城と見ゆ。行路暫時の早卒、つぶさに見る事
あたはず。跡に聞《きけ》バ、日の本三名城の一なりと、
或人いへり。此夜釜子の駅水戸屋に泊る。

廿九日

ミじかさに夜と思はれぬ旅寝かな

舎《やど》りを出て半里ばかりにして大熊川有。甲子山
より出て白川を水上とす。此わたり源ちかき
が故に、水いまだ細く舟を用るに至らず。洲ごと　（九オ）
はさミて橋を三ツ渡せり。十日ばかり前の雨
に橋落て歩行わたり也。

赤水の東奥紀行の註に云。大熊の滝を水上と
する故に、此ほとりを大熊川と云と也。
湖中云う。下流に至ていづれのわたりより
か阿武隈川となる。　（九ウ）

此処よりはじめて那須甲子の山々見ゆ。いづれも
残雪所々にあり。

夏川の青きが中や山の雪
河原田の駅に至る。此一村すべて煙草を呑ず。何
故とはなし古よりの事なりと云。珍しき
処也。駅を出れば、渺々たる郊原にて土地高
（一〇オ）
し。中畑といふ駅に近き処又広原あり。左右
柴故多し。花、薄雪の降りたる如く見ゆ。
　草柴故出る日入る日の見処か
其山間にて須賀川も三里に近しと聞て
　西の木の花も近しと時鳥
申の刻ばかり須賀川駅に至りて市原氏たよ女
訪て面会す。女性なれば風譚はか〴〵
（一〇ウ）
しからず。やがて其隣屋仙台屋にやどりを求
む。多よ女訪来て探題に及ぶ。然れども病後、
瞑眩の気味有とて一句を吐ず。雨考訪来る。
兼《かね》而文音し居ければ旧識のごとし。七十九齢と
いひつれど、健にして、風波又他にこしてめで度《たき》
老人也。

探題
大ぶりな蝙蝠飛や近手前　湖中
（一一オ）
年魚《あゆ》売に詞かけけり厨の中　雨考
有明ををしこむやうに夏の山　規外
三十日　雨考来て終日《ひねもす》風譚あり。夜に入てむだ
書して遊ぶ。其詞、
たからおほければ、身を守るにまとしと
いはれたれど、財多きハ常にたりて融通滞
るゝとなく萬に心忙しからず。いきのぶる心
（一一ウ）
地せらるべし。しかれども人前は、心に快《こころよ》からざる
処あらむ。貧ほど心安きものあらじ。しかれ
ども妻子の後悔を持居る人は、これにまさ
るくるしびはあらじ。旦夕せがまるゝ声の耳
の底に入て心にゆるゝごとし。併《しかし》、人前ハ心に快
き処あり。夭寿貴賤貧福《ようじゅきせんひんぷく》ハ命也。ねがひ
て至る処にあらず。
（一二オ）

五月朔　須賀川のやどりを出て、笹川の駅に至。阿武隈川ハ道につきて北に向ふ。東ハ相馬、三春の山。西は会津根、安達太郎嶺つらなり、雪の有処、道より近く見ゆ。

阿武隈川は街道にそへて東の方を流る。桑折の駅まで斯の如し。其間二十里余りと云。日和田駅に至て昼餉をしたゝむるに、其茶店
（一二ウ）
店の名をかつミやといふに、戯れてかつミやめしくふけふは五月哉と云いつゝ笑ふも旅の一興。

　祖翁の紀行に桧波宿と書れし処也。今なべて日和田《ひわた》と書と見へたり。

此宿を出、離れて八丁ばかりに浅香山、道の東にあり。其裾道へ出ばる山の頭《いただき》に、横にひろがりたる赤松あり。山のかたちひらめにして塩
（一三オ）
尻をふせたるごとし。静なる姿あり。此ほとりにある山々、かたち大かた似かひたり。又時鳥多く啼処也。実は二里ばかり西にあるをまことの浅香山と云といへり。山の井もかつミも其山の麓にあり。葉は麦の如く、花は綿のかたちにたり。よその地にうつし植れバ撚て枯ると土人の申ける。道の傍の山ハ、まことに浅
（一三ウ）
香山に彷彿たる故、人々斯はいふとぞ。柴故云花かつミ、菖蒲の小なるものにして花三ひら也。葉も細くちひさし。いつの年にや庭にうつし栽にしが、枯うせしと語れり。うつし植れば枯るといひし土人の言葉にあへり。

此日　二本松に舎りを求む。至て与人を訪んとせしか、とかく障《さわり》のありて道はかどらず。日西山に落かゝる《り(イ)》たれば、本意なく本宮宿《しゅく》森田屋にやどる。嵩の場ハ安達太郎嶺の半腹なりしを侯の多く歩を費して麓に引しとぞ。行程四里半と云。二日　舎りを出て松田の宿を過るに、去年いとなミしといふ藤中将実方朝臣の碑《いしぶみ》を見る。其歌
（一四オ）

なゝよさくらはるばるこゝへ来たすき田いつか　（一四ウ）
　みやこへかへる身なれば。
なゝよさくらと云あり。まことだに大樹也。
しかれども歌ハ実方朝臣のよミ給ひしもの
にしあらず。偽《にせ》也と、其ほとりの人いへり。さも
有べき事なり。
二本松若宮町の与人を訪《たずね》、日をかさねて留
飲を憂ひなから、つとめて一時《ひととき》余り風譚あ
り。深情かぎりなし。兎角《とかく》するほどに昼餉　（一五オ）
もてなされける中に筍の羹《あつもの》あり。あるじ云、こ
れはこれ安達太良嶺の　すがね　といふもの也。
かの山の北うけの雪中に出るといへり。味ひ侘て
甚《はなはだ》佳也。
　すゞの子の折にふれけりあたゝらに
やがていとまを告侍るに名残おしげに見へ　（一五ウ）
たり。其日羊の刻過に《る(イ)》頃八丁目駅に紫明を

訪侍れば悦《よろこび》有て、去年の秋造りしと云う別
家にとゞめて、懇にあるじせらる。其妻殊《こと》に、
かひがひしくもてなして、野菜は実に春泥
場底の数を尽といふべし。しばらく旅愁を
忘るゝばかりなり。其日の暮より雨降出て、三
日をやミなし。日々俳諧に遊ぶに、時をえたる心　（一六オ）
地ぞする。其亭の名を問に、いまだ名おうせず
いへり。其心のほど又なつかし。道すがらの云捨《いいすて》を好
ミにまかせて書侍たれば、巧拙の論詳にありて
後、脇を起《おこ》す。
　一雨晴過ぬ夏野の放し馬　湖中
　おもふつぼなるはつほとゝぎす　紫明
　顔洗ふ流れは石をめぐり来て　中　（一六ウ）
　朔日妻《ついたちづま》にミゆる垣売　明
　拾たる槿さへためぬ月の坂（後㋑）　中
　火の香を嗅に蛼の来る　明
　ほつこりと霧吹かゝる川岸通　中

十の字合羽かしなくしたり　明
ゆくりなく男ざかりの昼寝好　中
水こひ鳥のおほき室の津　明
（一七オ）
捨て置く物の直をもつ祭り前　中
雪菜細り地子わかる月　明
寒かりが来ては碁の手にさしを入　明
竈にして汲む居風呂の水　中
木母寺の煤け雀も岡ありき　明
若和布《わかめ》をひねる春ハ来にけり　中
（一七ウ）
女樹男樹の花ちりほらと咲移り　明
尾か落るより蛙啼立　中

其二

けしの花折分前の替りけり　紫明
をりふし影を見せるよしきり　湖中
細長き山下町の有明て　規外
茶釜鳴《なら》す（を㋑）る工夫する秋　太民
（一八オ）

芋汁に顎とられたる旅もどり　中
雨のころ汚す袖蓑の袖　民
手にかゝるものを残さず打呉て　民
曇りぐせつく鎌倉の空　外
嫁取に篠のあれこむ麦の痩《やせ》　明
隣と雇にしたる小盥　中
すハすハと檜こつぱの匂ふ月　外
（一八ウ）
鳥居見こしの槇木の霧はれ　民
大草は露寒しとて舟きらひ　中
あけそこないて飛あう窓蓋　明
引市に見へぬ羽織の置処《おきどころ》　民
当馬《あてうま》がなけば杓杞《くこ》の芽をふく　外
おもふさま広がりかへる花の雲　明
穀雨をまてる旅の約束　中
（一九オ）

四日　太民をして川俣の点挙に文音す。道悪くして訪ふ事かたしと紫明が云たれハ也。

五日

又もけふかつミ問かへすあやめ哉

粽《ちまき》をもてなされて

　解捨た笹におどろく粽かな

（一九ウ）

　おほよそに昨日は過てあやめ草　紫明

此夜別家の戸近く水鶏の二声たゝきたる折にふれてあはれ深し。

　給仕子に下駄をはかせぬ水鶏哉

ねまりに、

　又はじめて蚊の来る藪を垣隣

余興、

　菖蒲さして籠の小鳥をしづめけり　紫明

（二〇オ）

夏山うけに奈良茶売る家　湖中

賭の碁も打きらす舟つきて　規外

わすれたやうに雨の降止　太民

居風呂の入人はづれし宵の月　中

節々祝ふ早穂の穂かへり　明

透垣を見へず紫苑《しおん》の花もなく　民

　一身田へ抜る裏通　外

（二〇ウ）

八日　松崎の月、心にかゝりて一折もまたで、いとまを告《つげ》て出る。夜雨降《ふる》、晴て旭はなやか也。余情限りなくおかし。

　雨乾く夏（松㋑）の朝日や夏ごころ

半里ばかり行たる茶店の前に紫陽花に似たる花の鞠をくゝりたるやうに咲り。幹ハ梅もどき、葉は桜のおもむき有。

（二一オ）

　しらぬ花はしらず見て行夏野哉

根子村といふ所を過る。此ほとり蚕を養はぬ家なし。

　夏草の桑になり行《ゆく》はたけかな

福嶋に至る。斉藤植裡に文音して道を左にとり米沢街道に入て、西に向ふ。

　著莪の花清水にあふも遠からじ

（二一ウ）

笹木野といふ駅に至。はじめて右手の方に高

山を見る。後に思ふにわすれず山ならん。一里ほど過て庭坂の駅
に至る。寒風烈しく吹《ふき》て布子を二ツ重ね
着たり。そこを出るに三、四丁より道嶮
しくなり、終《つい》に羊腸の地をのぼる事二里
ばかり。人おのおの肌につめたき汗をなが
せり。左右の樹老《おい》て日を見ぬ処々多く
（二二オ）
目なれぬ草木のミ、耳馴ぬ鳥の声ばかり
なり。駅頭に至。木立絶たる処より福嶋、川
股などいふ村々眼の下に見ゆ。土地の人、只、山
坂なりといひしが、なかなかの峠にてありけり。
庭坂峠といふなるよし。山蘇、鉄風、鳥、草
多し。

はらばふて清水呑《のみ》けり山の上
（二二ウ）
西にあたりて吾妻が嶽といふ大山あり。こなた
の道と只谷ひとつをへだゝり。
安達太郎吾妻紀行といふよし澤元愷
か慢遊文章に見へたり。

米沢の芙山云。これ即ち、わすれず山也と。然れ
ども不忘山ハ苅田
か嶽　土人、蔵王山と云　の事にして
芙山の説ハ誤れり。又云、祖翁奥羽行《あん》
脚《ぎゃ》の時福嶋より左にきれ、西に向て板谷
まで行給ひしが、如何思ひけん、米沢の楽
朝といふものに消息し給ひて、又福嶋に
引かへされしと云伝《いひ》へ侍ると語る。虚実
知べからず。
（二三オ）
谷は人の手してきりたるが如く底まで
百間余あらんと覚ゆ。水のおと幽に聞へて、
眩くばかりなり。峠をのぼり詰て卻《しりぞき》下《くだ》り行所に
李平と駅あり。家の数わづかに廿五、六と見ゆ。
日の暮侍るまゝに詮方《せんかた》なく舎りを求む。吾
妻か岳の七合目といふなべての里よりハ、二里
ばかりも高かるべし。夜、嵐烈しく吹て雨は
こぼすやうに降たりと。いぶせき家の戸、鳴わた
（二三ウ）

りて目の覚る事あまた丶びなりしか、明がた（二四オ）
より日和につきて、時鳥の二声鳴過るよ
り、漸く人境の心地せられける。

　雨晴れや李平のほと丶ぎす　脱字なる哉

九日の朝、舎りを出んとする折、わが名を聞知て、
短冊を望れたり。やがて二、三句書て打くれ
なから出ぬ。これより板谷の里まで二里
すべて下り坂なりと外の云けるに、はたして
左右生《をい》茂り、草木野鳥、庭坂峠にひとし。（二四ウ）
其下り行所尺地も平かならず。東西の人家
に一里ばかり離れたる産《うぶ》か澤といふ谷間、家居
只、ひとつあり。斯ても住る丶ものかと思はれ侍
る。其傍の谷水漲り落る所に橋を渡せり。陸
奥出羽の境といふ。

　顔に来る靄に馴れけり谷の家（二五オ）

山彦の帰る筋あり葛若菜

山の半腹を切とりきて道と成せる所は谷
数十丈の下にあり。行路の先（底㋑）に滝の音聞ゆ。
其間十町ほど丶覚ゆ。下り〳〵行ほどに又滝落
る川ありて、橋を丈夫にかけ渡せり。水底も岸
も皆岩也。嶮しく陟《のぼる》こと数町にして
板谷に至る。駅長が家をかりて一泊す。西風烈
しく雨もて峠を越事難《かた》しと人のいへば也。（二五ウ）
板谷の入口に米沢の番所あり。道すがら夫の云ける
は、屋形も下乗し給ひは、予にもをりよと云。
規外をやりて蹇足《けんそく》のわけを断りたれば
関守聞応て乗なから通をられけり。

　関越てすつぱりと呑む清水かな

此舎りの軒端の山　あつまが岳也　雪むら消て、風の声（二六オ）
颯々と聞く。九日の夜の半輪の影峰の上に落か丶
るを眺やりてかの峨眉山のおもむきを（も㋑）かくや
など思ひやられ、又我常陸と僅《わずか》五十里の風土の
たがいにおどろく。

このあたり冬のけしきを夏の月
十日の朝舎りを出てより、やがて峠にかゝるといふ。
（二六ウ）
巌岩峨々として裡山也。松など飛々に有て雪は道の傍に残り、寒風膚を裂ばかり吹て昏の色ある人なし。一里ばかり登て例の立場の一ツ家あり。桑の芽末《めすえ》、筆ほどにて黄鳥《うぐいす》の声処々に聞ゆ。きさらぎ末のこゝろせらる。

うぐゐすになれは老ともおもふまじ

（二七オ）
大津の駅に下る。庭坂より六里余其間道の左右ハ馬酔木《あせび》ひまなくあり。花半開きたり。

にくまるゝ色ともミへず花あざミ

夫より米沢へ出る。山間は谷川の音と瀧の響とに耳に絶《たえ》ず。或は桑あるひは漆の大樹左右並木の如く、すべて此山路の桑ミな古木也。桑を本より切らざる事土人に尋ね侍れば、
（二七ウ）
剪候へば、雪におされて枯れ候故に、大木となし葉をのミ摘ミ候と答へたり。

米沢の藩半里ほどありといへる処に、百歩に余る土橋あり。至りて急流也。

夜見なばあはれなべし芹の花

城下に至て東町といふ所の福嶋屋に宿す。其あるじに、先《まず》、宮崎氏素白といふ人無事にやと尋ね侍りしかば、いつやらの年はかなくなられしとこたへたるに、俄に胸ふさがりてい、出《だす》べき言葉もなし。予十ばかりも弟なりける人のと、思ひ出て袂をしぼる。
（二八オ）

黄なる清水のみにゆかれし人無し

赤井氏白平といふ藩中の人、其家に居合せて知人になる。暮に至りて芙山訪来りて風談有。是ハ紫明より添書有たるが故也。
（二八ウ）
十一日朝の間、閑を得たり。

旅寝も願ひ久しく待て、去年の春、蝶鳥にふまれて見たや草枕　といひ出《だし》たるに、終《つい》に

旅人の数に入て水村山郭にさまよひつ。たのしむ（ひ㋑）くるしい行《こう》かへて家に有し安佚の折とハ、懸隔のたがいありて時により吾家を忘るばかりに覚ゆ。（二九オ）

膏薬の古ミをしらぬ旅寝かな

笹木野より米沢まて十り。男女老たるも若きもかるさんといふものはく。服（股《もゝ》㋑）引はきたる人を見ず。又、牛多し。七ツ斗《ばかり》三ツは馬也。竹の林曾《かつて》てなし。米沢近き処にて紫竹と淡竹と交たる小藪二処《にかしょ》見たるのみ。桶のかつらは割たる竹を牛馬にて福嶋の方より付《つけ》送る事路駅としておひ、牛時過、稲丸文来訪来る。風譚一時（二九ウ）ばかり。夜に入て村六、春二、芙山、桐水など来れり。桐水、雲洲と云薬をおくれり。竹股氏の家伝にして打撲切疵血留に妙といへり。

おのおの探題あり。

竹植てむしろの上の夕餉哉

もの語り聞てよ黍を蒔男　　稲丸

下略

十二日　けふまで烏、燕、雀の外《ほか》絶《たえ》て鳥の声を（三〇オ）聞ず。其夜きのふの人之外に、頭文、楽硯など来り。わりなく望《のぞまれ》れ侍りて、祖翁の俳諧二口を讃す。又、其日大塚の古翠に逢ばやと、太民をして消息し侍れば、赤湯といふ処へゆきしと其家のものゝいひおこしぬと。翌ハ赤湯に行んと人々に別れを告。芙山、仙府までの駅路を及び其行程を詳に書付て贈る。深切なる雅人也。十三日午に近く客舎を出、町家十余町（三〇ウ）を過、反取に出て東北に向ふ。右の後に吾妻が嶽、左の後に朝日の嶽つと山に抽《ひき》て立り。兼而《かねて》聞し飯豊山（会津より越後へこえる境と云）西の方に天をさゝえて横こにふせり。戌《いぬ》の方に三角に聳たるを箕おもて山と云。昔、平家の残党此麓に隠れ住しとて、今も多く人家ありといへり。亥の方に山々の

ひまなくかさなれる。上に月山見ゆ。一面に雪を　（三一オ）
かぶりて少しもことなる色なし。かたちまどかにして、
峰より月の出かゝりたるが如し。これ月山の名なる
かしらず。行程二十余りと云。

　山々の影をくばかり月の山

大橋といふ駅に至。此わたりの田、土堅《かた》うして春
耕し置《おき》、日和に数日乾し、槌或は斧のむねにて
打砕き、其後雨を待、又ハ水を引入て植代《うえしろ》と
なす。上田ハなべて斯の如しと人のいひき。又　（三一ウ）
田へりの溝に菖蒲と杜若《かきつばた》おほし。

　さけて出る田槌の隙にあやめかな

其夕、赤湯の油屋に舎る。これ古翠が此処にありと
聞て其近き処に家（宿㋑）を求し也。町は裏と表と
ありて数百の軒をならべたり。温泉壷只所といふ。
街の入口石の木戸あり。此地はかの乙二が冬籠して
大河〳〵に月日願へ谷の梅と口すさびし処也。し
かれども、時鳥の鳴渡る時節にて其梅も青葉
茂れるものか　（三二オ）

　実となりし梅にかさなる月日哉

日暮前消息して古翠を音信侍れば、其宿の主の、
けふハ友のありて、あたり近き沼に、杜若《かきつばた》見に行しと云。
初夜近頃あわただしく戸を敲《たた》くおとあり、則《すなはち》古翠
の訪来也。俳諧数刻に及ぶ。連にありし暁花と云老人
しきり帰ん（事㋑）を促すによ（り）て別る。
　古翠は風流のしれものとかねて聞しに、まさに
其胸中一点の滞なく常に近づかまほしきを
とこ也。其明《あく》る日ハ法用の有て、二里ばかりよそ成《なる》　（三二ウ）
寺へ行《ゆく》といふて、かれも誠に名残を惜ミ侍るま
に旧友のわかれに等しかりし。
十四日　舎りを出て三、四町ばかり左ハ裸山にして其腰
をめぐり行。右に東南に打ひらけたる田圃なり。
其中に大沼ありて杜若多し。其花、田間の溝に
ひまなく咲つゞけたり。これきのふ、古翠が見にいき
たる所也。

朝風やひさけ見たき杜若

土人に問ひ侍れは此沼、鯉鮒おほしといへり。釣舟三艘ばかり見ゆ。絵に見る姿なりてなつかし。（三三オ）

さゞ浪のきゆれは浮《うき》るぬなは哉

川樋の駅の山の半腹をきりならしたる里《さと》にて、いぶせき家のみおほし。

さミたれに雀子《すずめのこ》鳴く軒端かな

いとひ啼も老鶯のあはれなり

此ほとり桑漆の林ありて、道の傍又あせみの花咲ツゞけたり。

山草に昼の露見るついりかな

中山駅　米沢の番所あり　を出たる道の東に大石あり。八間（三三ウ）四面有と云土人かげり石といふ。川口駅に至。小雨降出たり。僑屋《やどや》の庭に大柳有て街へさかゝり、

旅人に五月を見せる柳かな

上山に至る。城は西山の半腹にあり。温泉の家々に有といふ。頗《すこぶる》繁華の地也。昔江口氏父子の義を守《まもり》て

此城に死たる事など思ひ出てそゞろにあはれ也。

松原駅　山形の番所有　を過て半里にたらず、洲川といふあり。急流なる山川なれは仮に橋をかけて、人を渡す。高水に至ては、其幅数町有と見へて、砂石（三四オ）を田の中に積たる処いくらも見へ侍《はべりて》而、川の岸に往《おう》谷地村と書たる杭あり。上は谷地也にやとおもひて土人に問侍れば、谷地村是より二里ばかり北にありといへり。此夜山形の城下旅籠町の佐久間屋に舎る。城は平地にて、街の東にあり。往昔、義光の代の名残をとゞめけるにや町の数多く繁栄の地也。二日町といふより十日町とまで有と云めずらしき名也。

十五日朝とく舎りを出侍るに、天気清明也。町家数町を過て田へりの道に至る。米沢より山形まで大（三五オ）北に向ひ来りしが、俄《にわかに》真東に向ふ。実方朝臣の尋詠給ひしといへる阿古屋ハ、南の方一里はかりにありて道よりほのかに見ゆると、人のいひしが、かのこれのと問侍る間に行過たり。跡に（で㋑）思ひ

ども及ばず。東北にあたりて山川の鳴る音烈しく
聞こゆ。これ則《すなわち》最上川の水上なりといふ。其川に添行
て橋を渡る。

山々の皐月の露や最上川　（三五ウ）

水の漲り落て突当る巌石の上に庵を掛造りにした
るあり。絵に見るが如し。異やうなる趣を好める人と
見えたり。此ほとりの道、石の多くして田の畔を石垣
に作りたるなど、いくらも有。新山の駅に至る山形の。番所有最上
川の橋をこへるより道路すべて嶮し。関根の里ハ坂道
なり。そへて家をだんだんにひとつ〳〵作りたり。其数
二十十軒ありといへり。其めぐりの山々をうるはしき声
して啼ものあり。何といふ鳥にてやら問《とへ》ば鳥にあらず。
麦
蝉と云虫なりといへり。数をしらず鳴く処有。又かんこ
鳥
多し。すべて異なる鳥、ことなる草木ばかりなり。其中
に、はこね草といふひとつ名の知たるもをかし。たへひ
西上人をいざなひ申たりともいふをかり給ふべき

山里なりけり。

麦蝉につられてのぼる峠かな

新山より関根までなべて陟《のぼ》り坂にて、関根より一里
半ばかりまことに嶮しく羊腸といふべし。時を
うつして攀るまゝに終に笹谷のいたゞきに至る。
のぼり来る方を顧れば、最上《もがみ》の庄の人家、木立な
（三六オ）
どの光景、こまかにならべたるが如く見渡さる。それ
より七、八町の間平地也。雪のころ旅人の道路、たが
へん事をあはれびたるにや、しるしの竿といふもの
を処々に立《たて》置たる。これ奥羽の境と云。折々、しら
雪を吹かけ来て伴ふ人のうすうすと見ゆること
あまたゝび也。

涼し過ておひゆるばかり雪の中　（三六ウ）

規外云、夫旨、はゞかりの関、これなりと。太民云、絶
頭の観音堂の鐘の銘に有耶無耶の関と有と
云。岩城の露柱に面会の時、此関の事を尋ね侍り
しかバ、うやむやの関は出羽の北方、庄内の近くに

有と云。或人の説に笹谷を有哉無哉の関、大河原をはゞかりの関、伊達の大木戸を下ひもの関と云。仙府の清女、笹谷をたしかにうやむやの関なりと云。是ハ此地をもふミ猶其父乙二の説を聞しと覚ゆれば実事なるへし。

（三七オ）

規外云、夫の云しと露柱の説ハあやまりなるべしと覚ゆ。後の風騒人をまつ。

道路の左右熊笹あり。絶頭に至りて誠におほし。もし笹谷の笹の謂れならむかしらず。東の方へいさゝか下りたる処に観音堂あり。其堂守物売ひさぐをかしき法師の業也。これも又人を済度するのひとつにやあらん。此ほとり残雪、或ハ三十間あるひは五十間とつゞきたるうえをゆく。深さ三尺ばかりと覚ゆ。戌亥《いぬゐ》の方にある谷を千軒澤といふ。その

（三七ウ）

かミはかほどの人家ありし処と云伝へ侍りしとぞ。なほ上り行《ゆく》ほどに老樹、森ごと茂りあひて日月の光を、妨《さまたげ》おほし。例の異禽しば〳〵啼く中に、慈悲心と啼《なき》し一声を聞《きく》。中〳〵聞事の安からぬ鳥と思ひけるに、これも又行脚の一徳にてぞ有ける。駒鳥、翟《きじ》、雀かしがましきまで囀る。其間三里ばかりの間と覚ゆ。

　春にして五月の空を山の鳥

笹谷の駅に下る。これより仙台の封彊なり　仙台の番所有。

（三八オ）

それより野上の里に至る間二里余の所人家一宇も、殊に無二人声一也。道の左右、昔は田圃のさま有。葭芦生茂りたるは小田の跡、萩芒の見へたるハ畑の跡なるべし。四十年前の飢饉より斯なりしやと憐旧に涙を落す。古戦場に沿たるより一際《ひときわ》ものあはれにおもはれ侍る。野上の入口に幅十間はかりのながれ有に橋を渡す。土人小川と云。

　よしきりや馬のめろ〳〵淋がる

　尻敷に扉板折るや鰥《やもを》つり

（三八ウ）

新山より此ほとりまで五里ほど峠の前後虎杖《いたどり》多し。此比《このころ》、人のたけをこすはかり也。七、八月比《ころ》の長《ながさ》思ひや

らる。貴船の神の祟りにも是か及ぶもの有べからず。

　南天に草しもつけや旅の宿

十六日　朝とく舎りを出てやかて濁りする川の侍りしかば、其名を問ば、小川と前川の落合《おちあい》たるながれといふ。さて名とり川ハいづちのほとりにやと重ねて問侍れば、それハ名取郡より出て仙台の城の北を流（三九オ）れ、海に入と云侍る。土人のしらざる也。其後仙府の帰路増田中田の間にて名取川の橋をわたる。城より二里ばかり南にあり五石、赤石、茂庭の間道は名取川の左右にして又山坂多し。此ほとりより真竹《まだけ》の林を見る。竹の林を見ぬ間三十余里と覚ゆ。

　青薬に覆ひをするや麦こなひ

茂庭駅を出て二処《にかしょ》山越《ごえ》あり。西にあたりて丸く高き山の侍りしかば其名を問けるにおとかもち、又云うとかもちと云といへり。かねて聞《きき》ぬ茂庭山といふありとも（三九ウ）し、これらにも侍るにやとおもはる。山越《ごえ》の頭の処より東の方打ひらけ、海漫々と湛へたるが、里を打こして見ゆる。其中に金華山ほのかに聳立り。名取川、足の下より海に向てながれ、風景いふばかりなし。浜辺まで四里ばかり有といふ。

　人の住む処は遠し夏の海

駒取といふ駅に至る。

　枝なから覆盆子さけゆく隣（女㋑）かな

　早乙女の声かけてゆく行隣かな

（四〇オ）

長町駅を過《すぎ》て広瀬川一名青葉川と云にして国分町に至る。橋を渡りて

此橋を渡らず、左にきれて、西に行バ仙台の城南

　大年寺瑞鳳寺へ至と云。

衢《ちまた》を行《ゆく》事一里十二町　其中はせを適あり　にして国分町に至る。清水屋に舎る。数日を経て鮮魚を喰ふ。丙穴の魚といふとも、此味ひに増《まさ》るべからず。

　伝記曰ク青葉山ハ往古神仙窟也。仙人時々飛遊干松島故曰仙台といへり。

（四〇ウ）

水府より米沢迄五十五里ほど。米沢より仙台に至て三十余里と覚ゆ。行程すべて九十里バかなりなるべし。

五月　十七日　福嶋より左にわかれて、このかた辛《からう》じて板谷、笹谷の険阻を経て、山川草木の眼に飽《あく》ばかり覚えたるに、昨日仙府に至、旅愁を養ひしかば、いささか郷里の思ひ侍る。

　青空の五月にあふや鳶の声

朝の間消息して午時過《すぎ》より塩倉町の松井氏清女《きよじょ》を訪、風談日暮に及ぶ。松嶋一見の後、又訪ん事を約して旅店に帰る。　（四一オ）

茂貫、東丸に消息し侍りしが、田舎へ出て居合せざりしかば、一面せず。兼而《かねて》文音の有しが、折のあしく憾《うらみ》を残せり。

十八日　朝とくより松嶋見にとて汐竈に行　行程四里半。原町を過るほどに躑躅が岡　釈迦堂ともいふ　右の方にあり。玉田、横野は左の方にて原町のうしろに有。

　とりつなげ玉田横野のはなれ駒《ごま》つゝじが岡に

あざみ花咲く　といふ古歌ハあれど、今つゝじが岡に　（四一ウ）

たへてあざみなし。茶店のをのこ、鉢に一もと植て置けり。其名残をとゞめけるしるしといへり。原町を出はなれたる松の並木の間より東にあたりて宮城野の原見ゆ。四面ににつゞきて其境に松むら〳〵とありて平なる廣野也。木下天神の杜など其うつりに見へて、一眼の中にある田圃すべて二十万石の所勢ありと云。

　青バのミをミやぎのといふ五月哉

薩津の碑　大元の僧仏忘禅師の建る所也　ハ道の東南にありて近しといへども、夫《それ》をわづ（ウ）はすが故に、一見せず。　（四二オ）

案内、今市など云宿《いふしゅく》を過て、市川村入口に小橋有。其流水を市川といふ。野田の玉川も爰《ここ》に落入といへり。

勿来関と関田の間に玉川あり。其ほとりの人のいふに、此玉川ハ能因の歌ありたるながれにまぎるゝ事なし。何やらの文にも勿来に近しとあり。又野田といふ所に寺ありて其事証《あかし》とするに足るものありとなり。又南部に有《ある》を実《じつ》といふ

人あり。仙台にあるを実《じつ》とする人あり。後の騒
客をまつ。

（四二ウ）

多賀城の碑をみる。道より南にあたりて三町ばかりあり。実に山川の外の古《ふる》ミこれに及ぶものあらじといふべし。

世人此碑を壷《つぼ》の碑と云。大にあやまれり。壷碑《つぼのひ》ハ、南部七戸の坪村にあり。日本中央の四字あるのミ。しかれども其所の人惑《まどはさ》る事ありてこれを埋ミ石文《いしぶみ》明神と題す。故に今ハなし。此碑ハ多賀城修造の碑にして南部にある壷の碑にハ拘らず。風土記の偽《いつわり》より多賀城を壷の碑と云謬《いひあやまり》りと也。

（四三オ）

一見の後城址の北の方をめぐりて、田畑の間の径を行。汐竈の道、加瀬塘《とう》といふ沼の上《ほとり》に出る。此辺《あた》りの麦都《すべ》て大なり。膏腴《ごうゆ》の地と見ゆる也。汐竈に至る。既に申の刻に近し。比丘尼《びくに》坂を下り、明神の前を過て、旅店石屋喜兵治といふものゝ家に止宿す。実に、東の端の亭にて居ながら塩浦見わたし、まがきが浦、千賀の浦まのあたりにあり。此の舎の右の方程《ほど》近き所に、いにしへ明神の塩を煮給ひしと云《いふ》釜四ツあり。予少しなやむ所有たるか故に往《ゆき》て見ず。

赤水曰ク街中ニ有二小祠一倒レ二‐置ク古釜四ツ程一。奴《やっこ》語ツテ曰ク此《ここ》往古明神所ノレ煮レ塩者也。釜中之水大旱《ひでり》ニ不レ涸《かれ》。尤妙二眼疾一と云々。藻塩草《もしおぐさ》昔田村将軍征二蝦夷一時五万八千人兵糧此其釜也云。

（四三ウ）

兎角する間に夜に入て、月ハ山と海とのかひより出るほどに、風景一変してしばし人境の外に坐するが如し。

　松嶋やねがひの外《ほか》の夏の月

十九日　東の方わづかにしらミ月は有明にて、江上

（四四オ）

松しめりかへりて、そゞろにたへなる気色筆端舌頭に懸《かか》らず。きのふ約置《やくしおき》たる棹郎の来りて満潮の間の出舟促すほどに、朝餉そこそこに

打喰うて、卯の半刻ばかり小舟に打乗り、破子《わりご》、竹筒《たけづつ》など取入て纜《ともづな》を解き天気上もなく晴朗として、先《まず》東の方に金崋山ほのかに見ゆる。それより嶋々の数を尽すば（は㋑）かり眺め行きて、碓嶋《うすじま》によする頃は、稍《やや》午にちかし。月見が﨑、松嶋の宿は北にあり。五大堂、福浦島は東にあり。其あたり

（四四ウ）

にあるをすべて九の嶋と云といへり。富山其向ひにそびえ立《たつ》。行程二里といふ諺《ことわざ》に松嶋の景ハ富にありと云て、天下無双の絶勝也とぞ。又舟を汐竃の方にかへす。はじめの舟路と打ちかへて、沖の方の島々をめぐり汐干嶋に隣りたるもの云嶋に舟を半《なかば》引あげて、昼餉を喰ひ小貝拾ひなどして爰よし。この嶋々にためらいつゝ、夕汐を待て石舎の庭まで舟を入んとするに日いまだ高きが故に、潮のさし来たらず。江上の

（四五オ）

釣舟処々に棊《ご》を散らしたる様に見ゆ。掉良云、汐竃より松嶋まで江の中二里余、東西三里、東南大洋の方ハ、洲を築《きずき》たる如く岩石横たはりて、洋よりはこび来るあら浪をよけ、其間に廻門四有て、潮の満干にしたがひ海水西にかよひ東ながし、百船出入する事安して絶間なし。其潮にのりて鱧《はも》鱸《すずき》黒鯛《くろたい》鰈《かれい》鯔《ぼら》など云《いふ》魚おほく入といへり。しかるに此掉郎汐時をしらず。覚束《おぼつか》なき舟師《ふなし》なりけらし。日青山に落て

（四五ウ）

石舎に帰る。

　月と日はかはらぬものを千松嶋

夜坐《やざ》、しづかかに眼をふたげば、嶋々のおもむきうかび出て、再び其景に対するが如し。碓嶋《うすじま》籬《まがき》が嶋の外其雅ならす。惜しき事也。子《ね》の刻ばかりと覚る頃ふと転寝《うたたね》の眼覚て起上りたるに、片われ月山の上にのぼり、江上の潮湛《たたえ》て水面いささかの風もなかりけるさま、いはん方《かた》なし。

　歌人のたゝくとよミし水鶏かな

（四六オ）

時、予と規外といさゝかなやむ処ありて、終日《ひねもす》筆を

とらず眠りに臥す。
此浦に舟虫といふものあり。かたちは蝉の羽の無
がごとく、色も又是におなじ。庭中にも舟中にも
おほくあり。人音を聞ては、あしはやく散乱す
る虫なり。
廿一日　少し快《こころよ》く筆をとりて遊ぶ。
石亭は泥土をたゝミあげて地をならし造り
なしたる家屋なり。故に潮《みつ》の満る時は、庭上　（四六ウ）
屋後水となりて、あたかも浮嶋に似たり。
青東風《あおこち》や障子にうつるむら鷗
涼風《すずかぜ》の目に見へ来るや千賀の浦
まがきが嶋もほと近し、海士の小舟漕つれて、
さかなわかつ声々にと出給ひし。今も猶折《お》
りく〜のさみだれに蓑笠着つれて釣人の
小舟さしちがふさま、いづちの浦にも有るならへ
ながら、処からこそいとあはれなれ。
あはれさはあまといふ名よ五月雨　（四七オ）

さかなわかつ処を寺嶋河岸といふ。又新川
岸と云。
廿二日
僑屋《やどや》のつれづれなるまゝに、此里の風土を問侍
りしかば、近き頃まであまた在《あり》けるに、大方ハ
黄泉《よみ》にゆきて、今ハ只《ただ》魚行といふ老人ひとり
残れりとて来りける。其齢《よわい》八十三と云。雪中
庵蓼太のに遊びしといへり。其《その》句
田中氏は常に居住の事に心を尽し作
りミ（お）かれけるに、ことし春《はる》の半過る頃、一夜の　（四七ウ）
風にさそはれて、空しき人の数に入給ひしを
悼て
□の普請にぬらす袂かな
老人の志にめでゝ書付侍りぬ。
ながめ捨て帰らんもをし。中々によミ人しらず。
霧立帰を千しま松しま
魚行云、五六年前松しまの客舎扇屋《おふぎや》と
云に独《ひとり》旅の士《さむらい》来りて日をかさねて泊り居り

（四八オ）

けるを、其ほとりのもの共、士のひとり旅ハあや
しとて、扇屋そのことはりをいふて、かの士を立《たゝ》
せける。士、此歌を床の間に残し置て往《ゆき》しと也。
廿三日　予も規外と少し快《こころよ》きまゝに仙府に帰んと
立出《いで》たり。既に午にちかし。庭上より千賀の浦ま
がきが嶋を見遣《や》りて又来る事のかたしと袂を
ぬらす。

　磯の香はいづちもあれど風薫る

高崎、中田、南宮など云里々を過る。植はじめたる

（四八ウ）

小田処々にありてうれし。風流のはじめやと云
唫《うた》おもひ出られ侍る。

　旅人の噺《はなし》して居る田植かな

此夜仙府の松井氏を主《あるじ》とす。母子懇《ねんごろ》にある
じをせられ、言鶴に告て規外共に服薬す。三回
点じてやかて癒ゆ。
廿四日　松井氏に遊て。題庭上の古木

　月の夜に半分残せ散る松葉

　つまミ来てつけるや　蝸牛《かたつむり》

（四九オ）

其夜、石胆訪来《たづねきたり》て風談深更に及ぶ。
廿五日　むだ書して遊ぶ。其詞《ことば》
四時を共として遊ぶ人は、人のおかしからず
と捨ほかしたる物におかしき処のあり
とて、ひとりよろこぶことあり。ある隠者の
ありとて言の葉に盛年にして広莫野《こうばくや》
に言殊《ことだま》をうしなひ又これを無何有郷に
拾ひて後、はじめておかしきとおかしから

（四九ウ）

ぬとの味ひを知るべしといはれたり。頭陀袋《づだぶくろ》を
首に引かけて世を捨しとてみせかけ、人のあはれ
びを乞ありく世捨すものあリ。人のおかしといふ物
は其人の先に立ておかしとて人の心をむ
かふ。終に此事を業《ごう》と覚《さとり》て、月花ハ風雅
の外の事のやうになし果て生涯をあやま
る。うろたへ行脚少なからず。されば俳諧ハす
べし。俳諧師には成るべからずといふ。世語ハ尊き

詞なりけり。　（五〇オ）

其夕、横田氏飛丸より消息ありて、あまた贈らる。

廿六日　けふは南に向ひ帰路に趣《おもむか》んとし侍りけるに石原氏馬年いと懇に消息せられ、其文《ふみ》の中に、鶯花不厭貧《ひんをきらわず》の語あり。其志のわりなさに、午時頃より行べしと約し侍れは、清女も羨しかりて言鶴につぶやき倶《とも》にまかりぬ。折から江府の大樹こゝに居合せて面会す。（五〇ウ）しばし風談の後、旅店に帰る。あるじやがて予が途中の句を好む。三、四書付侍れは取散す。脇を起《おこ》す。

提《さげ》て出る田植の障《さわ》るあやめかな　湖中
六日月夜の暮かゝる空　馬年
浪あびて門を目当に舟よせて　清女
あざやかに降る雨の大粒　規外
鶯に山家《やまが》の春をへらされて　其道
霞ものらぬ物売の声　可涼　（五一オ）
下略

廿七日　其道規外集を贈らる。巳の刻ばかり清女又訪来る。

北空のせまき鳥居やほとゝぎす　きよ女
卯月《うつき》を古くしたる常盤木《ときわぎ》　湖中
潮時を待間《まつま》に舟流《なが》されて　馬年
ひとり〳〵に捨るかはらけ　女
有明と山に傚《なら》ひし家の向《むき》　中　（五一ウ）
咲て三日になりしした草　年
音せぬ雨の真直に降る　中
二階から先に灯をつけ渡し　年

暮に及て止《やむ》。

廿八日　朝過る頃けふは暑しといひながら俳諧いひちらし居侍る折、おもての方さわ（が）しく聞へけるが氷を売来《うりく》る也。常陸にも曾《かつ》てしらるる　（五二オ）

事なれば、そゞろに珍しく覚えらる。
　山の香をかゞせて行ぬ氷売

柳牧、訪来る。かねて文音有し人なれば旧識のごとし。書用の妨《さまたげ》時刻に来て帰る。

　両唫《うた》

著莪の花清水にあふも遠からじ　湖中
青田の中を麦の秋畑　馬年
鐘から汁を焚ほどかゝへ来て　中
（五二ウ）
もとの様にハ畳まれぬ傘　年
夕月にかりた囮をかへすなり　中
九月になればセはき川口　年
鮭時の舟は奇麗に洗ひ置　中
翌《あした》の祭にうきる炮碌《ほうろく》　年
銭五百まんほど借て肘枕《ひじまくら》　中
松一さうに植し大庭　年
何処からか朝々花の流れ来る　中
（五三オ）
御影借かけて旅の約束　中
飲なれし薬のきれる春雨に　年
下肴ばかり残る昼過　中
常灯の油の代も取に来る　年
さ□かれとは栽ぬ竜胆　中
かるゝとは月もこゝろの有やらむ　年
白い障子を立る秋の夜　中

　五月廿七日八日の遊也。

（五三ウ）

玉田、横野は、松湖の東にして、町の片側家一重をへだつ。

　名処の外の蛍は来たりけり

廿九日　けふは松湖を出るとて、朝とく起出《おきだし》侍るに、水乞鳥おほく啼。神廟《しんびょう》より玉田横野の方にの方に聞ゆ。いつも〳〵朝寝して侍れは、斯《かく》啼ものとは知らざけけるもをかしかりけり。馬年志やさしく、鬼首《おにこうべ》といふ処にて得たる楢のむしばみ（五四オ）たる文台及び福浦嶋の竹など草堂にあるかぎりを贈らる。既に袂をわかちて出る日に三竿ばかり也。二

木村とかや云処に植田の中に鸛《かん》の求食たるかひ
とハ親鳥にて残りは、皆《みな》ひゝなり。

　早乙女の上から鸛《かん》の天窓かな

けふの早に名とり川と聞へし所は久しく中洲
の出侍りしたるにや、洲の上にさまざまの木茂れり。
橋を二ツにかけて人を済度《さいど》す。　　（五四ウ）

　年魚《あゆ》の香に流るゝ水や名取川

東史曰名取広瀬両川引大縄為柵。泰衡
陳千国分原鞭云々と
さきの日通り侍りし茂庭、赤石など西の方に
見渡さる。

　山畑や木間〳〵の麦の秋

其南にあたりてわすれず山、芙山を抜けて聳立《そびえたて》
り。白雲むくむくと帯て雨の催ひを見せたり。　　（五五オ）
増田、中田の間是より西一里ばかりに簑輪、笠嶋の
里あり。祖翁の五月のぬかり道の唫《うた》を碑にいとな
ミて道に建侍りしが、立れば、雨の降るといひて
土人の常ね寝かし置といへり実方の宅址八垣年村にありといふ。
岩沼に至りて、武隈の松はいづこのほどにやと尋《たづね》
侍りしかバ、宿より西二丁ばかり入て、竹駒明神の社
のうしろ民家の庭中にありしかれども四十年
ばかり前に枯て栽繾《さいけん》なれば、只其かたちのミ　　（五五ウ）
なりと云ければ、往《ゆき》て見ず。松は此処跡もなしと
能因の歎れし折にはいさゝか増《まさ》りといふべし。しか
れども人々いかにと問事侍《はべ》らば、みきと答る詞《ことば》のな
なきはほいなく覚侍る。
岩沼古田阿武隈館陸奥大守所住、源備中源重
之藤原元良橘道貞藤原範長源孝義等皆
有之。

植し時契りやしけん武くまの松をふたゝびあひ　　（五六オ）
見つるを此歌は、元良二度陸奥守に成て下向の時、
　よめる一作　　元良親王

後撰集言葉書或文に二木の松は、藤原元良
住国の時に館の前に植被《られ》しより、其後孝義任

国の時、情をくれたる人の為とて是を伐て橋にかけし跡は松村の中に寺のみ残れり。

武隈の松は二木を都人いかゞと
とはじみきとこたへむ　橘　季通

（五六ウ）

たけくまの松はこのたび跡もなし
千《ち》とせを経てや我は来ぬらむ　能因

宿の南のはずれより東に向て浜海道に入（ひがし海道又相馬海道といふ。）花町といふ処、門前に桃桜多くあり。又蕾椒《つぼみはじかみ》を売家おほし。やがて阿武隈川の岸に臨む西南の方より流れ来り、東北に向て海に入。掉郎に海口を問侍りしかば、荒浜の湊まで二里ありと云。

みち（の）くのさみだれは此流れかな

（五七オ）

土人に川の幅を問ければ、五百間と答ふ。然れども三百間内外なるべし。わが那珂川に六七十間　斗《ばかり》広く見へ侍る。

かねて陸奥人の譚《はなし》に、聞ふれし角田亘（一本に亘理と書り）といふ亘の宿に至る。田舎には目なれぬ商家などありて、大に栄たる所也。此夜山下駅赤沼屋に舎《やど》る。けふの昼過る頃より降出たる雨の夜に入て大降にとなる。快《こころ》よからぬ寝心也けり。

（五七ウ）

六月朔日　夜明前より、雨風しきりにつのり、朝もゆるゆる立侍るに、道のほどぬかりて一歩もあがらず。昼頃より西風立て晴につく。東北にあたりて海折〳〵見ゆ。又金崋山も見ゆと云り。道の西の小山つゞきて東は廣田なり。

田植時庭子も嫁に成にけり
ませたとは女の子なれ苗はこび

此の日申ばかり駒か峯駅寺嶋に泊る。鹿嶋の里

（五八オ）

に鬼風を訪んとするに、道遠くぬかり深きにより て、日高《ひたかき》に舎りたる也。数日の後にて、よき宿にあへり。

慈翁のたまひし事あり。草鞋の足にあふと今宵よき宿からむと思ふいさゝかの願ひ也となり。予ハこれにわづか異なる処あり。極りなく愚なる。夫《それ》にあわじとおもふ宿は、誰々の

ねがひもはづるゝなり。

二日のやどりを出る仙台の番所有。半里ばかりにして仙（五八ウ）台の封彊《ふうきょう》を離れ相馬領に入、二里余にして中村の府に至。城は街の西に在て平城也。城を離た処橋あり。

常陸を出てよりの往来、西の方ハ遠近となく山々の様をとりふして重りたる。或時は興じ、ある時は倦して極る所のなきは人の心也。

用のなき西手の山や雲の峰
道の蝿乞食に帰り人に来る

（五九オ）

中村と鹿嶋の間三里山坂にて、海の見ゆる処に出る事ふたゝび原釜の浦など云入江ありとなん。

松嶋のよそも船風吹時節

鬼風を訪侍るに三枚はきの養蚕《ようさん》、をとつひよりまほしにかゝりしとて、手もすまなるに侯の休足所と聞へし家をかりもとめて、いと慇にもてなしける。夕と深更とに来り陰忙の中に風談す。志厚き雅人なり。

（五九ウ）

三日　此駅の撿行菊地氏芳雨、朝の間鬼風と共に来り面会す。侯　風名玉常　より此ほとりの俳諧を翫ふ。人に賜りたると云おかしき紙をもて来て、これに究中の句を望む。五七枚書捨て別れを告。既に巳の刻にちかし。駅を出る処川二筋流れて橋を渡せり。

夏草や息のつかるゝ橋のうへ

夫より山路にかゝる。海処々に見へて其中に海老浦といふ勝景の処あり。しばらく道路のわづ（六〇オ）らいを忘るるばかり也。

こちらから涼風願ふ山ならず

原野町の駅を出れば道をはさミて東西に坰有。おのが一むれ〳〵に遊び歩行。くさ原いとやさしかりけり。道より近き野に出てかミあふなどあり。よく見るにおどけて遊ぶ也。殊にあはれ深し。おほきむれをおほよそにかぞへ見るに百の半をこしたり。

涼風や髷をかぶりし牧の駒

其ほとりの土人に、此駒はいくらばかりやと問けるに、牧野は二千余りと云伝へ侍れど、西に見ゆる山の牧は一万余と云。曾《かつて》野に出る事なし。駻《かん》つよく人の手にとる事ならずといへり。（六〇ウ）
野馬祭五月中の申の日也。原野町方より一里余の処を、小高の妙見《みょうけん》へ追やり木戸を打ちて、中上りにて一ツとりて頓《とどむ》るとぞ。
小高の駅を過て浪江にゆく間滑津《なめつ》浦と云入海あり。（六一オ）
江の中一里余、絶景の処といへり。しかも水浅うして大船の入事ならず也。浪江の駅を出てしばし日暮けるが、蛍のむれ飛事《とぶこと》行人の顔に障《さわ》るばかり也。
まよひ子の沙汰聞へけりむら蛍
長塚に止宿す。まことにいぶせきやどり也。
乞食ぞと思ひ捨《すて》ても長坂かな
四日舎りを出るよりやがて糠雨盈《あふ》れ出て山路にかゝる。（六一ウ）

朝雨や玉まく葛を見て通る
田野
おもしろき仕事なりけり苗配り
道路のわづらいすくなき折、駕籠の中にむだ書す。
蕉翁卯辰の紀行にたまたま風雅ある人に出あひたる悦《よろこび》、瓦礫の中に玉を拾ひ、泥土の中に金をえたるか如しと書れたり。宜《うべなる》哉。予ことし奥羽の覊旅《きりょ》に遊びて、多くの人に交りてつくづく（六二オ）
と思ふに人に三等あり。業の至りたる人ハいふもさら也。業巧ならずとも此道に熱心成る人は情こまやかにして
めでたし。次に作にかゝはらす風流なる人。此三たりハ、いミじき菩薩とも云へべけれ。古も今もかはる事のなきハひとり人情のミ。
熊川駅を過て富岡に至る間、相馬領をはなる。駒が峯よりすべて十五里ほど覚の（ゆ㋑）。此駅水戸と仙台の半なりと云。木戸川を渡る。柴の仮橋有。流水（六二ウ）

漲りて瀬の鳴る事冷しく聞ゆ。

しら浪にまじり来にけり茨の花

此夜廣野の駅長が家に舎る。終日の雨につかれ果て宵より寝る。

五日　曙の空、天気晴朗になる。旅ごころたま〱快く人々汀のわづら（い㋑）はしき事をいへど、更に鬱情なし。長砂といふ渚をゆく。其間一里ほどと覚えたり。

（六三オ）

水無月や浪のならした砂のうへ

山につきて住なせる小家六、七あり。何業をなすとも見へず。実に聖代の民なるべし。

松植て木の間に見るや夏の海

海に別れて俄に山路に入てゆく事数町。

夏山や気楽に見ゆる寺二軒

苗提《さげ》て旅人を見る山路かな

田植時高ミの家ぞ桑をきる

（六三ウ）

巳の刻ばかり久之浜又日佐浜と云の駅に至る。久識《ひさしき》なれバ、龍光寺の士峰尾州名古屋の産を訪侍りしに、悦《よろこび》て引とゞめ、あるじせらるゝ事いと懇《ねんごろ》なり。おのづからなる山を庭としてそこより滴《したた》る水をうけて池をつくり花菖蒲などをいきいきとは広ごりて涼し。殊に禅林なればわきて清閑なり。

水無月や昼もかわかぬ松の雨

霧嶋や寺の垣根の（ハ㋑）山の裾とことしの春いひ出侍りしが、情《まこと》に此精舎のおもむきに叶《かな》ひたるともおかし。

（六四オ）

此日はじめて蝉を聞く。

蝉鳴や水戸はさかりに瓜茄子《なすび》

六日

精舎は、不来身俗このミといふの浦を東にして山を西になせり。市中を去る事わづか二百歩ばかり。清閑をおもてになし、涼しさをうらになす。そこはかとこゝろすミゆきてしばらく旅の俗情をわすれ侍る。もし今、覚英、円位の両法師客中におはし

まさば、必《かならず》やどりを爰に乞給はざらむや。（六四ウ）

竹の子のそだつ折かや露はしり

又

露なから笋《たけのこ》見をる納所《なっしょ》かな

七日けふは湯本に往《ゆか》んとして、士明に別れて出、波立ハツタチといふの宿に至。波立寺《はったち》と云寺あり。本尊薬師、又山上に茱萸《しゅゆ》ありて四時《しいじ》常に実を結ぶ。或人いへり、

みちのくのこぬみのうらに一夜ねてあすやおがまん（六五オ）

波立の寺、と西行法師のよませ給ひし所とぞ。浪打際を行に、母子草《ははこぐさ》と云もの黄なる花咲て道のを（ほ）とり又ハ漁家の屋根に茂りつゞけたり。

名を聞て俄《にわか》にやさし母子草《ははこぐさ》

四倉駅を過て岩城の平の府に入所《いるところ》、夏井川 俗かまた川又かまと川といふ といふ有。其巾五六十間、石川にて流れよし。海上より西に阿伽井岳《あかい》あり。龍灯此川を伝つて海上よりのぼるといへり。町に至 城は町家の。西北にあり 先《まず》沾橋を訪侍りし（六五ウ）かば、かねて予が此行聞伝へ居けるとて、大《おおい》に悦びやがて有馬屋といふ客舎に別家にとゞめてあるじさらに志《こころざし》浅からず。おひ〳〵訪来る人々露鳥、甘草（之㋑）米嚢、才々 植田の修験 ともに五人也。

探題

夕立のゆくやかすかに山の鉦《かね》

夕立のちいさき雲や海の上

裏のかたは夕顔はふや旅の宿

此夜はじめて蝒を釣《つる》。（六六オ）

八日 沾橋に牧の内藤侯の句を見る 自筆の軸也。

札留《ふだどめ》ややしきの春《はる》にやまざくら

鈴むしや駅路の荷鞍《にぐら》千々《ちぢ》の門

此日附合に遊ぶ。又探題あり。

合歓《ねむ》咲や行水たらいかゝえ行　湖中

蚊を追て立遊《ゆき》て見る座敷かな　、

日盛りのすわつているや草の上　沾橋

飯のさた聞なして居る納涼かな　規外

三唫《さんぎん》

（六六ウ）
裏のかたは夕顔はふや旅の宿　湖中
蚊の啼く中をはしる水音　沾橘
馬の子（の）おどける雨の降はれて　規外
蕎麦の打たてる見立振舞　中
もらひ来て松植かへし秋の月　橘
地子をすまして横になりけり　外
つゝがなくたからの市に立まじり　中
（六七オ）
喧嘩の沙汰も引汐の雨　橘
売れ来て居るもつらき膳《ぜん》の前　外
朔日の日も暮仕舞たり　中
かひ近し三河《みかわ》木﨑の昼下り　橘
熱風呂好の殊に風吹　外
くれかねた□をむり〱茁ひ来て　中
お袋ひとり精進せらるゝ　橘
きさらぎは朝のうちから花の空　外
（六七ウ）

下りはじめる鮭の子の　月　中
居酒屋の長閑《のどか》に住し跡とりて　橘
春の夜なべに釣瓶《つるべ》縄うつ　外

其二

春（松イ）の香のひくをしに来る暑哉　規外
青田中の人を鳴つく　露鳥
からかさの昨日の雨を乾せて　沾橘
さはれもせぬ片ぬりの壁　才々
（六八オ）
酒さげて隙聞歩行宵の月　太民
洲崎の潮に角力《すもう》波明く　湖中
寺山は只秋風の吹くばかり　鳥
むく起にしてかゝる算用　橘
伯母よりは物の云よき叔父の方　民
となりとなりとおろす舟板　外
伊勢へ行く友を見送る向側　鳥
（六八ウ）
雪はく跡へはまる雀等　民
沙汰なしに一艘分は売残し　中

もはや九月も末の弓強（張㋑）　橘
掛稲に板戸をほそく明て置　外
うてと思ひはをしき黒鬢　鳥
咲花に気のせかれたる旅用意　民
焙炉《ほうろく》の炭のおひおひに来る　中
ゐいやつと公事の滞たる春風に　橘
（六九オ）
住居の向を直すもくろミ　外
翌からの天気請あふ甚し色　鳥
駕籠行燈《かごあんどん》の先弓をはる　民
立膝に連歌の後坐の一咲《わら》ひ　中
乙鳥の糞の落る涼かさ　橘
水飯に梅干凍る膳まわり　外
山臥《やまぶし》の来て混雑になる　鳥
（六九ウ）
朝月のはやかく下るもがミ川　民
柳黄ミてセいご釣るころ　中
へだたりし妹かうらミの露深く　橘
人にもかさで捨てし田の家　外

鍋鶴の首をちゞめて降る時雨　鳥
一日〳〵に様々の不二　民
茶の間まで水菜の屑のちりよりて　中
こゝろ見ゆる言葉からかひ　橘
（七〇オ）
さハサハと声有ほどの花のかげ　外
茶摘はじまる里の朝凪　鳥

探題

祇園会《え》に西行影を隠しけり

帷子《かたびら》の武家より迯き町屋哉

十二日　午時過、沽橘、露鳥に別れて湯本に至る。町を出て尼子橋を渡る。長さ百間といふ細き流れの川二筋あるを打越《こし》てかけたり。そのすべて小田（七〇ウ）なり。八幡太郎義家の女のかけはじめたりと云伝ふ。故に尼御橋《あまごはし》とも書といへり。申の刻過る頃三箱《みわこ》の湯に至る。先ヅ東峨を音信侍りかは、旧約を違ひす福嶋屋と云家舎の裏坐敷に案内す。此行脚をたすくる事おのれが親族を愛するかごとし。頗《すこぶる》一奇人といふべし。夕山、振衣など訪来る。一之ハ我古郷にわりなき事のありて行しとて逢《あわ》ず。これ此行二ツの憾《うらみ》也。其父汀左いと深切《しんせつ》也。

（七一オ）

文政酉《とり》の夏仙府の遠藤氏曰人、予が草堂に来て雑話の序《ついで》にいふ。三箱《みわこ》の湯は、槽《タメヲケ》の小なるが故に小箱と書《かく》なるべし。小筵狭衣などいふが如し。三箱ハ誤なりといへり。実にさる事も侍らむと思ひ居たりしかバ、其事を東峨に問侍る。峨曰さる事ならず。三箱山と云有て温泉神立せ給い、その神主ハ（を㋑）佐波古某といひて予が同苗《どうびょう》なり。曰人が説、杜撰にしてとるに足らずといへり。

（七一ウ）

探題

田に落る町の水邊や啼水鶏《くいな》

夕立や欠《かけ》出したがる男の子

にくいほど白雨降るや嫁が里

湯長谷下西郷の山県東庵といふ医家舎の主久兵衛をして予に逢て門下に遊ばん事を望む。辞《じ》すれどもゆるさず。わりなく議して別る。

（七二オ）

探題

客に来た子を連《つれ》て出る蛍かな

ほたる見んや果《はて》は眠がる御僧達

題温泉

峰々の松を佐波古の夏の月

俳諧一折あり。事しげゝれば省く。

十四日　風談に昼過ぎる。人帰て後しはらくの間転《うたた》寝して旅愁を養ふ。夜に入て仙府より三日路《ぢ》東北にあたりたる何の里とかいへる処の有物、予に逢む事をほりして五月の半ば水府来りしが、予ハ其頃松嶋に遊びて行違《ゆきちがう》事を恨ミ、やがて

（七二ウ）

取て返しぬとて面会す。はた相馬になす事の侍ればとて下りぬ。其後水府にて逢《あわ》んと約して別る。

十五日　けふは勿来関をこへんとす。朝より立出ばやど其用意し侍るに、人立かはりて果たさず。わりなき事のみはある。これ風雅の上の浮世也《なり》けらし。

其別れに望むで、汀左、夕山、振居（衣㋑）有物及び
客舎のあるじはるばる送りて来る。人の深情ほ
とうれしきものはなし　（七三オ）
湯長谷を過て山路にかゝる。
　山蝶の機嫌にありく暑かな
　句にとれば旋花《ねじばな》露を持て居る
　ひるがほの花や六月十五日
かねて訪ことの約ありて、植田の里の浄月院才々
を音信侍りしかばとかういはず、引とゞめてあるじ
せらるゝ事深切《しんせつ》也。中〳〵に財に富る人よりも
其心清し。誠に今宵は満月にて阿羅匿王の　（七三ウ）
前深省を発すばかり覚え羈旅《きりょ》の労をわすれ侍る。
　すゞしさに心のゆくや月の中
十六日　あるじ好ミにまかせてくさぐさ書なぐりたる
に、都人の書たるを絵とて二枚贈らる。また別を惜ミ
て植田川（また醒川と云）の岸まで送られ侍る。折から雨　遠《とおく》
して流れ至て清し。

紫蘇《しそ》洗ふ人の下けり川の遍り
有明は今朝はじめての青田かな　（七四オ）
関田の駅を過て九面《こくづら》の渚《なぎさ》に出る。小名、東北に出ば
りて南に平潟《ひらかた》の山を見る。此ほとりはすべて岩山にて
風景至てよし（関田いにしへは。関北と書しと云）潮満《みち》来れば道もなしと
聞へたる渚にさしかゝりて
　九面《こくづら》や浪かぶりても夏衣《なつごろも》
勿来関は昔斫《きり》通しに成《なり》、古関の跡は西にあたる。
山の上にありといふ。又九面より平潟へ通ふ道を
斫通《きりとお》したる洞門、三所あり。民是より路次のわづら　（七四ウ）
ひなく便《べん》りを得たりとぞ。
　夏草のなこそぞ積る月日かな
平潟の入江は美景にして又繁華の地也。
　百船にしばしもかゝれ夏霞
大友氏随分（和㋑）が、隠れ家を訪て風談の間、雨足に
音信侍ば、やがてあはたゞしく来れり。いさや
村山の素英を尋ねばやといへば雨足案内せん

とて、規外をいざない疾《とく》はしりぬ。素英は富る人（七五オ）ながら志《こころざし》優しくてあるじせらるゝ事他にこへたり。

　探題

暑き日やこけこむやうに八重葎《やえむぐら》

　貧家

ゆつさりと茂りにとゞく戸扉《とびら》かな

夕立に水に戻りし亀の甲

十七日　規外いかに寝ほれけん、いまだほのくらきに起出たり。予も噡ふ〱起あがりて一眺舍の佳景に対す。

　青田から夜明てのちに人の家

（七五ウ）連衆おほく酒酣《たけなわ》なり。側《そば》にむだ書して遊ぶ。其詞に

むかし人の旅し給ひし事を思ふに大悟せん事をほいとして嚢中の貯《たくわえ》いと細く安戸の蓬茨などのいぶせきに仮寝し、あるひは竹の簀《すの》子《こ》ならべたる浅茅《あさじ》の宿に一夜を明さむ事を、いひよりて悦《よろこび》給ひしなるべし。さるを今の世の人おのれをはじめとして古人の十分が一ににもたらぬ腹を持て、或は駕籠、あるひは馬に（七六オ）蒲団を厚う敷ならして、故ありげにいきりありき、おほくの人を労しておかしくもあはれにもミしかき方をいみじとおもひ、人のたからをむさぼり、西にはしり東にねまりて、風雅人と名のるぞなさけな挙動也。聖代《せいだい》の罪人といふべきものならし。

此夕《ゆうべ》、予したひて来れるものあり。規外をして其あらましを尋たるに、因州の臣なりしが、今ハ此道に遊て雪耕と云。もししたしく教諭し給ハゞ草履（七六ウ）を掴《つかむ》なりともいとはすと云へれど、家中の事なればことわり云てかへす。志の深き人なりき。

暮過て俳諧一折いできたり。予が九面の句を立て、庵主脇を起《おこ》す。打込の巻なれば略して爰にあげず。連衆旦己、随和、洞月、雨足、規外、太民すべて八人也。

十八日　おのおの題を探る。

　家にまで青葉散れ心太

長安ハ夢にもしらず瓜作り　随和

（七七オ）

十九日　日数をかさなるまゝに、我宿の事心にかゝりて朝とくに出ばやと調度なりと取しらべ侍るに、例の事なれバあるじどのからのとて袂を別ちかねたは、又来る事をいひて辰の半刻ばかりに別る事になりぬ。やがて小家勝なる里にかゝる。

麻の葉の風や六月中過る

神岡宿を過て磯原といふ処の海岸に天妃《てんぴ》の社あり。

（七七ウ）

明《みん》僧心越《しんえつ》嘗齎天妃像来、藩祖義公創出（祀㋑）

諸此又那珂湊日本国中唯有廟耳

臼庭《うすば》川をわたる奥州の上臼庭を水上とすと云。

鮠《はや》釣のはた涼しやさゞれ石

浪打際を過る処にふたつ嶋といふあり。いさゝか松嶋の俤ありておかし。杯《さかずき》に寝《いね》るなさけや梅に小豆粥《あずきかゆ》と支考が辛《から》き目見たる足洗《あしあらい》の駅に至る。

寝たいふ軒はこゝらか梅を干

（七八オ）

此宿の一泊にあたらざるは、風雅の上聊憾《いささうらみ》有。川尻の駅に至る。夕映誠にすミ渡たり

涼しさや波にさしゆく家のかげ

蚕浦亭にやどる。夫婦共にいとかひ〴〵しくあるじせられて、旅の上とも思はざるまで、安かりける。此夜、友人米口防人《さきもり》の司《つかさ》にてありければ月をこへて此駅にとゞまりけると、蚕浦の譚《はなし》けるが、頓《やが》て訪来て深更《しんこう》まで語りつゞけて帰る。名残誠に

（七八ウ）

廿日　此亭を出て小木津《おぎつ》の駅長が庭中の松を見る。名木といふべし。惜哉《おしいかな》人作の入たる事。

さきの夜米口のいひたるは、小木津の里の長《おさ》久しく病《やま》ひに（のイ）床に臥しけるは懇《ねんごろ》なる友の来れる折いひしハ、我病外《ほか》の事ならず。それの山にかゝる松なり。年ころ庭にうつし植たく思ひ侍れども人の労せん事をおそれて空しく過し侍りけるが、其事しきりに胸にセまり、終《つい》にかゝる病とハな

（七九オ）

れり。是全く命なりと、涙を流して語りけるに、かの友大に驚き、いと安き事也、とて里の人々に諭《さと》し多くの人の手して、やがて庭にうつし植侍りたれば、其病ひ立処《たちところ》に癒《いえ》しと也。

大ミかを過る。

　深切《しんせつ》に花を覗くや瓜作り

森山の駅より大かたは西に向ふ処多し。

　暑き日のをしのぼる也石名坂《いしなざか》

（七九ウ）

大橋と田中々《たなこうち》の間より太田に行《ゆき》、尾花庵に至る。予が奥羽経歴の中、瘧をうれひしと聞たれば也。しかれど此時は癒て常に等し。

廿一日

　涼しさや波にさし行家のかげ　　湖中
馬もしばしはぬれし白雨　　一経
染めたのと染めぬと絅《けい》をえり分けて　　中
うるしかせ跡の見へすぎ　　中
素踊りの月の夜細《さい》をつく年《ね》置　　中

（八〇オ）

粟穂《あわほ》の下の綿が咲出す　　経
妙義から里へわかる丶厂《かり》ひとつ　　中
隙に目病の蒸薬する　　中
さればとて仇《あだ》な便りも猶かたく　　径
鎌倉山の冬になりゆく　　中
舟梁の見へぬ程積む葱草　　径
夜明の鐘を聞すゑて居る　　中
月寒し鰥《やもお》なれたる六かし色　　径

（八〇ウ）

彼岸の後は鉢もたゝかず　　中
高宮の裏と表も落し水　　径
瘧ふるへのこむこむと出る　　中
すぐすつと花の香の来る朝じめり　　、
けふも昨日も酢売雛《すうりひな》うり　　径

廿二日　四壁堂に帰る。道すがら炎熱に堪《たえ》かねたり。

　川を飲て脾胃の強さよ田草取

（八一オ）

五月廿九日　岩沼亘の里々田植最中にて侍り
しかバ、いつ植はじまりていつ仕舞にやと問侍り
しに、廿一日にはじまりたれば六月三日までまて
にハ皆仕舞なるべし。大やういつの年も十二、三日と
答へけるか、廿日ばかり過て常陸の地に入たるに、
いまだ代《しろ》もかゝぬ小田多くあり。いかにかくハたかひ
侍ると尋ねければ、ミちのくは上田《じょうでん》にてはやし。
此わたりハふけ田にて下田《げでん》なれば土用に近う（か㋑）

（八一ウ）

よらざれば植てよからず。故にまち居り侍る
といふ。たけ田の小苗ふしたちにけり　と詠れしも
斯《かか》る事抔《など》もありけるにやあらん。
北総の五璉、予がみちの帰りをしたひ跡を追
来り。草扉を敲《たた》き一折の両唫あり。又句帖
の序を序を望む。其詞、
花鳥を友とする人は、花鳥をもて心と
し、盤棊を翫る人は盤棋をもて心と
す。爰に北総銚口の五璉言《いふ》。花鳥を心とする

（八二オ）

人々にまじわりて、おのか心の花鳥をおもふさ
さ田に植はじめんと、裾おかしげにからげて、
天地に□歩すなかなかやさしき花鳥の
友だちにて言有《げんあり》にける。もし其心をうば
ひて親しく交ざる人ハ、実に花鳥を友と
する人にあらず。実に花鳥を友とする人、
あはれびまじはらざる事あらむや。

（八二ウ）

丁亥季夏下弦　　幻窓湖中書

（八三オ）

「奥羽日記」行程のあらまし

大森　昇

文政一〇年

四月

十九日　【水戸】出足。規外、太民、左祝同伴。
岩城街道を北上。
［田彦］ここで左祝と別れる。
［澤］ここから太田街道へ。
［堤］太田街道。
【額田駅】通過。

廿日　【太田】到着。泊。
太田・方居方、尾花庵に滞在、二六日まで。
北条・石翁が追い着。
方居句帖の序を作る。

廿七日　【太田】出足。里川沿いに棚倉街道を行く。
【町屋駅】
［玉簾の滝、玉簾寺］
【折橋駅】駅長が家。燕の巣が沢山に。
［大中・小中・徳田］
［境の明神］ここから、陸奥。
【大洪駅】宿・米屋。
［大ぬかり宿］泊。

廿八日　［大ぬかり宿］出足。
［下関・田野］
【戸塚駅】
［伊香川・東館］
【棚倉城下】
【釜子駅】水戸屋泊。

廿九日　【釜子駅】出足。
［大熊川］雨で橋落ち、歩行で渡る。
那須・甲子の山々を見る。
【河原田駅】通過。
【須賀川駅】多よ女に会う。仙台屋、泊。
雨孝来る。

三十日　仙台屋に滞在。雨孝来る。仙台屋泊。

五月

一日　【須賀川】出足。阿武隈川添いを行く。

二日　【笹川駅】　阿武隈川沿いを行く。東に相馬・三春、西に会津根・安達太郎嶺。
【日和田駅】　茶店「可つミ屋」
［浅香山］
［本宮宿］　森田屋泊。
行路手間取り、二本松まで行けず。
［本宮宿］　出足。
［松田宿］　藤中将実方の歌碑。
【二本松】［若宮町］　与人を訪ねる。
【八丁目駅】　紫明の別宅泊。これより雨に降りこめられ、ここに滞在。
四日　［川股］　の点挙に太民をやり文音。
五日　紫明宅逗留。
八日　【八丁目駅】　紫明宅から出足。
［根子村］　通過。
【福嶋】　ここから米沢街道を西へ。
【笹木駅】　右手に不忘山。
【庭坂駅】　寒風烈しく、登り道路険阻。
［庭坂峠］　登り道の頂上。

【李平駅】　泊。夜、風雨烈しく、朝止む。
九日　【李平駅】　出足。是より嶮しい下り道。途中、わが名を聞く者に短冊を所望される。
［産か澤］奥羽出羽の境。途中から登り道。
【板谷駅】　米沢の番所あり。下乗を強いられる。
雨風烈しく、板谷峠を越えられず。
駅長の家に泊。
十日　【板谷駅】　出足。
［板谷峠］　峠越え。残雪。寒風。馬酔木、花を開く。
【大津駅】　ここより、桑・漆多し。
【米澤】　着。
［米澤・東町］　福嶋屋泊。
十一日　この日、［米澤］福嶋屋滞在。「葉野」～［米沢］間、十四里。皆、「かるさん」と云うものを被く。牛が多い。竹林がない。
稲丸、文来来る。夜、村六、春二、桐水ら来る。

十二日　［米澤］　福嶋屋出足。
［反取］　ここより、東北へ。右後方吾妻嶽、左後方朝日の嶽。西に飯豊山。亥の方遥かに雪の月山。
【大橋駅】　田が堅い。菖蒲、杜若が多い。
［赤湯］　油屋泊。古翠に音信。近くの沼に杜若を見に行き不在。夕刻、古翠来る。

十四日　［赤湯］　油屋出足。左に裸山あり。田の中に大沼あり、杜若多し。
【川樋駅】　粗末な家が多い。桑、漆多し。また、路傍に薊多し。
【中山駅】　米澤の番所あり。
【川口駅】　僑屋の庭に大柳あり。
【上山城下】　繁華な土地。
【松原駅】　山形の番所あり。通過し、ほどなく洲川の急流。杭に「往谷地村」と。
【山形城下】　［旅籠町］　佐久間屋泊。家数多く繁栄の地。二日町から十日まであり。

十五日　【山形城下】　出足。米澤より山形へは、真北に。ここ山形よりは東へ向かう。実方朝臣の「阿古屋の松」、見ずに通り過ぎる。最上川の水上を通る。絵を見る様な趣。
【新山駅】　山形の番所有り。最上川、道が険しくなる。上り坂。
［関根の里］　麦蝉を聞く。かんこ鳥。はこね草。
［笹谷頂上］　暫く平地。奥羽の境。この地を、規外「はばかりの関」と、頂上の観音堂の鐘銘「有耶無耶の関」。路傍に熊笹。下り道。虎杖多し。
【笹谷駅】　仙台の番所あり。これより仙台領。

十六日　［川崎宿］　吉田泊。
［川崎宿］　出足。
［五石］
［赤石］　山坂多し。真竹の林。
【茂庭駅】　ここから山越え。頂より海、金

崋山など見える。

【駒取駅】

【長町駅】

［広瀬川］

［国分町］　清水屋泊。

【仙台】

［塩倉町］　松井氏きよ女を訪ねる。

十八日　塩竃から松嶋への道。

【原町】　過ぎて躑躅が岡。

［玉田］［横野］［宮城野の原］

木下天神。薩津の碑。

［案内宿］［今市宿］［市川という川］

［多賀城碑］　多賀城址の北を過ぎる。

【塩竃】　比丘尼坂。明神。旅籠「石屋」着、

泊。籬嶋、千賀浦を見渡す。明神の塩

を煮炊きするする釜四っつ。

十九日　船で海へ。石屋泊。

廿日　石屋。快からず、終日筆をとらず。

廿一日　石屋。筆をとる。

廿二日　石屋。

廿三日　石屋、出足。仙台へ。

［高崎］［中田］［南宮］　通過。田植えが

始まっている。

【仙台】　泊。松井氏きよ女の世話になる。

服薬して癒える。玄鶴。

廿四日　松井氏宅へ。

廿五日　無駄書して遊ぶ。

廿六日　石原氏馬年より消息あり。きよ女、玄鶴来る。

ここで、江戸・大樹に面会。

廿七日　基道来る。

廿八日　朝、氷売通る。柳牧来る。

［松湖］　出足。馬年より贈物。

廿九日　［二木村］

［名取川］　茂庭、赤石などが右の方に見

える。この南に、わすれず山が見える。

［増田］［中田］

［蓑輪笠嶋］「五月のぬかり道」の芭蕉の碑。

［岩沼宿］　竹駒明神の後に武隈の松（跡

なし）。ここより浜街道・ひがし街道、
相馬街道とも）に入る。
［花町］ 阿武隈川の岸に。棹郎、この川は東北に流れて、荒浜の湊で海に入る。
［角田亘宿（亘里とも）］

卅日？ 【山下駅】 赤沼屋泊。

六月

一日 赤沼屋、出足。朝、雨。道ぬかる。西風強い。
【駒か峯駅】 寺嶋屋泊。

二日 【駒か峯駅】 宿を出足。仙台の番所あり。
まもなく仙台領から相馬領へ。
【中村城下】 山坂を越えて、鹿島駅へ。
［原釜の浦］ 鬼風を訪問。
【鹿島駅】 泊。

三日 菊地氏芳雨、鬼風とともに来る。
【鹿島駅】 出足。川を渡り山路。
【原野町駅】 通過。道を挟んで牧場。
【小高駅】 通過。
［滑津浦］
【浪江駅】 通過。日暮れに蛍の群。
【長塚駅】 泊。

四日 【長塚駅】 出足。糠雨。泥道。
【熊川駅】 相馬領を離れる。
【富岡】 水戸と仙台の中間。
［木戸川］
【廣野駅】 終日雨。駅長の家に泊。

五日 【廣野駅】 出足。天気晴朗。
［長砂］ 渚を行く。海を離れ山路。
【久之浜】 日佐浜とも。龍光寺・志峰を訪ねる。泊。蝉を聞く。

六日 【久野浜】

七日 【久野浜】 出足。
［波立］ 波立寺。浪打ち際を行く。母子草。
【四倉駅】 通過。夏井川（かまつ川、かまと川）。阿伽井岳。龍燈。
【平】 有馬屋泊。沽橋、露鳥、甘子、米嚢、方々来る。

八日
十二日　【湯本駅】
　［尼子橋］　八幡太郎に所縁あり。
　［三箱の湯］　東峨と福嶋屋の裏座敷に入る。夕山、振衣来る。
十四日　転寝、郷愁にふける。
十五日　【湯本駅】　出足。汀左、夕山、振衣、有物に送られる。
　［湯長谷］　ここより山路。
　【植田の里】　浄月院才々方に泊。
十六日　出足。
　［植田川］　醒川とも。
　【関田駅】
　［九面の渚］　小名浜が東北に出張り、南に平潟の山。
　【勿来】　平潟へ、洞門三カ所あり。
十七日　【平潟】　随和に会う。村山の素英を訪ねる。泊。

十八日
十九日　【平潟】　出足。
　【神岡宿】　通過。
　【磯原】　海岸に天妃の社。
　［臼庭川］
　［二ツ嶋］　松嶋の面影。
　【川尻駅】　蚕浦亭に泊。
廿日　【川尻駅】　出足。
　【小木津駅】　駅長の庭の松を見る。
　［大甕］　通過。
　【森山駅】　通過。
　［大橋］［田中］　の間を通り、
　【太田】　尾花庵着。泊。
廿一日　【太田】　泊。
六月
廿二日　【太田】　出足。
　【水戸】　四壁堂に帰着。

二　湖中連句集

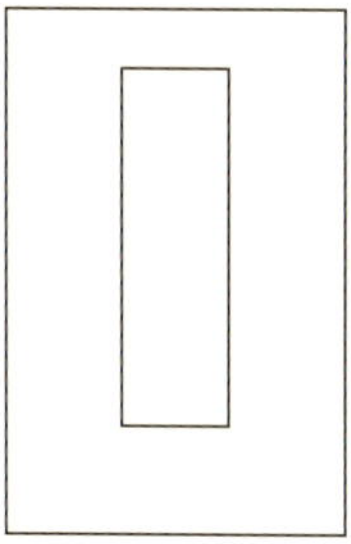

（有馬家蔵稿本　題簽欠）

『湖中連句集』（稿本）解題

（1）題　名　題僉、内題なし「湖中連句集」（仮題）
（2）書　型　半紙本　縦二三cm×横一五cm
（3）冊　数　一冊
（4）紙　数　八〇丁
（5）序跋文　なし
（6）編著者　岡野湖中
（7）刊　行　刊記なし　文政三年頃稿成るか
（8）内　要　三世岡野湖中の自筆稿本で、文化十三年から文政三年迄の連句四一編が収められている。俳人は杜年・芷芬・再化・三思・未成・一坡・祇年・麦秋・昭眉・文来・一柯・可磨ら湖中の俳友門人たちである。
　末尾に「下略」とあるから、このほかに連句作品があったことがわかる。自筆稿本かは不明。

丙子春（文化十三年）

涼しとのこと葉はじめや春の水　杜年
初紅きゆる笹原の空　芷芬
かすませる棚なしの舟の曲突塗て　湖中
慶次が男笑ひ下手也　再可
蚊がせゝる月の筵に立かはり　三思
今宵の露が秋になるのか　未成

（一オ）

汐風のちよつ〳〵　とさはる柞の木　芬
染苧まいらす乙姫の宮　年
跡先に取揚し子を召連て　可
かつみ引きる正月が来る　中
花葱の中〳〵　見ゆる掛簾　成
蔵の杜氏が雀鮒やく　可

（一ウ）

二日月ほどのゆかりと語る夜に　中
草履ひかるゝ鞆が初潮　一坡
霖雨に笠に暑さの立かへり　思
風雅に似たる山寺が笛　成

壬生寺の騒ぎも過て花の寂　年
胸のすむほど暮かぬる日ぞ　中

（二オ）

（二ウ）

同

ひいやりと今朝を柳の取廻し　再可
鮭子のみずにかよふ大空　湖中
百の銭二月朔日旅に出て　杜年
風がかはればかゆき耳たぶ　紙三
中汲の泡の消たる有明　未成
我乙鳥も舞あがりたつ　可

（三オ）

秋寒を素堂が影に見殖して　三
松葉煙らす蔦の入口　年
物の香も帷子時はすき〳〵　と　中
女子ながらも波にぬれたき　可
行あたる事も神輿の機嫌也　也

常世の名あれ古き国なり　中

（三ウ）

さす月の歌に詠まれぬ鳥もなし　麦秀

　桃尻になる秋は来にけり　可

葛袴真向に霧の降かゝり　年

　掛かゝりたる山菅の橋　成

足首や手首の軽き華咲て　中

　鴨の羽色に霞む朝の間　可

（四オ）

（四ウ）

同

松風が気に入しやら鸒の啼　西木

　睦月を愛ぬ朝とてもなし　再可

田螺うる門の朶橋掛かえて　杜年

　いくじなきまであふぐ茶煙　一可

丸いほど有明頃の侘しさよ　木

　山枡ゑみて旅こゝろさす　湖中

（五オ）

味噌なれる窓なし蔵も秋にこそ　耳

　鴉と倶に老る笠寺　年

墨絵かく人の影さす雨もなく　一

　むし歯おさえる妹ぞ可愛き　木

くやしくも乗はぐれたる伏見舟　中

　水鶏もよらぬ笛にたふるゝ　再

（五ウ）

五十年慰め申す猿田彦　年

　くり廻しよき膳棚の月　一

ころ〳〵とこけて淋しきみなし栗　木

　阿仏がむしろ露にねれたり　中

山桜花の不易と詠みやり　再

　馬刀つる木を又もらひ来る　年

（六オ）

同

（六ウ）

はつませに千鳥は啼か春の空　芷芬
　煙のやうに松の花散　未成
雪を見たすびついやしと寒せて　再可
　手にあまるもの人に打くれ　湖中

馬の背に蒲団まくねる有明に　可
　秋のまことをたてる紫苑か　杜年
（七オ）
祇王寺は畳の上も霧臭く　成
　燈心売も浮世めかせる　可
乙の子の朔日といふ朝ぼらけ　中
　鶯の餌のはこべらを引　一坡
小百両の荷負を譲て花の春　可
　東風立初る下加茂の宮　三思
（七ウ）
背中にももひとつほしき駕籠の窓　年
　灸より熱き恋を隠して　成
燈火に袖引かけてゆりきやし　中
　関屋の爺を酔す分別　年

張立て盗人をまつ月の笠　成
　藪も深山の露にぞ有ける　可
（八オ）

（八ウ）
同
咲ぬ梅もさびし二月の半過　湖中
　春を寒がる山陰の家　再可
うその声とがめもやらぬ風吹て　一坡
　秋の支度に萩を掘うえ　中
ひやゝかな月の草笛籟習ひ　未成
　菱割る槌を又かりに来る　杜年
（九オ）
蚊の弱る寮をけふから守つもり　可
　病ひのぬけし那須の温泉煙　坡
涼風の母の昼寝をさし覗き　中
　はじめてきりし裏の小茄子　可
扶持米の初穂をつまむ朔日に　成

雪の気ざしを咄す舟人　年
（九ウ）
友鷗はなれ鷗も啼さかり　可
一月も見たき恋忘れ草　中
其原や伏屋に物を思ひそめ　年
月にぬれたる蝶の不機嫌　成
山桝つむ季吟が花の朝催ひ　坡
雛を流した川へ乗出す　可
（一〇オ）

（一〇ウ）
同
山吹は袷にうつる栞かな　杜年
我ときゞすと草の隠家　湖中
かまくきの別れを惜む人もほし　再可
雪に消ゆく舟の今様　一坡
いざやと月の袂を振わかち　中
たもの実たしむ為仲が僕　可

（一一オ）
はた〳〵の羽にも秋のなくなりて　未成
西日のかする竿のほし物　年
うしと見し昔恋しき恋の果　可
葵をかけぬ人とてはなき　中
太山木の凮もてはやす薄羽織　年
鳰のあたりへほ句流しやる　成
（一一ウ）
けそ〳〵と客のはづれし軒の月　中
南無阿弥陀仏露に痩たり　可
下京は隅の隅まで刈へらし　一可
草のあはひにこぼす煎物　年
花心宇陀の法師を引かゝえ　中
のり物かけと百鳥や啼　可
（一二オ）

（一二ウ）

同首夏

餅好の我さへ嬉し初袷　湖中
鵜にぬらさるゝ篠笹の軒　昭眉
夏三月さけあやめ草〳〵　再可
雲と水とに美しく老　中
遠山の颪ひかされし有明に　眉
さす股の柄ゆがむ霧雨　可
（一三オ）
うそ寒き銭坐の飯を喰馴て　中
衣ほすてふ蔵の片わき　眉
耳ばたに元興寺の鐘を出し　杜年
（一三ウ）

同

山里はあゆの四寸や時鳥　湖中
夏にまたがる花はいやしき　再可
古の嘘つき達を画に書て　中
蓑虫啼はうけたまはらん　可

八九尺月の空ある旅の宿　中
秋のかすみのこそ〳〵と立　可
（一四オ）
鳥さしに苗字隠してまかる也　可
弟にくれし真弓しら弓　中
小社に宇賀の御霊もありつけて　可
河伯の居らずなりし霜月　可
灰汁桶に塩狗骨の冴かえり　可
明智が妻のいまそかりける　中
（一四ウ）
やゝ有て落る涙を押ぬぐひ　仝
蟻にもれし青田三反　可
月の出る山を手軽く囃ひとり　中
本寺の露にかちし淋しび　可
黄䳑を見はやす小窓明させて　中
新走りくむ佐野の天明　可
（一五オ）

同　冬

庵の落葉秋に勝たる暮の寂　（一五ウ）
煙り見たさに燃す枯萩　湖中
箔のばす与四郎が槌のさかしくて　再可
ひよこを放す庭の村雨　仝
月丸きおくの世並をいひはやし　中
ぬくとい冬を蕪も待のか　仝
　可

孱々と行水の音は絶ずして　（一六オ）
しかも元のにはあらず。実に
ことし丙子の秋仏兮尊者の
遠芳忌にあたり侍れば碑を
たて丶供養せばやとそこら
きそひたちて其功既なり侍る

けるに、故ありてしばらくもた　（一六ウ）
しをはんぬ。さて、止べきに
あらねば霜降月の末の六日の

銀河寺のほとりにいとなみしが、
其精舎は頽廃にちかく誠に
狐狸の処えがほに住なしたる
哀さ涙こぼれて中〳〵わり

こやうの物した丶むるもむつかしと　（一七オ）

其結縁につらなり給ふ人
四壁堂に音づれしかば、やがて
碑面を詠草にうつして
追福の事をす丶め侍る

水あれば　古学庵仏兮　（一七ウ）

　氷あるなり草の庵
　十三回の霜の有明　湖中合爪
松風にふつふつとはしる馬かりて　丞山
　きのふの発句の尻を忘る丶　杜年
樟脳を薫へるまでに夏たけて　松颪

あたりし笹に村雨をまつ　再可
（一八オ）
おもて家の弥一が男をきあて丶　菊畝
　子を守給ふ神もある哉　□芬
旅衣先ヅしらぬひに着古さん　三思
　鵜が啼て秋のさだまる　未成
辻的のもくろみをする月かけて　伍生
　ぬかごこぼる丶山伏の軒　一坡
（一八ウ）
蓑着れば筆の尻とるすべもなし　一柯
（一九オ）
（一九ウ）
枯〳〵てかへつて野辺に冬のなき　湖中
　真向に落る霜の有明　朱也
ものしりの丸屋に独くさめして　丶

　菅蓑の名をわすれぞと呼　中
見てくれとあをの御馬を洗ひ立　丶
　楓にをしき夏がなくなる　也
（二〇オ）
木母寺の鐘打はづみ〳〵　也
　いさかひすみし跡の川づら　中
憂人を隠すたよりの雲もなき　丶
　藪はいつもの碪打出す　也
ひよいと立鳴に雀の飛まじり　丶
　月をむかひに小舟さし〳〵　中
（二〇ウ）
茶飯すく仏を家にかくし置　丶
　腰に草鞋をさげし槌売　也
四十二の子供ほしがる花咲て　丶
　浅香の田にし手にすへて見る　中
鳥雲に入ての後は春もなし　丶
　横降し雨は西か東か　也
（二一オ）

（二一ウ）

いさゝ売妻子も持て老にける　湖中

とかく浮世は寒くこそあれ　再可

月の夜に名のりをやらう立案山子　、

小柱たてゝはじめての露　中

蕣の□のかよはぬ空もなし　、

舟にしやうか山にしやうか　可

（二二オ）

あし鼎よしなき物を焚たしな　可

翌は〳〵と西行の来ぬ　中

雨の神青田をはしり又走り　可

いつもの恋か烟もとに来る　中

投る梭の糸にあたりてはねかへし　可

人のあまりを枯柏ふく　中

（二二ウ）

木免に鵙もかけすもしてやらん　可

貧乏祭りのび〳〵の月　中

隣から隣を呼る秋のくれ　可

三人扶持の榎広がる　中

鵲の巣の引はりに咲花か　可

近江の小雨山城の春　中

（二三オ）

銭つかへ〳〵と霞濃なりて　中

えぼしをかぶる男ではなし　可

頤のふすへに清水ぬりに行　中

御山ひらける四月朔日　可

爰の家かしこの軒も立煙り　中

綿ふつふつと竹張に打　可

（二三ウ）

十六のおよしの春も今しばし　中

奈良に別埜を作る分別　可

つはものゝ蹴立し跡の末枯て　中

ちょろ〳〵水に鳴もちょろ〳〵　可

つゐ一寸竹下駄すげて待月に　中

（二四オ）

（二四ウ）

身の冬や少しの事に蹴瓜突　成也
　火燵によらぬ人もあらうか　再可
笹に来て頬白もまぜす啼雀　三思
　土こねくりて作る浮亀　杜年
月させど新し袖に脱かへて　未成
　わするゝまでに菊の名を問　菊畝

（二五オ）

年ふるき雛も並る秋にこそ　麦秀
　婆利女の神にめしをまいらす　湖中
涼風や去年のけふの佐谷泊　芷芬
　鶯の眠りををどかしに行　也
薄羽織狸の親に着せはづし　可
　日の影遠き小御門を守　思

（二五ウ）

かさ〳〵と霜を見せたる楢柏　年
　独念仏の鉢もたゝかず　芬
妹と娘と豆腐ひきふやし　成
緒絶の橋の正月の空　畝

やがて〳〵花にし給ふ有明か　中
　彼岸のかすみし楽にねまらん　可

（二六オ）

ころげ〳〵霜月になる落葉哉　湖中
　又暮かゝるかまくきのこえ　杜年
舟の鍋ひとつひねりし物焚て　中
　小兵衛が旅を送る盆過　年
五寸ほど月に背高き隣の子　中
　風吹栗をきりしまひけり　年

（二六ウ）

（二七オ）

鼓もてきのとの神を取はやし　年
　雄じまの波に又ゆれに行　中
嘘のたねいくらも殖る春辺にて　年
　霞たやうな古着いたゞく　中
のり物に花の影さす蓮台野　年
　子を持鳥のいかに日永き　中

（二七ウ）

糠雨のちよいと晴れば夏の来て　年
　海松のさしみを製る磯ばた　中
六十をひとつこえての草枕　年
　弥勒在世の月といふとも　中
里人のいなむし祭る家をたて　年
　溜井の鮒をぬすまるゝ秋　中

（二八オ）

丁丑四月廿日（文化十四年）

（二八ウ）

身にあまる月日はあれど杜守　不転
　夏大根を引初にけり　湖中
瓦焼軒の雫の音やみて　松風
　さらりさらりと輪の竹割る　杜年
乙鳥の玉にもかえぬ酒瓢　中
　むらさき若き春の手枕　転

（二九オ）

風霞む余語の湖づら棹さして　年
　魚とぶらひの坊主四人　風

鵲にうらみの小言つくすらん　転
　しぐれ降日はかえる寝処　中
海苔麄朶もとられぬ程に老て　風
　行平どのゝむかしをぞ聞　年

（二九ウ）

月にすら見せじと琵琶を押隠し　中
　きり〳〵聞く露の小御門　転
鶍ほどをかしき鳥はなかりけり　年
　風破のあたりへ近き山ざと　風
垢離をかく水にうつれば水の花　転
　木芽になりし卯の日辰の日　中

（三〇オ）

同十月十五日

おもふよりやすきに似たり帰花　文来
　霜の小鳥の音は忘れたか　湖中
土轆轤けふはころがす品もなし　再可

（三〇ウ）

ものいうやうにはしる溝川　一柯
金持が月の盃ぬすみ来て　中
露くさき名のつきし人〱　来
（三一オ）
木実ちる奥の一里のなま長き
瓦びさしの有ておかしみ
笹蟹の飛つり合を恋にして
風の音にも衣引かづき　中
しら波にうかべる程の歌もなく　祇三
吉次が宮の松も老にき　柯
（三一ウ）
なけなしの月が茶棚へ出ておはし　来
（三十二オ）

三吟

（三二ウ）

くねり木が気に叶ひしか冬の鳥　湖中
暮れば明る日の寒く出る　文来
吹風の川と舟とを筋かひて　再可
世をむだ事に過る嬉しさ　中
いたはりの茄子もとはぬ名月ぞ　来
さりとては虫さりとては露　可
（三三オ）
南無いのち秋をまんまと活て居て　中
潜る処のしれぬ籠山　来
かりやすの風の蛍のいもねずに　可
（三三ウ）
（三四オ）
（三四ウ）
おもしろく活居る水や木葉時　湖中
月のあはれは冬ぞまされる　一柯

大根打音も霞て来るやうに　再可
みの虫動け七種もたつ　中
嘘つきがかこつけ梅の咲きにけり　柯
三粒降てもなくす百銭　可
（三五オ）
すみよしのすみの小家も御代にこそ　中
なけ〳〵水鶏物まぜもせず　柯
むく〳〵と出れば風も涼ませて　可
いづこの山を死処とせん　中
もとあらの小藪も月に奉り　柯
萩より五尺高き思ひか　可
（三五ウ）
浅妻のあさからぬまで啼雁に　中
幣とりはやすつちのとの雨　柯
わすれずの裾野の蕨さがさせて　可
おや子の間は花にぞ有ける　中
元日は塵もさはらぬ空なれや　柯
觜太とりもにくからず飛　可
（三六オ）

戊寅

（三六ウ）
木芽ほどの世わすれ物はなかりけり　一柯
独霞て居るぞ嬉しき　再可
霜解て鳥の影まつ小田の水　祗三
わりこかつぎに眠がり出る　芷芬
たよりなき二十九日の月の友　左※
尾上の杉の秋に高ぶる　未成
（三七オ）
をのが春の空をつくるや枯芦も　湖中
水は余寒の名に静也　文来更　米中
東風立てめせ〳〵といふ紙草履　杜年
ほらり〳〵とかはる月と日　再可
萩かする小鍋に寂のつきぬらん　米
（三七ウ）

買てとりたき蓬生の秋　湖
（三八オ）
命松にかくれてけふも面白や　可
ふくら雀は下戸か上戸か　年
有卦とやら無卦とやらはぞ入にける　湖
根来の五器のふるき朔日　米
寝なれたる利根の小舟の三布ふとん　年
曇るは花のひらくなるらん　可
（三八ウ）
如月は箒を立る客もなく　米
眠がり坊がきしもにくまず　湖
玉苗を爺田婆田にふりわけて　可
不二の旅出を合歓にせかるゝ　年
飯煙りの月にふは〳〵立のぼり　湖
売残されし人形の露　米
（三九オ）

丁丑冬（文化十四年）
（三九ウ）
くねり木の気に叶ひしか冬の鳥　中
霜の小家のふたつある里　年
破魔矢刄手元に月のたそがれて　、
かすみ待たり朧待たり　中
幸若が旅癖つかぬ春もなし　、
ひかれたがりてもゆる□枝　年
（四〇オ）
さればこそ雨も名あらん弥勒堂　、
隅田の水を鍋にかいくみ　中
よめとりの隣つかりもいもねずに　、
笑ひ茂兵衛が顔に墨ぬる　年
五十には二十もたらぬ秋といふ　、
高瀬の舟の皆月になる　中
（四〇ウ）
にくいほど露のこそ屋の木隠て　、
恋にかまけぬ茶湯はじめる　年
鶯も綿を脱しと啼やらん　、

寺の苗代の竹取をまつ　中
琵琶なりに花を見てやる潮の上　、
けふは三月一日の空　年
（四一オ）

寅春　乱吟

（四一ウ）
よる浪に風のをくるゝ二月哉　湖中
馬刀も蚫も酢貝なるべし　再可
胡弓するあまりはづれも春にして　一柯
又きい〳〵と田鶴に呼るゝ　中
あらたふと〳〵貧乏村の月　可
五兵衛が旅は秋か芒か　柯
（四二オ）
頤のはづれぬまでに秋もさり　中
蜘蛛にならつてのばす綿線　可
ぬれ紙のやうな恋すら拾かねて　一坡
つらなき百合を手折蔵人　杜年

しだり尾の馬は勿来の北といふ　可
喧嘩せぬ日は淋しかりけり　中
（四二ウ）
かゝる夜の月に雛のをし並び　米中
雰もたるなと蔵しめにやる　坡
打よりて作りかけたる鹿つゞみ　年
二代消さぬ麁朶火焚〳〵　可
ちよろ〳〵と花の番する水の味　中
五文草履も春の物なれ　年
（四三オ）

同

（四三ウ）
霞め〳〵それて買たる松五本　さり
鶴はひかずに嬉しかりける　再可
雷盆に田植ならさぬ家もなし　湖中
啌つく雨がいくじなく降　一柯
月催ひ先墨ぬりを習ばや　杜年

波は扇の捨処とぞ　芷芬
（四四オ）
腰の法螺藻にすむ虫に宿かさん　可
はなたちばなの風を引こみ　米中
恋といふほだしの種を拾ひ得て　芬
繭煮る鍋を人にかさるゝ　湖
みのゝ鶏近江の鶏に打交り　年
のぼり日和のしかも朔日　可
（四四ウ）
蜑が子も花の男と成にけり　一坡
（四五オ）
（四五ウ）
川千鳥五尺飛にも霞けり　湖中
ひきしかぎりをきさらぎの空　芷芬
二郎兵衛を韮の籬にありつけて　再可

松葉ひらひに下駄ならし行　一柯
さや〳〵と風に出向ふ暮の月　一坡
海老釣浦の秋はさぞかし　未成
（四六オ）
十のけてひとつおかしき雁の声　米中
ちよいと煮立し菜汁時めく　杜年
お仏と女夫のやうに並居て　芬
膳所の使の袴着似せぬ　湖
はやち吹雷雲の押かゝり　可
みなぎる水の果なかりけり　年
（四六ウ）
めら〳〵と燃るもの焚家にねて　成
伊勢の山田の木間もる月　坡
かの鳥も名のり出さうな花の跡　湖
蚋にさゝるゝさむしろの春　芬
朧なる鐘をつき〳〵年よりて　年
淋しき事を語る里の子　筆
（四七オ）

（四七ウ）

梅の庵雨もはづさず降にけり　再可
土筆のたけに春の来て居る　湖中
帰るらん〳〵千鳥むら千鳥　杜年
空の寝る日か風のねる日か　芷芬
蓑あみが曲突ぬりあげて宵の月　一坡
蚤蚊のやせを取かへす秋　可

（四八オ）

寝処の妻子としたる萩芒　中
畝火耳なし皆相手也　年
笠雲の果は雪やら時雨やら　芬
楫をかたげて舟にわかる丶　未成
銭はたる蔵の杜氏が紙草履　三思

○

（四八ウ）

庵の草嘶のやうに殖にけり　再可
風も吹もの雨も降もの　芷芬
かはほりの声の軽みも御代なれや　一柯

箔屋が月にふくらみのつく　杜年
人のいく秋へもゆかず打ねまり　湖中
なれ〳〵　茄子菊にせかれて　米中

（四九オ）

時は今加茂の御馬も啼さうに　年
雪もふはりと仮名の国ぶり　可
能なしも絵といふものは書たがり　芬
夜の目もあはず（かゆ）かりをやむ　湖
漕戻す雨の鵜舟の声〳〵に　祇三
あすは又もる不破の関の戸　年

（四九ウ）

（五〇オ）

文政二己卯孟春

（五〇ウ）

鐘つけば曇る柳といひなせり　可磨

ゑぐ菜ひき〳〵　遊ばるゝ宿　杜年
春心目籠に水を汲やうに　湖中
三十そこらの供廻り也　再可
丹頂のはじめてわたる浦の月　年
わづかな虫はむしにせかるゝ　磨
（五一オ）
傍輩に西瓜の種をはぢかれて　可
男にまさりあやなんど織　中
風もなき波のはしたの多き世に　丸
防風かれよと馬鹿鳥の啼　年
神達をすつぱり送りまいらせて　中
真赤な魚をさぶ〳〵　と焚　可
（五十一ウ）
白須賀は若葉隠れにすむ処　年
瓦の上は灰汁で持のか　磨
御佛の側へさい〳〵呼られて　可
捨し鏡も春にあふらん　中
花に瘤月にくさみと聞からに　磨
すみれがくれ（のおく）の狐つりたき　年

（五二オ）
同
（五二ウ）
風邪声の旅人見ゆれ春の草　杜年
梅の古みを鮭啼里　芷芬
糸遊に捨る小蓑を作らばや　一坡
四日あたりは俳諧の月　三思
山雀のもて来て秋を殖すらん　左裏
へな〳〵竹を釣竿にきる　未成
（五三オ）
小ざかしき玄米とりの身嗜み　湖中
潮さしかけてぬかる舟着　再可
おとなしく見えて落たる桑いちご　可丸
仏生れし雨のさむしろ　年
病なく身強き人はしほのなぎ　成
月にかまけぬ恋のなかだち　坡
（五三ウ）

けふも又須磨の礁を聞はづし　思
　秋も相手のほしげ也けり　中
こそ〳〵と頬白の頬も明はなれ　成
　乙女が袖の長さめでたき　磨
初花に板久出島の百旅籠　可
　塩のからみをこなす春雨　柯

（五四オ）

同

（五四ウ）

ふつくりとしたるや雉子の畔ありき　一坡
　こそばゆきまで柳芽になる　湖中
すき〳〵とめせ酢蛤〳〵　再可
　朔日ぶりを括る小簾　杜年
月を見るつもりに羽織つゞらせて　未成
　ことしは早稲の香にかたれたり　左裡

（五五オ）

蜻蛉に鬼の名付し哀さよ　可磨
　高観音に筆まめをする　坡
雫たる麻の衣を雲に干す　三思
　雀がいねる藪下の燕　可
舟かりて浮世を立る伏見脇　中
　とにかくくらきつるし行燈　磨

（五五ウ）

一しきり虫の音のなき月の暈　成
　西瓜こがして年を苦にやむ　坡
手馴たる黄楊の小櫛の露寒く　年
　つれなきことを隠す磯ばた　柯
いざ遊べ花の春にはうつりしぞ　可
　たはらかさねていふすべもなし　中

（五六オ）

同

（五六ウ）

ふつくりとした日やきじの畔ありき　一坡

ぺん／＼草の真盛　湖中
まいらせん此かり衣に東風そへて　可磨
燈台の灯の明しらみたり　再可
嘘らしくこぼれて来たる月の梅　杜年
をのれひとりの秋とほこらん　未成
（五七オ）
七種の七野を庵の墻にして　可
咳する子の咽やかはきし　坡
籠の蚫波つまづけとはふり出し　中
入梅の晴たる風がひらつく　年
卯の花の白きかぎりを琴にのせ　成
須磨味噌はもと星の俤　磨
（五七ウ）
殖もせずへりもせぬ月皆をしむ　坡
踊上手は逃上手也　中
星露の朧の浜の舟あかり　年
鼻つくやうに春の香がする　一柯
生壁の花の散のにかはらくらん　磨
吸物碗のかろき若鯑　可

（五八オ）
同
（五八ウ）
啼雲雀鶴は浮世の余り物　さり
上すべりする春の日の鐘　再可
種芋をはじける舟をかりうけて　可磨
兄の遊びにまじる分別　杜年
薄草履月のおまへの物なれや　こ中
きのふの虹はけふの露霜　一は
（五九オ）
秋よりもかぼそき風邪を引かへし　未成
横笛の音に解る黒髪　磨
下加茂は鷗もなかでよき処　可
子に飽人はいふすべもない　裏
不二のしげみに日のささぬ家　中
（五九ウ）
肥過て花のすくなきかきつばき　芬

鴫の尻尾はふりなくしたか　成
かけぼしの寒し露のなくれ跡　坡
月になれ〳〵　つぼむ桜木　可
花色の羽折の長さ老ぼれし　磨
薪の能がきのふはてたり　年
（六〇オ）

同四吟

（六〇ウ）
沢蟹の霞をあてや丘ありき　湖中
萌るかぎりをもゆる独活の芽　再可
よしの笛春のかよはぬ孔もなし　杜年
御傅母は嘘の上手也けり　可磨
寝る事を芋名月に咲れて　可
いつもの秋の木免引になる　中
（六一オ）
をみなへし散さへすれば神せゝり　磨
松の和日のうつる櫛笥《ハコ》　年

牛窓と鞆と夢路のふりかはり　中
佛在世と綿を脱つゝ　可
ことり〳〵音する鍋をさし覗き　年
ねぶとのしたる雨の一むら　磨
（六一ウ）
大いわし小鰯海にいろの月　可
尾張にうつる伊勢の初秋　中
黒髪を伸しに捨ん奇麗扇　磨
胸さはがしの背太の声　年
馬に鞍花の冥加にあらなくに　中
まだきさらぎの寒き星の夜　可
（六二オ）
海苔漉のときあぐみたるのりの□
こけ茶綸子の時行はじまる
吹風加茂の社古つゞみ
水まき雲のかゝる瞿麦
八手花其数愚癡にかぞへつゝ　磨
鳥が啼ても亡人の事　年
（六二ウ）

侮りし心見せたる昼鼠　中
須磨の関屋は雨がもてなす　可
古糸のかゝりし琵琶を聞たがり　年
あすの別れに草むしりおく　磨
舟癖は月の雫のぬれぬうち　可
秋のひゞきか気の薄くなる　中

（六三オ）

立案山子親子の緑も絶えしやら　磨
けふはあぶれて帰亀釣　年
びんづるの尻こそばゆく思ふ世かな　中
臼にせばやと窠の実を蒔　可
雁鴨の旅立花ぞ咲にける　年
虻の中にも虻はすくなし　磨

（六三ウ）

（六四オ）

同

むつかしき正月済て梅白し　再可

もひとつ春の殖る舟の茶　左裏
山椒貝雛のをものと拾はせし　芷芬
仮名に書まで雨のたよはき　未成
くれのもの木枯かゝる月の夜　杜年
鞨鞁になれて鷄鳥の啼　可磨

（六四ウ）

見もしらぬ人もゆかしくなる秋に　湖中
玉といふ名のすはる笹村　可
一八の葉守の神を守立て　裏
小鍋のつるもこさぬみじか夜　芬
磯に浪爪づくやうな恋なれや　一坡
蚕もらひに傘さして行　年

（六五オ）

花鳥のなき静の鶴が岡　磨
春の煙りの霜にやせしか　成
年よりのやすく寝らるゝ布織ん　中
世は世にならへ〳〵残り蚊　磨
酒折の杓樟の実はへのびる月　可
彼岸の露に椎茸をやく　坡

（六五ウ）

同

安〳〵と寒をこえ来し白魚哉　杜年
　六尺そこら霞む芦の家　左裏
小刀のきれぬ茶杓を花にして　再可
　腹巻ながら明月にあふ　湖中
いさぎよき雨のなき間の露と聞　可磨
　秋の茄子の真黒にえむ　一坡

（六六オ）

泥亀を梓にのせて遊ぶらん　三思
　杜氏が御代の夏の夜になる　未成
約束のやがておこせし沖鱠　芷芬
　居合ぬかせる塀の片かげ　年
霜月の霜煙らせて出来分限　中
　手柄に花のしろき山茶花　可

（六六ウ）

阿弥陀寺は狸と遊ぶ処とや　年
　眠り上手は火も焚ず寝る　成
なまぐさも軽きうるめの晦日掃　可

　月さまたげの七五三の朝露　磨
初花の浪の小磯も名やあらん　坡
　蝶にまがひし虻にさゝるゝ　中

（六七オ）

同

春風をはせや芦辺の昼時分　再可
　千代もかくせぬ二日朔日　未生
嫁菜めし向ひの亭主かぎつけて　三思
　律儀をしらぬ人えらびする　一坡
つゞれさせ月の白さを忘れしか　可磨
　秋しり顔の亀が子をうむ　湖中

（六七ウ）

菱とりのひららい舟をつなぎ捨　杜年
　小言のはしを念仏にして　可
くふ事も忘るゝ雨かこぼれ出し　芷芬
　紙魚はうき世の余り物かな　左裏
十寸鏡息のかゝらぬひまもなく　成

松とかけたる謎とけし宵　　磨
包丁も似たりにはする扶持取て　　坡（六八オ）
母のむかひにさしがさをやる　　思
月の今朝籠の黄鳥鳴はじめ　　中
接穂するには卯の日なるらん　　年
水戸の花つくしの人を留置て　　可
墨絵かきたき雲がまたるゝ　　成（六八ウ）

同　両吟

いさぎよきこと葉ひゞきや梅柳　　杜年
芦屋ひとつの身にとりし春　　湖中
巣の用意画眉鳥の母のまめやかに　　年
のぼり日和のはつ〳〵に月　　中
秋の色舟つくり等が御代にこそ　　年
茱萸の渋みのにくむ際なき　　中（六九オ）
田舎の夜奥浄瑠璃をとりに行　　中
茅の輪くゞりて涼しくぞなる　　年

堀川の君は十五になられたり　　、
朝日の前に熨斗を束る　　中
茶煙りも飯煙りもいく浪の上　　、
弥勒仏をなぐさむるのか　　年
こちからも従弟の片名呼月に　　、（六九ウ）
かはかしかゝる佩楯の露　　中
初雁は弥彦の社家を寒がらせ　　、
楫のみ取て舟流しかけ　　年
花の木の長きみじかき立並び　　、
麻布の末は暮かぬるかた　　中（七〇オ）

同

正月や常の白箸取につけ　　可磨（七〇ウ）
鶯くばかり霞む草の戸　　三思
扇折喜七が袴春めきて　　再可

わづかに残る国のものいひ　左裏
おしね搗月の立臼居ならべ　芷芬
雁のあし家鴨に足水　湖中
（七一オ）
大切な秋に念仏を忘れじと　未成
有掛に入日の膳にをくれる　一坡
初袷深山の匂ひあるやらん　杜年
うとまるゝほど藤波の打　磨
馬かりる諏訪の太こもくろみて　思
前巾着と不断名になる　可
（七一ウ）
蛤をしぐれとやらに焚はじめ　中
憂人くゞれ雨の簾を　成
黄鳥に京の笹葉をほしがりて　裏
二月にまたぐ花の有明　芬
味噌豆のとつくりにえる春の霜　坡
孫も曽孫も中楽をまつ　年
（七二オ）

文政元寅卯月

水鶏啼拍子にへるや壷の酒　湖中
月のゆかりの松葉ちる家　再可
雨ほろり〳〵朝の間降止て　、
手舟の掃除思ふさまする　下
客と呼れ亭主となりて春なくす　、
そやせば常の草も二月　可
（七二ウ）
梅柳あすは桧木も紫野　、
虹見えそめて鳥のまたるゝ　中
軽石と風がこねたる水の泡　可
古い詞の残る御やしき　中
星合の露にこゝろをしめられて　可
月にかくるゝ恋の未練さ　中
（七三オ）
村の秋ぶつきらぼうに哀也　可
乞児が犬の人ませもぬ　、
大津絵の念仏の声を似するらん　中
舟も小ぶねの花にさしこむ　可

暮遅き梅色衣茶の羽折　年
吹矢の正鵠を掛させにやる　筆
（七三ウ）

卯冬

淋しとて落葉もをかぬ家さびし　中
糠味噌一斗冬のたのしみ　可
鼾の図筆の立処も見ぬなれや　年
きのふの嘘のけふは古びる　青
宵月の影にもたらぬはした銭　坡
浪のあはゐのたなご釣秋　中
（七四オ）
ひや〳〵と雰に燕の觜むけて　可
母御の事をいふて涕かむ　年
人の手にしばしもふれぬ三盒子　中
笠とり山に軒をならぶる　坡
墨絵にもまけぬ小雨のこぼれ出し　年
はふこの膳にのする初花　可
（七四ウ）
暮遅き日を御局にしかられて　坡

（七五オ）

辰春

いはれなくはねるこふちや春の雪　中
松も過たる笹のくづて家　年
相撲とりのあげく長閑に老こみて　中
黒い小袖のしつけとく月　年
むだ言のはやらぬ世なら秋寂ん　中
馬をひ虫をみな逃したり　年
（七五ウ）
風細し舟木の臭を吹送り　、
翌の夜明のびんさゝら侍　中
物ごしにそれとしらるゝ彦根衆　年
こそ屋は麦の間に引こむ　中
瓜茄子はやすも鳶に覗かれて　年
弥陀の御側はよい処とぞ　中
（七六オ）
山の月惜気なきまで冴わたり　年

明石の城の湖に浮るか　中
墨壷に草の雫をふるひかけ　年
　安房をひとり人にあづかる　中
砂山の砂にこけるも花心　年
　吾妻の春の魚に喰あく　中
（七六ウ）

同　前略

覚悟して舟に出たれば花日和　再可
　さくら鯎のあかず踊て　湖中
葩煎うれる家を四五年かるなれや　可
　従弟の顔をやゝしばし見る　中
月に雲すればひねくる足の疸　可
　隣の小田へ鴫うつる也　中
（七七オ）
暮の秋銭をつかはで居れしか　可
　ひとりの妹も人に打くれ　中
拍子よく機織軒の立ならび　思
　あやめのせちがそこらまで来る　年
栂の尾の山にこつそり飛退て　中

　しらみうつしやと鳶の啼のか　可
（七七ウ）
有明をあじろ木立てもてなさむ　中
　半村ばかりつぶすす酒蔵　可
酒売りのかぶりもふらず走ぬけ　年
　目なれぬ駕籠のつゞく黄昏　子
鐘かすむ信濃の仏屋根かえて　坡
　雀の親の羽こぼしつゝ　中
（七八オ）

同

防風や浪見くびりて萌たさま　杜年
　かすむ朝日のぽつかりと出る　湖中
春くれて紐結ぶ間も葛袴　年
　ひきもならはぬ弓と矢を取　中
山風に酒を澄せる月なれや　年
　うづらに見せる萩ほりにやる　中
（七八ウ）
露よりもちさき薬を丸めあげ　年
　身近の堂にねまる分別　年

百疋の鯉をきりこむ鍋かけて　中
雪ちる駕籠をかへす角力取　年
鶴の啼つるの湊の梅さかり　中
ぬの子のしらみ花をまつのか　年
（七九オ）
炉ふさげといふ沙汰けふも空耳に　中
即非の弟子となりすましたり　年
まさな事しては逃行悪太郎　中
星の余波を惜む川べり　年
簫の声そこらへ月も出たやらん　中
しをに衣の最中にぞなる　年
（七九ウ）
下　略
（八〇オ）

常陸の俳諧関係年表

寛文元	一六六一	
延宝元	一六七三	
天和元	一六八一	
貞享元	一六八四	
四	一六八七	八月　芭蕉、曽良・宗波を伴って鹿島来訪。『鹿島紀行』（『鹿島詣』）成稿。
元禄元	一六八八	
七	一六九四	芭蕉没（十月・五十一歳）。
宝永元	一七〇四	
正徳元	一七一一	
享保元	一七一六	江戸の亜靖（千梅）、鹿島・銚子・水戸・那珂港を巡る。『鹿島紀行』出版。
七	一七二二	潭北随筆集『今の月日』（我尚追善あり）。
享保後期		晋我等編『享保万年』。
元文元	一七三六	
四	一七三九	原松編『俳諧星月夜集』（其角三十三回忌追善集）。
五	一七四〇	原松著『正風論』。風篁、江戸の別邸にて師の宗阿や雁宕らと句会。
寛保元	一七四一	中川宗瑞、日光参詣の帰りに笠間・水戸来訪。『旅の日数』を著す。

二	一七四二	巽我編『合点車』（露牛遺稿集）。原松没（五十八歳）。蕪村、結城・下舘に滞在（〜一七五一）。
延享元	一七四四	蕪村編『宇都宮歳旦帖』。中川宗瑞没（七月・六十歳）。
二	一七四五	晋我没（七十五歳）。
四	一七四七	松吟（戦竹）編『摘菜集』（塵人追善集）。松籟庵秋瓜編『俳諧帰る日』・同『鳥の都』
寛延元	一七四八	秋瓜編『星なゝくさ』。
宝暦元	一七五一	蕪村、常陸を去り江戸に居住。
二	一七五二	秋瓜、芭蕉の『鹿島詣』を模刻出版。雁宕・阿誰編『反古ぶすま』。
四	一七五四	白兎園二世広岡宗瑞編『甲戌歳旦』。阿誰編『つえのふし』（存義来遊記念） 同『旅のいほり』、同『なるべし』。
五	一七五五	雁宕・阿誰編『夜半亭発句帖』（宗阿十三回忌追善集）。柳几著『つくば紀行』。
八	一七五八	徳雨、出羽三山・松島旅行。吟帒没（七十四歳）。
十	一七六〇	徳雨編『千鳥墳』。
十一	一七六一	図大・阿誰著『秋の夜句合』。このころ雁宕、常陸国内旅行、『雫の森』を記す。
十三	一七六三	徳雨著『松島游記』。
明和元	一七六四	宗瑞編『白兎余稿下』（一世宗瑞追善集）。雁宕著『合浦俳談草稿』。
三	一七六六	太無（秋瓜）編『不言集』。五峰、近江国義仲寺の時雨会に出席、『時雨会』を編む。
四	一七六七	宗瑞編『以の字の賦』、同『白兎茶話』。
五	一七六八	太無編『うしのゆめ』、秋瓜編『己丑歳旦』。

七	一七七〇	秋瓜編『さかて秤』。
八	一七七一	雁宕、『蓼すり古義』を著し、蓼太の雪門派と俳諧論争が始まる。秋瓜編『秋瓜旅俳諧』（『夏の曙』）、同『辛卯歳旦』。宗瑞編『江戸名跡志』。諸久尼、額田の五峰宅訪問（六月）。
九	一七七二	雁宕著『一字般若』。秋瓜編『ふた木の春』。宗瑞編『俳諧鼎足集』。
安永元	一七七二	広岡宗瑞没（八月・五十一歳）。買風編『茶の花見』。柳几編『古河わたり集』。阿誰没。
二	一七七三	秋瓜編『癸巳歳旦』。雁宕没（七月）。
三	一七七四	秋瓜（太無）没（十月）。
四	一七七五	太無編『俳諧二十三章』。霜後編『其葉うら』（秋瓜一周忌追善）。 淅江（閑鵞）編『果報冠者』。徳雨著『古学要談』。
五	一七七六	遊之編『春の首途』。淅江編『その人』（阿誰追善句集）。亀文編・芝六校『なゝかまど』（『名家句選』）。芝六編『月の野道』。
七	一七七八	鴻巣の柳几と篁雨、鹿島、潮来、息栖を巡る（八月）。
八	一七七九	多少庵秋瓜・松籟庵霜後両点『句合高点抜書』。風篁没（七十一歳）。 芝六没（六十三歳）。
九	一七八〇	多少庵秋瓜編『ふた木の春』。霜後編『松籟庵歳旦帖』。雁宕編『津軽俳談』。 亀文、江戸の亀文亭にて成美らと句会。
天明元	一七八一	蓼太、魚文を伴って龍ヶ崎の翠兄宅来訪、筑波山登山（『筑波紀行』）。 亀文、東海道旅行。徳雨没。

二	一七八二	翠兄、嵐雪の句碑を筑波山に建立。
三	一七八三	素雅編『花の雲』。多少庵秋瓜編『癸卯歳旦』。蕪村没（十二月・六十八歳）。
四	一七八四	梅人編『白兎園余稿』（広岡宗瑞忌追善集）。
五	一七八五	蓼太、龍ヶ崎の翠兄宅を訪問。その記念に翠兄、『桃一見』刊行。進歩編『たまゝつり』（雁宕十三回忌追善集）。
六	一七八六	霜後編『続不言集』（一世秋瓜十三回忌追善集）。太田湖中没（七十一歳）。
七	一七八七	瑞石編『竹の友』（広岡宗瑞遺稿集）。蓼太没（九月・七十歳）。
八	一七八八	安袋編『俳諧五十三駅』。成美・遅月著『一夜流行』。
寛政元	一七八九	遅月著『俳諧水滸伝』。遅月、松島旅行（『松嶋紀行』）、水戸に居住して活動を始める。
二	一七九〇	霜後編『両師句選附録』、同『太無発句集』（一世秋瓜十七回忌追善集）。梅人編『かしま紀行』。
三	一七九一	一茶、布川・田川来訪（三月）。
四	一七九二	岷水編『卯月の雪』。
五	一七九三	一草編『潮来集』。亀文編『癸丑春帖』。桃彦編『いそのはな』（晋我五十回忌追善）。青郊日記『三百六十日々記』。霜後編『はいかい一会忌』（『芭蕉追善百韻』）。
八	一七九六	乱竿（魚筌）編『七きさらぎ』（門瑟七回忌追善集）。霜後編『秋興帖』。
九	一七九七	蕪村著『新花摘』。霜後編『霜後春興』。
十一	一七九九	文竜編『きなれ衣』（亀文追善集）。画水編『素雅追福』（素雅追善句集）。霜後編『多少

		庵句集後篇』。
十二	一八〇〇	翠兄編『歳旦帖』。岡野湖中編『四季発句百口』（湖中句集）。
十三	一八〇一	翠兄編『三節』（『筑波庵春帖』）。
享和元	一八〇一	祇悳（仏兮）編『太郎丸』。山芝（二世青郊）編『青郊襲号記念集』。翠兄評・桂文編『筑波庵評月次三題句合』。一茶、布川来訪（八月・十一月）。乱竿没（八十歳）。
二	一八〇二	二世魚笙編『三々花集』（乱竿三回忌追善）。石牛没（八十一歳）。翠兄編『三節』（『紫草』）。
三	一八〇三	亀文著・水簾編『曲直庵発句集』。
文化元	一八〇四	仏兮没（九月・三十六歳）。一茶、田川（六月）・布川（十月）来訪。
二	一八〇五	鏡裏庵編『乙丑三節』。一茶、布川（五、閏八、十月）・田川（閏八月）来訪。
三	一八〇六	一茶、田川（一、四、八、十、十二月）・布川（一、四、八、十月）来訪。
四	一八〇七	柑翠編『鹿島集』。一茶、田川来訪（二、十二月）・布川（十二月）。
五	一八〇八	一茶、布川・田川来訪（四月）。
六	一八〇九	瀧江編『俳諧常陸千題集』。一茶、布川・田川（二月）来訪。
七	一八一〇	一茶、布川・田川来訪（三、四、六、十月）、守谷（西林寺鶴老）来訪（六、十二月～翌年一月）。恒丸、江戸から佐原に移住。
八	一八一一	太筇編『しきなみ』（恒丸追悼）。一茶、守谷来訪（三月）、布川（三、五、十一、十二月～翌年一月）。五峰没（二月）。
九	一八一二	一茶、守谷（一月）・布川（十月）来訪。太筇編『玉笹集』（恒丸追善集）。遅月没（九月・

		六十二歳）。
十	一八一三	翠兄、蓼太の句碑を医王院に建立。翠兄没（十月・六十歳）。岡野湖中、奥羽旅行（『奥羽日記』）。
十一	一八一四	一茶、守谷・布川来訪（八、九月）。由之ら編『鳥のむつみ』（恒丸追善集）。
十二	一八一五	一茶、守谷・布川来訪（十、十一月）、田川（十二月）。
十三	一八一六	一茶、布川（十、十一、十二月）・守谷来訪（十二月〜翌年一月）。湖中、水戸笠原に仏兮の供養塔を建立。
十四	一八一七	遅月著『遅月庵文集』。一茶、守谷・布川・田川（二、三、四月）、布川・龍ヶ崎・土浦・小川・帆津倉・鹿島・銚子・田川（五、六月）を巡る。
文政元	一八一八	李尺（涼谷）編『ありのまゝ』。其漣編『菊苗』（金英句集）。一茶著『七番日記』。
三	一八二〇	随和編『多賀の浦集』。紫山著『西遊路記』。
六	一八二三	李尺（涼谷）、芭蕉句碑建立（鹿島神宮）。
七	一八二四	李尺（涼谷）編年刊月並句集『俳諧もゝ鼓』（初編・二編）。松江没（七十歳）。
九	一八二六	涼谷編『ひさこまろ』。
十	一八二七	岡野湖中編『俳諧鳶羽集』、湖中・仏兮編『俳諧一葉集』（芭蕉作品集）。一茶没（十一月・六十五歳）。露白没（六十五歳）。
十一	一八二八	涼谷編『あづまぶり集』。眠石没（七十二歳）。
十二	一八二九	蕉雨没（五十五歳）。

十三	一八三〇	涼谷編『立待集』（太笻追善集）。
文政年間		素英編『俳諧吹寄』。
天保元	一八三〇	
二	一八三一	岡野湖中没（二月・五十六歳）。玄々没（六十七歳）。壺仙没（六十七歳）。
三	一八三二	野巣編『朝顔集』上下（玄々追善集）。
四	一八三三	涼谷編『類題十万発句集初編』。
五	一八三四	其漣編『大』（金英十三回忌追善集）。涼谷編『俳諧発句常陸ぶり集』。
六	一八三五	孤月、歳旦帖『桃花春帖』発刊（万延期まで続く）。
七	一八三六	野巣、飢饉に際して窮民の救済に当たり、『済急記聞』を著す。近嶺没（五十歳）。
八	一八三七	月船没（八十一歳）。
十二	一八四一	友甫編月並句集『たつき集初編』。
弘化元	一八四四	
二	一八四五	野巣、湖中著『芭蕉翁略伝』・『略伝附録』刊行。
嘉永元	一八四八	雪窓編『梅の雫』。
二	一八四九	可川編『ゆふ花集』。岡野湖中句集『きさらぎ』。耕雨、江戸の卓郎を招く。
三	一八五〇	麦翠古稀記念句集『松苗集』。
四	一八五一	仲芳編『俳諧画像集』。
五	一八五二	光久編『俳林小伝』。

安政元	一八五四	
二	一八五五	雁宕没（七月）。野帆没（七十五歳）。
三	一八五六	南厓没。王立女没。
四	一八五七	氷壺編『安政発句六百題』、野帆門人ら編『草ぐさ集』（野帆三回忌追善集）。
五	一八五八	一簣没。
六	一八五九	氷壺編『俳林良材集』。
万延元	一八六〇	
文久元	一八六一	
二	一八六二	希水編『俳諧画像集』、氷壺編『文久六百題』。可昇編『一夏万吟集』。 耕雨没（六十歳）。
三	一八六三	雪窓没（七十二歳）。
元治元	一八六四	可川没（七十二歳）。
慶応元	一八六五	
二	一八六六	一朝没。
四	一八六八	太青没（七十三歳）。
明治元	一八六八	
二	一八六九	氷壺没。

【現在の茨城県内地域区分（合併旧市町村）】

1　県東地域　5市

鹿嶋市（旧・鹿島町、大野村）
潮来市（旧・潮来町、牛堀町）
神栖市（旧・神栖町、波崎町）
鉾田市（旧・鉾田町、大洋村、旭村）
行方市（旧・麻生町、北浦町、玉造町）

2　県南地域　14市町村

稲敷市（旧・江戸崎町、新利根町、東村、桜川村）
河内町（旧・河内村―長竿村、源清田村、生板村、金江津村）
利根町（旧・布川村、文村、文間村）
龍ヶ崎市（旧・龍ケ崎町、馴柴村、大宮村、八原村、長戸村、川原代村、北文間村、高杉村の一部）
取手市（旧・取手市、藤代町）
牛久市（旧・牛久町）
守谷市（旧・守谷町、大井沢村、大野村、高野村）
つくばみらい市（旧伊奈町、谷和原町）
つくば市（旧・谷田部町、大穂町、豊里町、筑波町、茎崎町、桜村）
土浦市（旧・土浦市、新治村）

阿見町（旧・阿見町、君原村、朝日村、舟島村）
美浦村（旧・木原村、安中村、舟島村の一部）
かすみがうら市（旧・霞が浦町、千代田町）
石岡市（旧・石岡市、八郷町）

3　県西地域　10市町

古河市（旧・古河市、総和町、三和町）
筑西市（旧・下舘市、関城町、明野町、協和町）
結城市（旧・結城町、絹川村、江川村、上山川村、三和町の一部）
下妻市（旧・下妻市、千代川町）
坂東市（旧・岩井市、猿島町）
境町（旧・堺町、静村、長田村、猿島村、森戸村）
五霞町（旧・五霞村）
八千代町（旧・八千代村）
常総市（旧・水海道市、石下町）
桜川市（旧・岩瀬町、真壁町、大和村）

4　県央地域　6市町

小美玉市（旧・小川町、美野里町、玉里村）
茨城町（旧・長岡村、川根村、上野合村、沼前村、石崎村）

笠間市（旧・笠間市、岩間町、友部町）
水戸市（旧・水戸市、飯富村、岡田村、赤塚村、常澄村、内原町）
大洗町（旧・磯浜町、大貫町、旭村の神山、成田）
城里町（旧・常北町、桂村、七会村）

5　県北地域　9市町村

ひたちなか市（旧・勝田市、那珂湊市）
那珂市（旧・那珂町、瓜連町）
東海村（旧・村松村、石神村）
常陸太田市（旧・常陸太田市、金砂郷村、水府村、里美村）
常陸大宮市（旧・大宮町、山方町、美和村、御前山村、緒川村）
日立市（旧・日立市、十王町）
高萩市（旧・高萩町、松岡町、高岡村、里美村の一部、櫛形村の一部）
大子町（旧・大子町、依上村、袋田村、宮川村、佐原村、黒沢村、生瀬村、上小川村、下小川村の一部）
北茨城市（旧・磯原町、大津町、関南村、関本村、平潟村、南中郷村）

【主な参考文献】

杉谷徳蔵著『小林一茶と房総の俳人たち』暁印書館
井上脩之介著『一茶漂白　房総の山河』崙書房
岡野博著『一茶と守谷』筑波書林
柳生四郎著『旦暮庵西巷野巣―『済急記聞』と『朝顔集』―』崙書房
柳生四郎著「常陸関係俳諧資料集」第一
柳生四郎編「常総下総俳諧史資料年表」私家版
有馬徳著『幻窓湖中―文化文政期における異色の俳人―』筑波書林
長南俊雄著『杉野翠兄―龍ヶ崎の俳諧師―』崙書房
茨城俳句刊行委員会『茨城俳壇史』
系俳句会資料部・茨城俳壇資料部編『茨城の俳壇資料』第一集
渡辺謙馨著『蕪村と結城・下館』筑波書林
加藤定彦・外村展子編『関東俳諧叢書』全三十二巻　青裳堂書店
加藤定彦著「河内町の俳諧」郷土研究誌「かわち」
加藤定彦著『関東俳壇史叢稿　庶民文学のネットワーク』若草書房
石川真弘著『夏目成美全集』和泉書院
二村博「芭蕉百回忌と常陸茨城郡の俳諧（上）―佐久間青郊孤著『三百六十日々記』を通じて」常磐大学人間科学部紀要第三三巻第一号
前島長路「明治の茨城歌壇」（「茨城俳句」昭和54・1）
桐原光明『与謝蕪村・夜明けの自由詩人』崙書房

堀米喜一郎『茨城の文学碑・名碑百選』・『茨城の文学碑百選』筑波書林
日本古典文学大系46『芭蕉文集』岩波書店
丸山一彦・小林計一郎校注『一茶全集』全八巻　信濃毎日新聞社
『俳文学大辞典』角川書店
松尾靖秋編『俳句辞典　近世』桜楓社
松尾靖秋・金子兜太・矢羽勝幸編『一茶事典』おうふう
日本歴史地名大系8『茨城県の地名』平凡社
麻生町史、東町史、岩間町史、石下町史、牛久市史、、笠間市史、勝田市史、北浦町史、猿島町史、総和町史、大子町史、千代田村史、土浦市史、利根町史、常陸太田市史、水戸市史、八郷町史、結城市史他。

【ご協力をいただいた機関・寺社】

国立国会図書館、国立国文学研究資料館、東京大学泗竹文庫、講談社松宇文庫、芭蕉記念館、河野信一記念文化館、茨城新聞社、茨城大学図書館、茨城県立歴史館、茨城県立図書館、境町歴史民俗資料館、稲敷市立歴史民俗資料館、鹿嶋市鹿島神宮・根本寺、、鉾田市大儀寺・大教院・月蔵寺、神栖市息栖神社、行方市化蘇沼稲荷神社・万福寺、潮来市長勝寺・文殊院・愛染院・三熊野神社、稲敷市大杉神社・瑞祥院、龍ヶ崎市大統寺・医王院、取手市長禅寺、守谷市西林寺、土浦市東光寺・天神社、かすみがうら市香取神社、阿見町阿弥神社、小美玉市修善寺・天聖寺、石岡市国分寺・如来寺、つくば市延寿院・竜勝寺、常総市馬場天満宮・報国寺、結城市妙国寺・弘経寺、古河市鮭延寺、笠間市笠間稲荷神社・玄勝寺・愛宕神社、水戸市笠原不動院・神崎寺、ひたちなか市泉蔵院、東海村村松虚空蔵尊、那珂市毘盧遮那寺、常陸太田市若宮八幡神社・法然寺・梅照院、大子町八竜神社・金町観音堂・十二所神社、日立市玉簾寺、北茨城市花園神社、栃木県野木町野木神社他。

あとがき

本書は、平成二十年十一月から二十二年一月まで「茨城新聞」に毎週月曜日に五十回にわたって連載した「常陸の俳諧」に加筆したものである。

長い連載をお許し下さった茨城新聞社に先ずお礼を申し上げる。

連載は、明確な俳諧史の形をとらず、茨城県内の五地域区分（県東・県南・県西・県央・県北）に従って、各地域単位に近世の俳諧活動の具体に触れようとする連載の趣旨であったから、常陸の俳諧の歴史についても意識しながらも十分でなかった。

本書も結局は連載した内容に僅かに書き加えただけで、散漫な感じになったことは否めない。いわば俳諧文学散歩ガイドブックのようなものである。

それでもこのたびは簡単な「常陸俳諧史の概略」と「常陸の俳諧関係年表」を付すことができた。これが精一杯というところである。

「月並俳諧」と呼ばれて俳諧の堕落の典型と位置付けられた江戸後期の俳諧だが、この時期にいかに多くの業俳（一茶らの職業俳人）と遊俳（豪商・豪農らの趣味で俳諧をした人たち）たちが熱心に取り組み、そして楽しんだか。そしてその地域と生活の中にいかに詩的な文化的雰囲気を醸成していったかを少しでも検証できればと思った。

芭蕉が仲秋の名月を見ようと鹿島を訪れたのは、貞享四（一六八七）年の八月、利根川の水運を利用した旅であった。江戸と常陸を結ぶ水運の発達はさらに蕪村、蓼太、宗瑞、一茶、一具ら多くの江戸の俳人たちを呼ぎ込み、俳諧熱の高まりを見せていったのである。さらに対岸の下総佐原の恒丸、太笻たち　銚子の李峰・桂丸たちとの交遊を通して常陸の俳諧は充実度を増していった。

「常陸　俳諧散歩」としたものの、常陸の利根川沿岸はかつて下総に属していた地域が多い。今の稲敷市・利根町・河内町・龍ヶ崎市・取手市・常総市・境町・古河市等の全域あるいは一部である。よってこの地域の俳諧に触れる時、それは下総の俳諧を語ることになるのだが、本書は現在の茨城県の領域として述べることにした。

資料編には水戸の岡野湖中の旅行記『奥羽日記』と『湖中連句集』の稿本の翻刻を収めることにした。前者は常陸太田市立図書館、後者は故有馬徳氏ご所蔵の貴重な資料である。ご協力に感謝申し上げる。

これまでに常陸の俳諧については、優れた先達の業績があり、本書はその学恩によって成り立っていることは言うまでもない。湖中・仏兮研究の元茨城キリスト教大学教授有馬徳氏、常陸俳諧史研究を大きく前進させた元土浦短期大学教授柳生四郎氏、湖中の『奥羽日記』を見せていただいた常陸太田市の元県立高校長宇野悦郎氏、現在に至るまで長い間ご指導をいただき、このたびは帯文を賜った立教大学名誉教授加藤定彦氏に心より感謝申し上げる。

県内の各寺社、各市町村史・同研究誌、俳句結社の俳諧研究など貴重な資料を参考にさせていただいた。大森昇氏、茂又孝紀氏には資料の解読に、田中博氏には資料収集にご協力をいただいた。秋山高志氏、江幡彦衛氏、石川一博氏、吉成英文氏、斉藤平・すみ子氏ご夫妻、外山崇行氏、中村兵左衛門氏、和田忠彦氏、松嶋繁氏、石塚光男氏には資料のご教示・閲覧等でお世話になった。

また、茨城新聞連載中は学芸部記者佐川友一氏にお世話になった。皆様に厚く御礼を申し上げます。出版に当たっては、暁印書館社長早武康夫氏、装幀の右澤康之氏に大変ご苦労をおかけした。ありがとうございました。

平成三十年一月

中根　誠

関係主要俳人索引

ろ

著者略歴 ● 中根　誠

昭和16年10月茨城県鉾田市生まれ。茨城県内の県立高校に勤務。元俳文学会会員

著書に『洞海舎涼谷俳諧資料集成』正・続（私家版）、『洞海舎涼谷　近世常東の俳人』（筑波書林）

論文に「近世鉾田地方俳諧史」上・下（「鉾田の文化」8・9号）、「俳書『花の雲』の紹介」（鉾田町史研究「七瀬」1号）、「常総の俳諧1　青野太笻年譜稿」（「常総の歴史」7号）、「常総の俳諧2　岡野湖中年譜稿」（「常総の歴史」9号）、「常総の俳諧」3・4「洞海舎河野涼谷の俳諧」上・下（「常総の歴史」13・15号））、「葛斎恒丸関係俳書の紹介」（「利根川文化研究」5号）、「流域に生きる人々　洞海舎河野涼谷」（「利根川文化研究」10号）他。

常陸　俳諧散歩　活躍する遊俳たち

平成30年4月10日　初版発行

著　者　中根　誠
発行者　早武　康夫
発行所　暁印書館
　　　　東京都文京区西片1-17-11
　　　　電 話　03-3814-0853
　　　　FAX　03-3814-0854

検印廃止・落丁乱丁本はお取替えいたします。
ISBN 978-4-87015-177-2　C0092